DAS UNSICHTBARE ZIEL

W0393954

GÜNTHER BACH

DAS UNSICHTBARE ZIEL

ROMAN

VERLAG ANGELIKA HÖRNIG

Das unsichtbare Ziel

von

Günther Bach

©2011 Verlag Angelika Hörnig

Alle Rechte vorbehalten.
Kein Teil des Werkes darf in irgendeiner Form ohne schriftiche Genehmigung des Verlags reproduziert oder elektronisch vervielfältigt oder verbreitet werden.

Illustrationen & Coverfoto: Günther Bach
Umschlaggestaltung: Angelika Hörnig
Layout: Brigitte Löcher
Druck: GGP media on demand, Pößneck

ISBN 978-3-938921-24-1

Verlag Angelika Hörnig
Siebenpfeifferstraße 18
D-67071 Ludwigshafen
www.bogenschiessen.de

Wenn die Spannung erfüllt ist,
muss der Schuss fallen;
er muss vom Schützen abfallen
wie die Schneelast vom Bambusblatt,
noch ehe er es gedacht hat.

Eugen Herrigel

1

Alles hatte gestimmt.
Er hatte einen guten, sicheren Stand. Die Sonne war vor ihm, aber sie blendete ihn nicht, abgeschirmt durch die dichte Krone einer riesigen Esche. Das Tier unten in der Senke, ein Stück oberhalb des schlammigen Bachbettes, dagegen hell beleuchtet und in guter, in sicherer Schussentfernung.
Ein schöner Schuss, der nicht fehlgehen konnte.
Der Pfeil war in Ordnung; alle seine Pfeile waren in Ordnung. Vor jedem Schuss hatte er Nocke und Befiederung geprüft, er machte es nie anders. Daran konnte es nicht gelegen haben. Noch nie war er mit besseren Pfeilen zu einem Wettkampf angetreten. Er wusste, dass er sauber geankert hatte, den Bogen voll ausgezogen, und er hatte die richtige Spannung in den Schultern gespürt. Der Bogen war der beste, den er je hatte. Und doch hatte er das Tier verfehlt.
Nicht etwa ein schlechter Schuss – nein, er hatte es übel verfehlt, um fast zwei Meter. Auf diese Entfernung. Was war das?
Bärger trat einen Schritt zurück, drehte sich um. Die anderen drei Schützen seiner Gruppe schienen nichts bemerkt zu haben; sie unterhielten sich leise.

Es war der zweite Tag der Meisterschaft. Gestern war alles perfekt gelaufen; nun ja, er lag nicht an der Spitze mit seinem Ergebnis, aber in seiner Altersklasse hatte er Aussicht auf einen der vorderen Plätze und das fand er eigentlich völlig normal.
Bärger trat zurück an den Abschusspflock, zog Pfeil Nummer zwei aus dem Köcher, spürte dem leichten Widerstand nach, mit dem er die Nocke auf die Sehne schob und atmete langsam ein. Während er das Ziel ins Auge fasste, hob er langsam den Bogen. Mit dem nächsten Einatmen spannte er den Bogen, bis die Spitze des Mittelfingers der Pfeilhand den Mundwinkel berührte.

Er wusste, dass alles stimmte, gestimmt hatte, bis zu diesem Moment, als er den Pfeil fliegen ließ.
Mit einem lauten Knall schlug der Schaft auf einen Stein; die Stahlspitze erzeugte einen Funken und er sah, wie der Pfeil in mehrere Teile zersplitterte. Wieder hatte er das Ziel um fast zwei Meter rechts verfehlt. Bärger spürte, wie ratlose Verzweiflung seinen Hals zuzuschnüren begann. Als er den dritten, den letzten Pfeil nockte, war seine Sicherheit dahin. Er wusste, dass etwas eingetreten war, das er nicht beeinflussen konnte, eine neue, unbekannte Störung, keiner von den alten Fehlern, wie sie immer wieder einmal auftraten und überwunden werden konnten, weil man ihre Ursache kannte. Etwas wie Resignation stieg bleiern in ihm auf, mechanisch vollzog er den Aufbau des dritten Schusses und auch diesmal schlug der Pfeil rechts neben dem Ziel in den sumpfigen Boden; etwas näher als die beiden ersten, aber dennoch beschämend weit daneben.

Wortlos trat Bärger vom Pflock zurück. Er wusste, dass er diesmal beim Ablassen des Pfeils etwas gespürt hatte; etwas, das nicht dazu gehörte und das vorher noch nie da gewesen war. Die Sehne. Er hatte gefühlt, wie die Sehne über die Spitze seines Mittelfingers geglitten war, ein Gefühl, das es nicht geben durfte. Die drei Finger der Pfeilhand mussten die Sehne freigeben ohne den geringsten Widerstand in dieser letzten, alles entscheidenden Phase des Schusses. Und genau das war nicht geschehen. Die Bogensehne war an seinem Finger hängen geblieben, daher die Rechtsschüsse.

Sie gingen hinunter zum Bachbett, um die Pfeile zu holen. Niemand aus der Gruppe kommentierte Bärgers Fehlschüsse und so sammelte er schweigend die Bruchstücke des Schaftes ein und schob sie in seinen Köcher. Alle hatten gesehen, dass er keinen Treffer erzielt hatte und so war es eigentlich überflüssig, dass der Schreiber ihn nach seinem Ergebnis fragte.
»M«, sagte Bärger, das übliche Kürzel für mistake – einen Fehlschuss - und der Schreiber nickte und trug das Zeichen für die null Punkte seiner Serie in die Scorekarte ein.

Die Gruppe zog weiter, zum nächsten Ziel. Der Parcours war weitläufig angelegt und ohne die farbigen Bändsel, die in Augenhöhe an den Ästen der Bäume hingen, hätten sie Schwierigkeiten gehabt, sich in dem unbekannten Gelände zurechtzufinden.
Das Ziel war diesmal ein Nahschuss, etwa fünf Meter weit, auf die Figur eines Eichhörnchens, das vor dem Stamm einer Eiche aufgebaut war. Auf dem Weg dorthin hatte Bärger versucht, die Finger seiner Pfeilhand zu massieren, in der Hoffnung auf die Einmaligkeit dieses Versagens. Als Erster trat er an den Pflock, schloss einen Moment lang die Augen und schaltete alles aus, was geschehen war.
Klang der Sehne und Einschlag des Pfeils waren fast wie ein einziges Geräusch und er sah den weißen Punkt der Nocke seines Pfeils vor der Mitte des Ziels stehen. Als er vom Pflock zurücktrat, um dem nächsten Schützen seiner Gruppe Platz zu machen, spürte er ein Gefühl von Erleichterung, doch der Flow des gestrigen Tages, diese Empfindung von Leichtigkeit und Sicherheit, wollte sich nicht wieder einstellen.

Das nächste Ziel war ein Timberwolf, ein großes graues Tier, das vor einer dichten Brombeerhecke aufgebaut war. Die Distanz entsprach dem, was unter Bogenschützen als "jagdliche Entfernung" bezeichnet wurde, eine Strecke von etwa 20 Yards oder sechzehn Metern. Es war seine Lieblingsentfernung, auf der er bisher seiner Treffer sicher sein konnte.
Diesmal schoss er als Letzter. Als er an den Pflock trat und den Pfeil auf die Sehne schob, hörte er über sich den heiseren Schrei eines Kolkraben und als er nach oben sah, hörte er das Rauschen der schwarzen Schwingen dicht über den Kronen der alten Rotbuchen. Er sah ihm nach, bis er verschwunden war. Dann hob er den Bogen und wieder stimmte alles in der Gewissheit des Treffens, doch als der Schuss fiel, fühlte er, wie die Sehne an seinem Finger zog und er wusste, dass er von nun an seines Pfeils nicht mehr sicher sein konnte. Es war vorbei.

Nachdem er seinen Pfeil aus dem Gestrüpp der Brombeerhecke gefischt hatte, sagte er dem Schreiber, dass er nicht mehr weiterschießen werde. Auf die erstaunte Frage, warum, erklärte er, dass er Schmerzen in der rechten Hand habe und seinen Ablass nicht mehr kontrollieren könne.
Er müsse aufgeben, sagte Bärger, es habe keinen Sinn mehr. Er bat noch darum, seine Scorekarte nicht abzugeben, wünschte den Dreien »Alle ins Kill« und als sie den nächsten Forstweg erreicht hatten, hob er noch einmal grüßend die Hand und ging den Weg zurück bis zum Einschießplatz, wo am Morgen der Wettkampf begonnen hatte.

2

Es stimmte nicht, er hatte keine Schmerzen.
Aber wie hätte er erklären sollen, was er selbst nicht verstand, dass plötzlich und ohne jede Vorwarnung ein Teil seines Körpers nicht mehr funktionieren wollte, dass eine so einfache Bewegung wie das Strecken der Finger nicht mehr möglich zu sein schien und das mit dieser winzigen Bewegung auf einmal alles zusammenbrach, woran er jahrelang gearbeitet hatte, an dem optimalen Ablauf der einzelnen Schritte in Vorbereitung des Schusses. Es kam ihm vor wie Hohn, dass ausgerechnet jetzt, nachdem er meinte, auf dem Höhepunkt seiner Leistungen zu sein, durch so eine winzige Schwäche, ganz am Ende der Kette von allen im Unterbewusstsein verankerten Abläufen, alles zerbrechen sollte. Eine Kette, fiel ihm ein, ist nur so stark wie ihr schwächstes Glied. Kein Zweifel, das stimmte.

Bärger nahm kaum wahr, dass ihm eine warme Herbstsonne auf die Schultern schien, als er langsam auf dem schmalen Schotterstreifen neben der Landstraße zurück zum Hotel lief. Am Morgen hatte ihn ein befreundeter Bogenschütze im Wagen zum außerhalb der Stadt liegenden Gelände mitgenommen. Erst jetzt merkte er, wie weit der Rückweg war. Es war eine schöne Landschaft; sanft abfallende Hügel nach Westen zu, Koppeln mit Weidezäunen, hinter denen braunbunte Kühe weideten. Nach Osten, in seinem Rücken, zog sich der bewaldete Bergrücken hin, unter dessen altem Baumbestand aus Eschen, Rotbuchen und Eichen, unterbrochen von Kiefernbeständen, der Parcours aufgebaut war. Bei jedem Schritt klapperten die Pfeile in seinem Köcher, aber er hörte es nicht und auch die wenigen Wagen, die an ihm vorbei fuhren, bemerkte er kaum.
Endlich tauchte das rote Ziegeldach des Hotels vor ihm auf, das sich als Sport- und Kongresszentrum bezeichnete; eine

zweigeschossige Anlage mit großer angeschlossener Tennishalle, in die man vom Restaurant aus durch große Glasscheiben hineinblicken konnte. An der Rezeption ließ sich Bärger den Schlüssel geben, baute in seinem Zimmer den Bogen auseinander und verstaute Köcher und Pfeile in seinem Rucksack. Er duschte ausgiebig und zog sich um. Obwohl es auf Mittag zuging, verspürte er keinen Hunger. Was er sich unbedingt ersparen wollte, war die Ankunft der Bogenschützen, die gleich ihm ihre Zimmer hier im Haus gebucht hatten. Es würde bis zum späten Nachmittag dauern, bis die ersten nach Auswertung der Scorekarten, Ausfüllen der Urkunden und anschließender Siegerehrung hier eintrafen, aber er wollte niemanden von ihnen sehen und Fragen beantworten müssen, auf die er selbst keine Antwort wusste.

So griff er nach seiner Reisetasche, hing sich den Rucksack mit Bogen und Pfeilen über die Schulter und stand eine halbe Stunde später ein zweites Mal vor der Rezeption, um seine Rechnung zu bezahlen.
»Sie reisen schon ab, Herr Bärger?«, fragte die elegante Frau mit der blonden Kurzhaarfrisur, die hinter dem Tresen ein paar Zahlen in die Tastatur ihres Rechners hämmerte. Sie hatte dabei ein unbeteiligtes Lächeln auf dem schmalen Gesicht, dessen Bräune mit Sicherheit dem hoteleigenen Solarium zu verdanken war. Vermutlich Teil der Dienstkleidung, dachte er.
»Termine«, sagte Bärger, und er wusste nicht genau, warum er das sagte, denn er hatte überhaupt keine Termine, sondern noch zwei Tage Urlaub, und er hatte auch keinen Grund, dieser fremden Frau irgendeinen Grund für seine Abreise zu nennen, aber schließlich hatte sie auch keinen Grund gehabt, ihn danach zu fragen und so war denn alles, Frage wie Antwort, nichts weiter als eine Restform höflichen Umgangs miteinander.

Er zahlte, grüßte, warf sich erneut den Rucksack über die Schulter und lief davon in Richtung Bahnhof, dem Richtungspfeil folgend, der neben dem riesigen Werbeschild an der Hoteleinfahrt einen Fußweg von fünfzehn Minuten versprach.

Die Zeitangabe stimmte in etwa, doch als er endlich vor dem Fahrplan in der kleinen Schalterhalle stand, musste er feststellen, dass der nächste Zug in Richtung Hamburg, wo er in den ICE nach Kopenhagen umsteigen wollte, erst in zwei Stunden fahren würde. Er schob Reisetasche und Rucksack in ein Schließfach und stand gleich darauf wieder auf dem Bahnhofsvorplatz. Nach einem kurzen Blick schlenderte er an den wartenden Linienbussen vorbei in Richtung des Kirchturmes, dessen grüne Turmspitze er unweit über den Dächern der zweigeschossigen Häuser gegenüber schimmern sah.
Wie vermutet stand er gleich darauf auf dem Marktplatz der kleinen Stadt, die ihm sauber und aufgeräumt erschien. Er warf einen Blick auf die Brunnenanlage neben der Kirche, die wohl das Modell eines Perpetuum Mobile darstellen sollte; in einer gläsernen Röhre stieg das Wasser, bis es einen Punkt erreichte, an dem es überlief und ein kompliziertes Werk von Rädern und Hebeln in Bewegung setzte. Gleich gegenüber standen Tische und Stühle unter bunten Sonnenschirmen auf der Straße. Bärger fand einen freien Tisch, setzte sich und bestellte bei einer freundlichen Kellnerin ein Stück des Apfelkuchens nach Art des Hauses, den sie ihm empfohlen hatte. Der Cappuccino, den er dazu trank, war gut und auch der Kuchen, der reichlich mit Mandelsplittern bestreut war, schmeckte ihm. Aber trotz des beschaulichen Treibens um ihn herum wollte ihn das Gefühl von Unruhe nicht verlassen und immer wieder ertappte er sich dabei, dass er den Mittelfinger der rechten Hand beugte und streckte, als wolle er seine Beweglichkeit prüfen.

Die Sonne warf schon lange Schatten in den engen Straßen, als er endlich zahlte, aufstand und zurück zum Bahnhof ging, wo er gleich darauf seinen Regionalzug bestieg, sich in die Fensterecke eines leeren Abteils setzte und hoffte, den größten Teil der Fahrt verschlafen zu können.

3

Aus dem Schlafen war nicht viel geworden.
In kurzen Abständen hielt der Zug an kleinen Stationen, deren Namen ihm nichts sagten. Schweigende Menschen mit müden Gesichtern stiegen ein und bald wieder aus; eine Gruppe lärmender Schüler war bemüht, die Fahrgäste zu verärgern, aber niemand schien Lust zu haben, sich mit ihnen anzulegen.
Als Bärger nach zwei Stunden Fahrt in Hamburg ankam, blieb ihm reichlich Zeit zum Umsteigen. Den größten Teil der dreistündigen Fahrt nach Nykobing schlief er nun aber wirklich. Es war weit nach elf Uhr abends, als er sein Gepäck in den Kofferraum seines Wagens laden konnte, den er vor dem Bahnhof geparkt hatte. Er fühlte sich müde und zerschlagen. Eine ganze Weile saß er noch unbeweglich hinter dem Lenker, den Zündschlüssel in der Hand und atmete tief die frische Seeluft, die durch die offene Seitenscheibe zu ihm hereinströmte. Dann fuhr er los, die letzte Strecke nach Falkerslev, wo er die Ereignisse der letzten beiden Tage schnell zu vergessen hoffte.

Es war eine helle Mondnacht, und als er von der Landstraße in den Feldweg einbog, der zu Maybritts Haus führte, sah er unter sich in der Senke auf den weiten Wiesenflächen den Silberschein der flachen Nebelbänke, die sich wie die Wellen eines Sees im schwachen Wind auf und ab bewegten. Er stellte den Motor ab und ließ den Wagen langsam den flachen Hang hinunterrollen, bis er vor dem Hoftor zum Stehen kam. Er beschloss, das Gepäck im Wagen zu lassen und trat durch die offene Gartenpforte. Als er die Haustür leise aufschloss, kam ihm seine Katze Candy entgegen, die sich schnurrend an seinen Beinen rieb.
»Ist ja gut, Candy«, sagte Bärger und strich ihr über den Rücken, »jetzt bin ich wieder da.«

Leise ging er durch den Flur und ins Wohnzimmer, in dem es nach reifen Äpfeln duftete. Durch das offene Fenster warf er noch einen Blick in den kleinen Hof. Feucht glänzten die in der Dunkelheit schwarzen Blätter des alten Nussbaums und auf den runden Steinen des alten Kopfsteinpflasters schimmerte der Mondschein.
Welch eine Stille, dachte Bärger.
Er zog sich aus, legte sich auf die Couch, zog sich die Flauschdecke bis zum Hals und schon in der nächsten Sekunde sprang ihm seine Katze mit allen vier Pfoten zugleich auf die Brust, um schnurrend ihren Kopf an seinem Kinn zu reiben. Er streichelte ihren Rücken, und sie streckte sich langsam aus, um für eine Weile still liegen zu bleiben, bis sie unvermittelt aufsprang, lautlos auf die Dielen sprang und in der Dunkelheit verschwand. Gleich darauf war er eingeschlafen.

Es waren vertraute Geräusche aus der Küche, die ihn am Morgen weckten; das Klappern der Teller und Tassen, die Maybritt aus dem Schrank nahm und auf den Tisch am Fenster stellte, auf den zu dieser Zeit wohl schon die Sonne scheinen mochte. Noch einen Moment lang genoss er das Gefühl von Geborgenheit und Wärme, bevor er aufstand, um Maybritt zu begrüßen. Als er in der Küchentür stand, stellte sie die Teekanne auf den Tisch, aus der sie schon in beide Tassen eingeschenkt hatte, verschränkte die Arme vor der Brust und lächelte ein wenig spöttisch.
»Ich habe dich erst heute Nachmittag erwartet«, sagte sie, »hast du solche Sehnsucht nach mir gehabt? Dann hättest du doch auch zu mir ins Schlafzimmer kommen können.« Sie rückte ihren Stuhl in die Sonne, blieb aber stehen.
Bärger sagte nichts, sondern nahm sie schweigend in den Arm, küsste sie auf den Hals und genoss dabei den Geruch ihres Haares, das sie zu einem losen Knoten gebunden hatte.
Dann saßen sie einander gegenüber und während er den bernsteinfarbenen Honig in einer Schleife auf sein Brot fließen ließ, begann er zu erzählen.
Er rechnete es ihr hoch an, dass sie Geduld hatte, wenn er vom Bogenschießen sprach, denn er wusste, dass sie es nicht aus

eigenem Interesse tat, sondern wohl eher aus dem Wissen darum, was es ihm selbst bedeutete.

»Es ist etwas Merkwürdiges passiert«, sagte Bärger und sah nachdenklich aus dem Fenster, »ich musste mittendrin aufhören, am zweiten Tag. Bis dahin war alles gut gelaufen.«

»Hattest du einen Unfall?«, wollte Maybritt wissen. Ihre Stimme klang besorgt.

»Das ist ja das Verrückte«, sagte Bärger, »es kam wie aus heiterem Himmel. Meine rechte Hand spielte auf einmal nicht mehr mit. Mit einem Mal gingen meine Pfeile alle daneben und ich wusste nicht, warum. Es dauerte eine ganze Weile, bis ich merkte, dass die Bogensehne am rechten Mittelfinger hängen blieb, wenn ich den Pfeil lösen wollte. Es hatte keinen Zweck mehr, ich musste aufhören.«

»Hast du Schmerzen?«, wollte Maybrit wissen. Er schüttelte den Kopf.

»Überhaupt nicht«, sagte er »das ist ja das Komische.« Er ballte die Hand zur Faust und streckte sie wieder, mehrmals hintereinander.

»Es spannt nur ein wenig, hier am Mittelfinger, wenn ich eine Faust mache.« Bärger sah sie fragend an, als könne sie ihm eine Erklärung geben.

»Es wird am besten sein, wenn du deine Hand eine Weile in Ruhe lässt und vielleicht auch beim Bogenschießen erst mal eine kleine Pause einlegst. Sollte es nicht besser werden, können wir immer noch zum Arzt gehen. In Nykobing gibt es einen guten Orthopäden«.

Dabei blieb es fürs Erste, aber auch Wochen danach vermied es Bärger, über das Thema zu reden, zumal diese merkwürdige kleine Behinderung sich ausschließlich beim Bogenschießen bemerkbar machte. Es war zu einer Angewohnheit geworden, dass er gelegentlich seinen rechten Mittelfinger massierte, aber auch das wurde seltener. Den Rucksack mit Bogen, Köcher und Pfeilen hatte er in einer Bodenkammer abgestellt, um nicht ständig daran erinnert zu werden. Allen anderen Tätigkeiten in Zusammenhang mit seiner Arbeit im Mittelalterzentrum konnte

er problemlos nachgehen und so sah er auch keine Veranlassung, anderen von dieser Macke, wie er es bei sich selbst nannte, zu berichten.
Nur bei den Vorführungen auf der Wiese hinter seinem Blockhaus am Hafen des Mittelalterzentrums, bei denen er vorwiegend Schulklassen von der Geschichte des Bogenschießens erzählte, nahm er für einige wenige Male den leichtesten von Erhards Eschenbogen in die Hand, um den Gebrauch zu demonstrieren. Auf den Schuss mit dem starken Wikingerbogen, mit dem er sonst vorgeführt hatte, wie man mit einem Pfeil mit einer schweren Bodkinspitze ein Brett spalten konnte, verzichtete er völlig. Ohnehin nahm die Zahl der Besuchergruppen jahreszeitlich bedingt immer mehr ab und die Veranstaltungen verlegten sich mehr und mehr in den Bereich der Innenräume der immer noch wachsenden kleinen Stadtanlage.

Eines Tages fand Bärger beim Heimkommen in Falkerslev ein Schreiben der Berliner Speditionsfirma, bei der er vor vier Jahren seine Möbel abgestellt hatte, als er nach Falkerslev gezogen war. In dem Brief wurde ihm mitgeteilt, dass der Besitzer der Firma gewechselt habe und zur Verlängerung des Mietvertrages sein persönlicher Besuch erwünscht sei.
Er hatte keine besondere Lust, nach Berlin zu fahren, am wenigsten zu dieser Jahreszeit, einem nasskalten und nebligen November, aber tatsächlich war zu dieser Zeit wenig zu tun im Centret und Herr Pedersen, sein Chef, würde kaum Einwände gegen einen Kurzurlaub von zwei oder drei Tagen haben.

Auch Maybritt meinte nach kurzem Überlegen, dass er besser allein fahren solle; schon der Katzen wegen, die in Falkerslev versorgt werden mussten. Sie kamen überein, dass er so schnell wie möglich zurückkommen sollte, aber das war ohnehin seine Absicht gewesen. Seitdem sie einmal mit dem ICE in wenig mehr als fünf Stunden Berlin bequem und ohne den ewigen Stau auf der Autobahn erreicht hatten, kam etwas anderes als eine Bahnfahrt für ihn nicht in Frage.

In der Woche darauf fuhr er also mit leichten Gepäck im Intercity Express, der im Abstand weniger Stunden mehrmals am Tag zwischen Kopenhagen und Berlin verkehrte, in Richtung seiner nur noch selten vermissten Heimat. Auf dem Bahnhof in Nykobing hatte er sich wieder einmal die neueste Ausgabe des deutschen Nachrichtenmagazins gekauft, das er in Berlin regelmäßig gelesen hatte, weil es ihm Hintergrundinformationen zu Ereignissen verschaffte, die in den knappen Darstellungen der Rundfunksendungen für ihn oft unverständlich blieben. So hatte er eine ganze Weile gebraucht, um zu begreifen, auf welche Weise die sogenannte Immobilienblase in den USA zustande gekommen war, in deren Gefolge reihenweise Banken weltweit zusammenbrachen. Aber selten nur hatte er darin Erfreuliches zu lesen gefunden und momentan hatte er keine Lust, über die Enthüllungen der neuesten Skandale zu lesen.

Er sah aus dem Fenster des leeren Abteils, bis in Hamburg Reisende zustiegen, die ihm empört ihre Platzkarten vorwiesen, mit denen sie ihren Anspruch auf den Fensterplatz nachwiesen. Die Aussicht auf ein sinnloses Streitgespräch mit der gereizten Familie schien Bärger wenig verlockend. Er hob wortlos seine Reisetasche aus dem Gepäcknetz und zog die Abteiltür hinter sich zu. Im nächsten Wagen fand er einen anderen Fensterplatz, auf den bis Berlin niemand weiter Anspruch erhob.

An der Verspätung von mehr als zwanzig Minuten schien niemand Anstoß zu nehmen, als der Zug endlich auf dem Hauptbahnhof hielt. Bärger erinnerte sich an den Schalter der Autovermietung, deren Logo er schließlich zwischen den Leuchtwerbungen der endlosen Shoppingangebote rechts und links der Gleise entdeckte. Am Schalter erfuhr er, dass der bestellte Wagen auf dem Vorplatz seit einer Stunde für ihn abgestellt war. Sogar den genauen Standort auf dem Bahnhofsvorplatz konnte ihm der junge Mann auf dem Display seines Rechners zeigen. Er nahm die Schlüssel entgegen und dankte höflich für den Wunsch nach einem angenehmen Aufenthalt.

Draußen empfingen ihn Verkehrslärm vermischt mit Möwenschreien, der Geruch von Rauch und Autoabgasen und ein chaotisches Gewimmel von Fahrzeugen auf der Suche nach Park- oder Haltemöglichkeiten. Es ist jedes Mal ein bisschen schlimmer, wenn ich wieder hier herkomme, dachte Bärger. Als er seine Reisetasche auf den Rücksitz schob, begann es zu nieseln.

Es ging jetzt auf zwei Uhr nachmittags; man hatte ihm gesagt, dass er sich möglichst bis drei Uhr bei der Speditionsfirma melden solle, um die Formalitäten zu erledigen. So schob er sich seufzend hinter den Lenker, ließ den Motor an und als sich vor ihm die erste Lücke in der Kolonne von Fahrzeugen zeigte, ließ er den Wagen auf die Straße rollen.

Bis zur Landsberger Allee im Osten Berlins war es kaum eine halbe Stunde Fahrt und als er vor dem Lagerhaus hielt, ahnte er nichts Gutes. Die Fassade hatte einen neuen ziegelroten Anstrich erhalten und warb nun mit einem geschosshohen Schild als SELFSTORAGE DISCOUNT BERLIN für seine Dienstleistungen. Seine Befürchtungen wurden kurze Zeit darauf bestätigt, als ihm die schmale Mappe mit seinen Vertragsunterlagen vorgelegt wurde. Der Preis seines Lagerraums war von monatlich 120 auf 140 € gestiegen und man gab sich nicht viel Mühe, ihn von den Ursachen dieser Preissteigerung zu überzeugen.

Bärger überschlug schnell, dass ihn die zwölf Quadratmeter, auf denen er seine wenigen Holzmöbel abgestellt hatte, jährlich fast 1700 € kosten würden und er hatte erhebliche Zweifel, ob diese Summe durch den Zeitwert seiner Möbel noch abgedeckt wurden. Es war an der Zeit, sich Gedanken um seine Zukunft zu machen und gegenwärtig schien nur wenig darauf hinzuweisen, dass er sie in Berlin finden könnte.

Ich muss mit Maybritt darüber sprechen, dachte er; sie hätte doch mitkommen sollen. So blieb ihm nur, sich nach der Kündigungsfrist zu erkundigen, die bei drei Monaten lag. Man händigte ihm den Schlüssel zu seiner Kammer aus und er fuhr mit dem geräumigen Lastenaufzug in die vierte Etage. Die Luft im Raum war kühl, aber trocken und roch nach Papier

und Kiefernholz. Er hatte selbst alles gestapelt; ganz hinten die Kleiderschränke, davor Sideboards, Regale, vier Stühle und den Lesesessel und zuletzt die Kisten mit den Büchern. Die zumindest, dachte Bärger, sollte ich mitnehmen, wenn ich in Falkerslev bleibe. Auch die Regale würde er dann brauchen, aber die waren zerlegbar und im Grunde alles mit einer Fahrt im Lieferwagen zu erledigen.
Neben den Bücherkisten lehnte seine große schwarze Zeichenmappe, die ihn seit seiner Studentenzeit in Dresden begleitet hatte. Einem spontanen Einfall folgend, griff er danach, ohne konkrete Erinnerung an ihren Inhalt und schloss die Tür sorgfältig ab. Er nahm die Kopie seines neuen Vertrags entgegen und fragte, ob man ihm bei der Entsorgung seiner Möbel behilflich sein könne, wenn er keine weitere Verwendung dafür habe. Wie nicht anders erwartet, bestand das einzige Angebot in der Zusammenarbeit mit der Sperrmüllabteilung der Stadtreinigung. Man würde ihm den Preis übermitteln. Bärger bedankte sich, wünschte einen guten Tag und ging mit seiner Mappe unter dem Arm zurück zum Wagen.

4

Der Regen hatte aufgehört. Immerhin.
Er stellte die Mappe vor die Rücksitze und sah auf die Uhr. Es war doch inzwischen schon kurz vor vier Uhr geworden. Die beginnende Rush Hour füllte bereits wieder die Straßen, jedoch eher in Richtung stadtauswärts und weil er plötzlich Hunger spürte, beschloss er, in der kleinen Kneipe in der Nähe des Bahnhofs Friedrichstraße endlich wieder einmal nach dem Chili con Carne zu fragen, das dort seit vielen Jahren in einer bemerkenswert gleichbleibenden Qualität angeboten wurde. Er fand unerwartet einen Parkplatz unmittelbar daneben unter dem S-Bahnbogen und trat gleich darauf in den kleinen Gastraum mit dem abgewinkelten Tresen vor der winzigen Küche, in der man dem Koch bei seinen Hantierungen zuschauen konnte.
Zumindest der Name TEX MEX war noch der alte; die junge Kellnerin kannte er nicht, meinte aber dafür den Koch wiederzuerkennen und auch die Speisekarte zeigte anscheinend ein unverändertes Angebot. Bärger war froh, etwas Vertrautes wiedergefunden zu haben; ein eher seltenes Ereignis in einer Stadt wie Berlin, die in immer kürzeren Abständen bemüht schien, ihr Gesicht zu verändern. Gleich am Alexanderplatz hatte er zwei neue Gebäude von seltener Scheußlichkeit entdeckt; ein Elektronikkaufhaus und etwas, das man jetzt wohl Shoppingcenter nannte. Er grinste, als er entdeckte, dass dessen seltsame Fassade aus himbeerfarbenen Betonfertigteilen mit einer aufwändigen Spitzbogenornamentik hergestellt worden war. Wie hatte man sich vor Jahren über die Fertigteilbauweisen der DDR lustig gemacht – nun ja, unter der Prämisse der Massenproduktion war Qualität nur schwer machbar. Aber was man hier daraus gemacht hatte, war auch als Unikat kaum zu ertragen. Ob man dem Ding wohl schon einen Namen gegeben hatte, wie das früher in Berlin schnell passieren konnte?

Für den Brunnen auf dem Alexanderplatz, den es immer noch gab, hatte der Berliner damals schnell den Namen ›Nuttenbrosche‹ gefunden. Seltsam, dass hier, an so exponierter Stelle in der Stadtmitte, solche offensichtlichen Fehlentscheidungen möglich waren.
Die junge Kellnerin brachte ihm den bestellten spanischen Landwein – das Weinangebot war nur klein, dafür aber preiswert – und gleich darauf das Chili, das er zur Feier des Tages mit gebratenem Choriso bestellt hatte. Dazu gab es frische Baguettescheiben in einem Brotkorb und als Bärger den ersten Löffel voll gekostet hatte, wusste er, dass sich hier nichts geändert hatte.
»Ist alles in Ordnung?«, fragte die Kellnerin im Vorbeigehen.
»Perfekt«, sagte Bärger, »wenigstens etwas, auf das man sich in Berlin noch verlassen kann.«
Sie schien nicht recht zu verstehen, was er meinte, und wie sollte sie das wohl auch, jedenfalls nickte sie ihm freundlich zu und er brach das knusprige Brot in kleine Stücke, die er mit Genuss kaute und trank dazu in kleinen Schlucken von dem trockenen sauberen Wein.

Bärger ließ sich Zeit mit seiner Mahlzeit.
Es herrschte reger Verkehr in der kleinen Kneipe; ständig kamen und gingen Gäste, die meist sehr jugendlich aussahen, wahrscheinlich Studenten der nahe gelegenen Humboldt-Universität. Neu war für ihn war das Gewirr der Sprachen. Die Gruppe am Nebentisch schien sich hier verabredet zu haben und sprach unbekümmert deutsch und englisch durcheinander; Verständigungsprobleme schien es nicht zu geben. In seinem ersten Semester in Dresden hatte es für kurze Zeit einen koreanischen Kommilitonen gegeben, was er damals sehr exotisch fand. Dazwischen schienen Ewigkeiten zu liegen.
Neben der Tür las ein langhaariger Mann in der ›El Pais‹, einer spanischen Tageszeitung und er stellte überrascht fest, dass auch die junge Kellnerin keine Schwierigkeiten hatte, einer amerikanischen Familie den Weg zum Brandenburger Tor zu erklären.

»Noch ein Glas Wein?«, fragte sie im Vorbeigehen und griff nach dem leeren Glas.
»Leider nein«, meinte Bärger bedauernd, »ich muss noch ein bisschen fahren. Bringen Sie mir bitte die Rechnung«.
Er zahlte, war überrascht von dem geringen Betrag, und bedankte sich mit reichlich Trinkgeld. Sie wünschte ihm noch einen angenehmen Aufenthalt in der Stadt, was ihn feststellen ließ, dass er sich darüber noch keine Gedanken gemacht hatte. Inzwischen war es draußen dunkel geworden. Der Blick auf die Uhr zeigte ihm, dass es kurz nach fünf war. Was tun mit dem Rest des Tages?
Seine alten Freunde in Berlin hatte er in der viel zu lang ertragenen Ehe mit einer dominanten Dolmetscherin fast alle verloren. Nach der Trennung hatte er dann auf erneute Kontaktaufnahmen verzichtet, weil er niemandem Anlass geben mochte, sich für ihn oder sie zu entscheiden. Zu den wenigen, die ihm treu geblieben waren, zählte mit Sicherheit Jürgen, der Statiker; Arbeitskollege und Freund zugleich, dessen Humor und geradlinige Denkungsart ihm in der Vergangenheit oft über schwierige Wegstrecken hinweggeholfen hatten.
Ich hätte ihn anrufen sollen, dachte Bärger. Aber vielleicht hatte er auch ohne Anmeldung heute Abend Zeit?
Er griff nach dem Handy, wählte die gespeicherte Adresse und tippte auf die Ruftaste. Er hörte das Rufzeichen, einmal, zweimal, dann meldete sich die bekannte Stimme: »Ingenieurbüro Glöckner«.
»Hallo, Jürgen«, sagte Bärger, »sitzt du immer noch an deinem Rechner?«
»Hallo Rolf«, sagte die Stimme in seinem Hörer und er konnte die Überraschung hören, »es bleibt mir doch gar nichts anderes übrig – aber was verschafft mir das seltene Vergnügen deines Anrufs?«
»Ich hatte in Berlin zu tun«, sagte Bärger, »im Moment hänge ich hier in meiner alten Kneipe rum und überlege, was ich mit dem Rest des Tages noch anfangen könnte. Hast du vielleicht eine Idee?«
Es gab eine kleine Pause.

»Warte mal«, sagte Jürgens Stimme im Handy, »die Bewehrungslisten müssen heute noch fertig werden, die schicke ich dann weg zum Plotten. Dafür brauche ich noch eine reichliche halbe Stunde. Dann wollte ich eigentlich aufhören. Bist du mit dem Wagen da?«

»Ich habe mir bis morgen einen Mietwagen genommen«, sagte Bärger, »dann fahre ich zurück nach Falkerslev, aber mit der Bahn. Ich habe keine Lust mehr, lange Strecken mit dem Wagen zu fahren.«

»Geht mir genau so«, sagte Jürgen, »aber beruflich lässt es sich leider meistens nicht vermeiden. Hast du Lust, zu mir rauszukommen?«

Jürgen wohnte mit seiner zweiten Frau im Norden Berlins, wo er in einem ruhigen Ortsteil ein Haus nach eigenem Entwurf gebaut hatte; so eigenwillig wie er selber war, mit einer großen Dattelpalme im Wohnzimmer, die direkt in einer Pflanzgrube im Fußboden des Erdgeschosses wurzelte und einem Kamin aus Natursteinen, den er selbst gemauert hatte. Die Wand darüber war statt eines Bildes mit den verwitterten silbergrauen Brettern eines alten Scheunentores verkleidet. Das alles wiederzusehen, am Kamin sitzend ein Glas Rotwein zu trinken und von alten Zeiten zu erzählen, schien ihm verlockend.

»Na klar habe ich Lust«, sagte Bärger, »und von hier aus bin ich bis zu dir mindestens eine Dreiviertelstunde unterwegs. Du kannst also in Ruhe deine Arbeit fertig machen.«

»Na dann, bis gleich«, sagte Jürgen, und als hätte er das Stichwort hören können, »was war doch gleich der Vorteil vom Rotwein?«

Bärger lachte: »Man braucht ihn nicht kalt zu stellen. Bis gleich.«

Je weiter er sich bald darauf vom Stadtzentrum entfernte, um so bekannter kamen ihm die Straßenbilder wieder vor. Der Verkehr stadtauswärts hatte nachgelassen und nur wenige Baustellen hinderten ihn am Vorankommen. Als rechts vor ihm neben der Straße ein riesengroßer mit blauem Blech verkleideter Kasten auftauchte, hatte er keine Mühe, ihn als IKEA-Filiale zu erkennen.

Die übliche Stadtrandarchitektur, dachte Bärger. Ganz egal, wohin man kommt, es sieht überall gleich aus. Die Neubauten im Stadtzentrum, die ihm unterwegs ins Auge gefallen waren, schienen überwiegend Hotels gewesen zu sein. Es muss der Tourismus sein, der seit einigen Jahren die gesamten überkommenen alten Stadtstrukturen auf den Kopf stellt. Er war sich nicht sicher, welchen Einfluss die Grundstückspreise in der City darauf haben mochten, aber wenn er von Lage und Erscheinungsformen der neueren Bausubstanz ausging, dann waren die Interessen des Tourismus in Berlin gegenüber denen der Bürger wesentlich besser vertreten.

Dem mochte auch die falsche Monumentalität der Regierungsbauten geschuldet sein, deren Maßstabslosigkeit ihn immer wieder erschreckte. Wenn Jahre zuvor in der DDR noch der ein wenig schwammige Begriff einer ›repräsentativen Architektur‹ für die staatlichen Bauvorhaben in Umlauf war – niemand konnte ihm damals so recht erklären, wen oder was diese Architektur denn repräsentieren solle – so schien ihm in letzter Zeit der Begriff des vorsätzlich Spektakulären für das aktuelle Baugeschehen der einzig zutreffende.

Das Ortsschild am linken Straßenrand zeigte ihm an, dass er nun die Hauptstraße verlassen musste. Er bog ab in die rechts und links mit alten Linden bestandene Landstraße und musste nun doch ein wenig suchen, bis er endlich in die unbefestigte Querstraße einbiegen konnte, an deren Ende das Grundstück mit Jürgens Haus lag.

Er parkte neben dem Gartentor und konnte schon von der Straße aus sehen, dass Jürgen die Zeit bis zu seiner Ankunft ausgereicht hatte, um im Kamin Feuer zu machen.

»Schön, dich mal wieder zu sehen«, sagte Jürgen, als er ihm die Tür öffnete. Eine kleine grau getigerte Katze saß zwei Schritte hinter ihm auf den hellen Dielen und schaute ihn aufmerksam einen Moment lang an, bevor sie lautlos durch die offene Tür verschwand.

»Ist wohl schon eine ganze Weile her seit dem letzten Mal«, meinte Bärger, »weißt du noch, wann das war?«

»Ein bisschen mehr als zwei Jahre müssen es wohl sein«, meinte Jürgen, »solange bist du nämlich schon in Dänemark.«
Sie gingen gemeinsam in das große Wohnzimmer, das nur schwach beleuchtet war. Wie bei Maybritt gab es auch bei Jürgen keine Gardinen an den Fenstern, doch der dichte Heckenbewuchs und die dahinter stehenden Bäume im Garten mochten die Sicht von der Straße her versperren.
Jürgens Frau begrüßte ihn mit herzlichem Lächeln, als er sich für die späte, unangemeldete Störung entschuldigen wollte.
»Das ist überhaupt kein Problem«, sagte sie, »ich freue mich, wenn sich ab und zu mal jemand zu uns verirrt.«
Sie hatte einen Teller mit belegten Broten vorbereitet und obwohl Bärger erklärte, dass er eben erst eine Riesenportion Chili gegessen habe, blieb die Platte auf dem Nebentisch stehen, als sie sich bald darauf verabschiedete und die Treppe hinauf nach oben ging.
»Sie muss bis morgen Mittag noch einen Artikel redigieren«, sagte Jürgen erklärend, »eigentlich verdiene ich genug für uns beide, aber sie hat Spaß daran und ich habe keinen Grund, ihr das auszureden.«
Er goss in die beiden Gläser, die vor ihm standen, ein wenig von dem tiefroten Wein aus einer bauchigen Flasche, gab Bärger eines davon in die Hand und meinte dann, während er sein Glas in einer winzigen kreisförmigen Bewegung schwenkte:
»Was hältst du von der Sorte?«
Bärger roch einen fruchtigen Duft, doch der Geschmack war anders; er erinnerte ihn an Dörrpflaumen und Eichenholz und er kam ihm sehr schwer vor.
»Ich habe nicht viel Ahnung davon«, gab er zu, » aber ich glaube, es ist ein Spanier. Und zwar einer, vor dem man sich in Acht nehmen muss.«
Jürgen lachte.
»Wenn du meinst, dass es keiner von der Sorte ist, die man gegen den Durst trinkt, dann muss ich dir Recht geben. Er hat´s wirklich ganz schön in sich. Und mit dem Spanier hast du auch recht gehabt, es ist ein sehr ordentlicher Rioja.«

Sie tranken sich zu, Jürgen legte einen neuen Birkenkloben auf die zusammensinkende Glut im Kamin und dann saßen sie sich in den bequemen Sesseln gegenüber und schauten beide eine Weile den züngelnden Flammen zu, die schnell größer wurden, bis das Holz in der ganzen Länge hell brannte.

»Was machst du eigentlich jetzt in« – Jürgen machte eine Pause – »wie heißt das gleich, wo du jetzt wohnst?«
»Falkerslev«, sagte Bärger, »oder besser Nykobing, denn Falkerslev ist bloß ein kleines Dorf in der Nähe der Stadt und der Hof, auf dem wir wohnen, liegt auch noch außerhalb des Ortes. Im Vergleich zu dir wohne ich wirklich auf dem Land. Und was ich mache? Das ist nicht so ganz einfach zu beschreiben. Ich bin angestellt bei einem Mittelalterzentrum; das musst du dir vorstellen als ein großes Gelände, das am Stadtrand von Nykobing liegt, direkt am Guldborgsund, also am Wasser, und wo auf wissenschaftlicher Basis so etwas wie experimentelle Archäologie betrieben wird. Inzwischen gibt es dort so etwas wie eine kleine mittelalterliche Stadtanlage mit allem Drum und Dran – alle möglichen Handwerker: Schmied, Töpfer, Bäcker, Weber, Färber, einen Kaufmannsladen, eine Schänke und was weiß ich sonst noch alles. Das ist absolut authentisch; dort wohnen ganze Familien mit ihren Kindern, es gibt Hühner, Ziegen und Schafe und das Ganze ist zu einem zunehmend beliebten Touristenziel geworden.«
»Hört sich ganz interessant an«, meinte Jürgen, »aber was machst du denn dort?«
»Na ja«, sagte Bärger ein wenig verlegen, »eigentlich bin ich als Konservator angestellt, oder – wie es in meinem Arbeitsvertrag heißt – als ›Kurator‹. Das heißt, die ganze Anlage ist so konzipiert, dass auch wertvolle alte Gebäude aus dem Umland, die entweder baufällig sind oder aus anderen Gründen abgerissen werden sollen, dort abgebaut, rekonstruiert und hier wieder aufgebaut werden können – vorausgesetzt, dass sie historisch hierher passen. Dafür hatten sie lange Zeit einen Architekten aus Kopenhagen. Der hatte irgendwann keine Lust mehr und da habe ich jetzt diesen Job in Festanstellung übernommen.

Das fängt beim Aufmaß an, dann die Aufsicht beim Demontieren meistens sind es ja Fachwerkbauten – über den Abtransport bis zum Wiederaufbau im Centret. Aber die haben dort richtig gute Fachleute, die mit Liebe bei ihrer Arbeit sind. Ja, und weil nicht immer eine Baumaßnahme zu betreuen ist, mache ich in der Sommersaison auch Vorführungen im mittelalterlichen Bogenschießen für Touristengruppen und Schulklassen und ab und zu einen Kurs im Bogenbauen.«

»Das könnte mir auch gefallen«, sagte Jürgen nachdenklich, »ich nehme mal an, dass dir da nicht dauernd jemand erzählt, was alles passiert, wenn du einen Termin nicht einhältst. Und dazu noch Bogenschießen während der Arbeitszeit – das hört sich doch traumhaft an. Noch dazu, wenn auch das Geld stimmt.«

»Ich kann nicht klagen«, sagte Bärger und grinste ein wenig, »Ich komme ganz gut zurecht.«

»Nimmst du eigentlich noch an Wettkämpfen teil?«, wollte Jürgen wissen.

Bärger zögerte mit der Antwort.

»Es könnte sein, dass es damit vorbei ist«, sagte er nach einer Weile und ertappte sich dabei, wie er unbewusst seinen rechten Zeigefinger massierte. »Das hört sich nicht so an, als ob du keine Lust mehr dazu hast«, fand Jürgen, »du warst doch mal ganz gut, wenn ich mich recht entsinne?«

Bärger hob das Glas und hielt es vor den Lichtschein der Flammen, dann nahm er einen kleinen Schluck und stellte das Glas vor sich auf den Tisch.

»Bei der Deutschen Meisterschaft im September habe ich alles versaut, weil auf einmal einer meiner Finger nicht mehr mitgemacht hat. ich musste mittendrin aufhören, weil...« er unterbrach sich: »Willst du das wirklich hören?«

»Du kannst es mir ja in einer verkürzten Fassung erklären«, sagte Jürgen.

»Na schön. Bogenschießen läuft bei den meisten nach einem ähnlichen Schema ab: Einzelne Etappen der Vorbereitung zum Schuss werden durch jahrelanges Training zu einem im Unterbewusstsein abgespeicherten Ablauf, den man nicht mehr zu kontrollieren braucht. Bei mir fängt es damit an, dass ich an den Abschusspflock herantrete und den Pfeil auf die Sehne schiebe. Dann sehe ich mir das Ziel an. Von dem Moment an lasse ich es nicht mehr aus den Augen und schalte alles andere aus. Was dann passiert, läuft sozusagen automatisch ab: Bogen heben, spannen, ankern, nachankern – das heißt, noch mal die Spannung bis in die Schulter führen – ja, und dann, wenn alles passt, dann muss der Pfeil eigentlich nur noch im richtigen Moment sozusagen von allein fliegen. Du weißt vorher, dass du getroffen hast, wenn alles stimmt.«

Bärger sah nachdenklich in die blauen Flämmchen, die am Rand des Holzklobens unter der Birkenrinde hervorzüngelten.

»Und bei dir hat also irgendetwas nicht mehr gestimmt, wenn ich dich richtig verstehe,« sagte Jürgen. »Was war es denn?«

»Meine Hand geht nicht mehr auf.«

Bärger hob die rechte Hand und zeigte die drei nebeneinander liegenden Zeige-, Mittel- und Ringfinger.

»Mit diesen drei Fingern spannt man den Bogen; der Pfeil liegt dabei zwischen Zeige- und Mittelfinger. Der ganze Witz besteht darin, die Sehne ohne den geringsten Widerstand loszulassen. Man nennt es das ›Lösen des Pfeils‹. Es hat bei mir zu Anfang eine ganze Weile gedauert, bis es klappte, aber dann hatte ich nie wieder Probleme damit.«

Er drehte den Stiel seines Weinglases zwischen Daumen und Zeigefinger und nickte mehrmals mit dem Kopf, als wolle er seine letzte Bemerkung bestätigen.

»Weißt du, es ist eigentlich gerade die Winzigkeit dieses Versagens, die ich so nicht akzeptieren kann. Es gibt Bogenschützen, die schießen einen doppelt so starken Bogen wie ich; meist sind es Langbogenschützen, die dann auch einen völlig anderen Stil entwickeln. Die wenigsten sind in der Lage, einen so starken Bogen einige Sekunden lang ruhig zu ankern, sie schießen meist aus der Bewegung heraus. Das nennt man dann einen ›fliegenden Anker‹ und die wenigsten erreichen damit gute Treffer. Das geht manchmal noch zu Anfang eines Turniers ganz gut, aber je länger es dauert, umso schlechter werden die Ergebnisse, weil sie zum Schluss ihre Bogen gar nicht mehr voll ausziehen können.«

Bärger unterbrach sich und sah Jürgen an, der ihm schweigend zugehört hatte. »Interessiert dich das wirklich?«

»Es ist wirklich etwas ganz Neues für mich, das du mir hier erzählst. Eigentlich wollte ich es immer schon mal selbst mit dem Bogenschießen versuchen, aber du weißt ja, wie das ist...«

Jürgen führte den Satz nicht zu Ende und Bärger sagte, nachdem er sich einen Moment lang besonnen hatte.

»Was ich meine, ist eigentlich nur das: über viele Jahre habe ich mir da einen Haufen von Erfahrungen zusammengetragen, habe das perfekte Material, einen Bogen, der zu mir passt und die richtigen Pfeile, kann jetzt endlich auch im Gelände mit unterschiedlichen Entfernungen zurechtkommen und muss dann auf einmal feststellen, dass das alles nichts mehr wert ist, bloß weil einer von meinen Fingern nicht mehr mitspielt.«

»Bist du schon mal bei einem Arzt gewesen?«, wollte Jürgen wissen.

»Ich war in Nykobing zum Röntgen, aber an den Gelenken konnte der Arzt nichts erkennen.«

»Mir fällt da etwas ein«, sagte Jürgen. »Einer meiner Nachbarn gleich um die Ecke ist Orchestermusiker, oder vielmehr: er war es bis vor Kurzem, ein Geiger. Der musste aus gesundheitlichen Gründen seinen Beruf aufgeben, weil er plötzlich die Finger seiner linken Hand nicht mehr richtig bewegen konnte. Das hört sich doch ziemlich ähnlich an wie dein Problem – oder?«

»Das finde ich hochinteressant«, sagte Bärger und beugte sich nach vorn, »weißt du noch mehr darüber?«

»Nur soviel, dass es bei ihm die Sehnen waren; wenn ich mich recht erinnere, die Strecksehnen, die sich verdickt hatten und damit die Bewegung verlangsamt haben. Bei ihm ist es mitten im Konzert passiert und er sagt, dass er total in Panik geraten war. Eine Weile lang war es dann weg, aber er sagte, nach dem zweiten Mal hatte er vor jedem Konzert Lampenfieber aus Angst, dass es wieder passieren würde.«

»Genau wie bei mir«, sagte Bärger überrascht, »sogar dieses Gefühl von Unsicherheit, weil man sich auf einmal nicht mehr darauf verlassen kann, dass einem der Körper so gehorcht, wie man es gewohnt ist.«

»Wenn es das ist, wirst du wohl mal zu einem Handchirurgen gehen müssen«, meinte Jürgen und damit hatte sich das Thema für diesen Abend für beide erledigt.

Sie sprachen über Jürgens letzte Aufträge, der sich seit einigen Jahren einen guten Ruf bei der Sanierung von Theatergebäuden erworben hatte und zur Zeit mit der Rekonstruktion des alten Hoftheaters in einer thüringischen Kleinstadt befasst war; eine Aufgabe, die ihm zwar, gemessen am zeitlichen Aufwand, nicht viel Geld einbrachte, an der er aber viel Freude hatte.

Als Bärger irgendwann auf die Uhr sah, war es bereits lange nach Mitternacht und er nahm dankbar das Angebot an, auf der Couch nahe am Fenster zu übernachten. Nicht lange danach lag er entspannt auf der niedrigen Liege und schaute noch eine Weile in die langsam erlöschende Glut des Kamins. Auch die kleine Katze kam noch einmal zu ihm und schnupperte lange an seiner ausgestreckten Hand, aber als er versuchte, sie zu streicheln, lief sie davon, saß eine Weile vor dem bis zum Boden reichenden Fenster und schaute in den dunklen Garten, bis sie plötzlich davonlief und so lautlos wie sie gekommen war im Dunkel des Hauses verschwand. Gleich darauf war er eingeschlafen.

5

Einen Augenblick lang musste Bärger sich am nächsten Morgen besinnen, bis ihm wieder einfiel, wo er war. Der Duft von Kaffee drang durch die offene Tür und er hörte das Klappern von Geschirr. Er verkürzte seinen Aufenthalt im Badezimmer auf das Nötigste und saß gleich darauf mit Jürgen und seiner Frau am Frühstückstisch in der Küche.
Es war noch früh am Morgen, jedenfalls für seine Verhältnisse, kurz nach acht Uhr, aber Bärger wusste, dass Jürgen um diese Zeit eigentlich schon längst vor seinem Rechner saß. So dankte er für die Einladung, zum Mittagessen zu bleiben, mit dem Hinweis auf den Zug nach Stockholm, den er kurz nach zehn erreichen musste.
Es war noch reichlich Zeit, aber es schien ihm sicherer, sich eine Stunde vor Abfahrt des Zuges zu verabschieden, weil auf Grund der vielen Baustellen in Berlin nie vorhersehbar war, wie lange man für die Fahrt brauchen würde.
»Ich würde euch gern einladen, nach Falkerslev«, sagte Bärger, nachdem er sich für die freundliche Bewirtung bedankt hatte, »aber ich weiß wirklich nicht, ob es euch bei uns gefallen würde, wenn man in einer Stadt wie Berlin wohnt. Wir könnten aber auch einmal gemeinsam für ein paar Tage nach Kopenhagen fahren – ihr könnt ja mal drüber nachdenken.«
Das versprachen sie und dann ließ er den Wagen an und fuhr zurück zum Bahnhof, wo er gerade noch Zeit fand, die Autoschlüssel abzugeben und seine Rechnung zu bezahlen, bevor er in den ICE nach Stockholm stieg, der sich gleich darauf in Bewegung setzte.
Er hatte einige Mühe, seine sperrige alte Mappe im Zugabteil unterzubringen; das Abteil war bis auf zwei Plätze belegt und er sah keine Chance, vor Ankunft in Nykobing einen Blick auf den Inhalt zu werfen. So las er ein wenig in seinem

Nachrichtenmagazin, das ihn über die wenig erfreulichen aktuellen Ereignisse in Deutschland unterrichtete, sah aus dem Fenster und bemühte sich, die banalen Handygespräche seiner Mitreisenden zu überhören. An Schlafen war unter diesen Umständen nicht zu denken.

In Nykobing angekommen, stellte Bärger überrascht fest, dass er ein Gefühl von Erleichterung empfand, das eigentlich nur mit dem eines Nach-Hause-Kommens vergleichbar war. Er legte die Mappe in seinen Wagen, den er am Bahnhof geparkt hatte und weil er inzwischen Hunger hatte, ging er in das kleine Cafe am Markt, bestellte sich einen Cappuccino und eine Mandelschnitte und schaute zu, wie der späte Nachmittag langsam in eine frühe Abenddämmerung überging.

Es war schon längst dunkel geworden, als er endlich von der wenig befahrenen Landstraße in den Feldweg einbog, der ihn zu Maybritts Hof bei Falkerslev führte. Ein heller Streifen gelben Lichtscheins fiel aus dem Küchenfenster in den Vorgarten und täuschte sommerliches Grün vor, wo bei Tageslicht die Farben des Herbstes dominierten.

»Der Tee ist noch warm«, sagte Maybritt, als er in die Küche trat, begrüßt von seinen beiden Katzen, die sich mit aufgerichteten Schwänzen um seine Beine drängten. Er bückte sich, um ihnen den Rücken zu streicheln, während Maybritt ihm lächelnd zusah.

»Ja ja, die einen kochen den Tee und die anderen werden gestreichelt; es ist immer dasselbe«, sagte sie und biss ihn ein wenig ins Ohr, als er sie umarmte.

»Wie war die Reise?«

»Teuer«, sagte Bärger, »teuer, um es mit einem Wort zu sagen.«

»Das waren schon zwei Worte«, meinte sie, »du wiederholst dich. Wirst du jetzt langsam alt? Aber im Ernst: was ist denn passiert?«

Und dann erzählte er von der Fahrt, von dem neuen Vertrag mit dem Lagerhaus und von seinem Besuch bei Jürgen, dessen Name Maybritt als der eines Freundes aus Berlin bekannt war. Sie nickte nachdenklich, als er ihr seine Überlegungen wegen der in Berlin zurückgelassenen Möbel erklärte.

»Es ist wirklich fraglich, ob es sich lohnt, wenn du für die Lagerung von ein paar IKEA-Schränken Jahr für Jahr einen Haufen Geld bezahlen sollst. Platz genug hätte ich dafür hier auf dem Dachboden, aber es ist doch die Frage, ob sie allein die Transportkosten nach hier noch wert sind. Und hier im Haus haben wir auch keine Verwendung dafür, oder was meinst du?«
Bärger nickte zustimmend.
»Es tut mir nur leid, sie als Sperrmüll zerschreddern zu lassen. Schließlich sind es zwar gebrauchte, aber doch noch brauchbare Möbel. Sicher gibt es in Berlin eine Menge Leute, die Verwendung dafür hätten.«
»Es dürfte kein Problem sein, das über das Internet auch von hier aus herauszufinden«, sagte Maybritt, »denk in Ruhe darüber nach und wenn du einen Entschluss gefasst hast, leiten wir das in die Wege.«
Und dann tranken sie Tee; stark, süß und statt der frischen Sahne mit Kondensmilch, von der Bärger den Katzen wie immer nach Maybritts Meinung viel zu viel in ihr Schälchen gab. Aber das war ein altes Thema und die Katzen vertrugen es prächtig und waren wohl auch ausreichend in Feld und Garten unterwegs, um kein Fett dabei anzusetzen.

Erst am nächsten Morgen dachte Bärger daran, die Zeichenmappe aus dem Wagen zu holen, fand jedoch keine Zeit mehr, vor Beginn seiner Arbeit im Centret einen Blick hineinzuwerfen. So stellte er sie in den Flur und fuhr nach Nykobing und über die Brücke am Guldborgsund zu seinem kleinen Arbeitszimmer, um an der Dokumentation der alten Rauchkate weiterzuarbeiten, die sie im Sommer vermessen und danach abgetragen hatten.
So war es denn bereits der Abend danach, als er in Maybritts Wohnzimmer den Sessel beiseite schob, um den Deckel der auf dem Schafwollteppich liegenden Mappe aufklappen zu können. Mit ein wenig Wehmut sah er auf die mit den Jahren vergilbten Kartonblätter, auf denen er im letzten Studienjahr seinen Hauptentwurf mit Tusche gezeichnet hatte; das war lange bevor Computer und Plotter die alten Arbeitsmittel des Architekten verdrängten. Er bezweifelte, dass er heute noch dazu

in der Lage sein würde, als er die sauberen Linienführungen betrachtete. Aber auch die Entwurfsidee – eine Konzerthalle für die Dresdner Philharmonie mit einem traumhaften, wenn auch natürlich fiktiven Standort im Großen Garten, einem weitläufigen Parkgelände mit altem Baumbestand – schien ihm noch heute tragfähig. Er schob die Blätter eines um das andere langsam unter das Licht der Stehlampe und mit jeder der Zeichnungen schien sein Gedächtnis die alten Ideen wieder ein wenig mehr zum Leuchten zu bringen.

Die Aufgabe hatte gelautet, einen Konzertsaal für 1200 Personen zu entwerfen. Fasziniert von den Gesetzmäßigkeiten der Raumakustik, über die er in seinen Vorlesungen gehört hatte, hatte er beschlossen, einen Saal ohne Ränge und Logen zu planen, eine Gleichberechtigung der Sitzordnung ausschließlich im Parkett als Ausdruck eines »demokratischen Zugangs zur Kultur«, wie er es damals formuliert und selbst ein wenig geglaubt hatte. Die Tiefe des Saales war aus akustischen Gründen begrenzt; wenn die Schallwellen, die von der Saalrückwand zurückgeworfen wurden, sich mit dem direkten Schall vom Orchesterpodium überschnitten, war kein gutes Hörerlebnis möglich. Um die geforderte Kapazität zu erreichen, hätte er deshalb das Parkett extrem breit konzipieren müssen. Als er damals die ersten Skizzen zu Papier brachte, schien ihm das Ergebnis zunächst kaum realisierbar. Aber als er dann die Sitzreihen kreisbogenförmig um ein rundes Podium anordnete, ergab sich im Groben die Form eines nahezu gleichseitigen Dreiecks. Das war die Lösung.

Der Konzertsaal war der Mittelpunkt, seiner Gestalt war alles andere unterzuordnen. Seine Form sollte nach seinen Vorstellungen auch die des gesamten Gebäudes bestimmen. Bärger war, nachdem er den bereits 1896 verfassten Aufsatz von Louis Sullivan, des amerikanischen Architekten der Chicago School gelesen hatte, zum überzeugten Anhänger der Gestaltungslehre des FFF – form follows function geworden. Sullivan hatte diese These seinerzeit als ein allgemeingültiges Naturgesetz erklärt. So weit wollte er auch damals nicht gehen; es erschien ihm zu einfach, alles Zweckmäßige auch gleich schön zu nennen, aber

er wusste, dass auch die Designer und Architekten des Bauhauses nach diesem Prinzip revolutionäre Fortschritte in der Gestaltung von Gebrauchsgegenständen gemacht hatten.
Bärger erinnerte sich daran, dass er die Form seines Entwurfs geträumt hatte. Er war mitten in der Nacht aufgewacht, weil er ein Bild vor Augen hatte, das er mit drei, vier schnellen Strichen auf einem Blatt Transparentpapier festgehalten hatte, bevor er sich wieder hinlegte und weiterschlief. Das Ergebnis hatte sich wider Erwarten in den nächsten Tagen als tragfähig erwiesen: eine relativ flache Kugelkalotte, im Grundriss an drei Seiten regelmäßig so beschnitten, dass ein sphärisches Dreieck entstand. Aus heutiger Sicht würde er von einer direkten formalen Entsprechung von innen und außen wohl nicht mehr mit dieser Entschiedenheit sprechen, wie er es damals getan hatte, aber immerhin war es ihm gelungen, auch die akustisch notwendigen Gliederungen der Saalseitenwände und der Decke so zu gestalten, dass sie sich der großen Idee unterzuordnen schienen.

Er entsann sich seiner Begeisterung; wie im Fieber hatte er nächtelang gearbeitet, als sei das alles ein realer Auftrag und nicht nur eine studentische Examensarbeit. Es hatte auch später lange Zeit gebraucht, bis er begriffen hatte, dass er niemals zu denen gehören würde, die solche Aufträge erhielten. Immerhin, dachte Bärger, habe ich meinen Rausch des unbekümmerten Entwerfens erlebt. Wahrscheinlich wäre ich auch später niemals fähig gewesen, die geschäftlichen Seiten solcher Millionenvorhaben auch nur annähernd zu begreifen, geschweige denn zu meinem Vorteil zu nutzen. Nicht umsonst war er schließlich jetzt Kurator in einem dänischen Mittelalterzentrum. Es war wohl falsch, sich jetzt die Frage zu stellen, ob er in seinem Leben alles richtig gemacht habe. Seine zerbrochene Ehe schien eher das Gegenteil zu beweisen, aber beruflich hatte er seine Möglichkeiten wahrscheinlich ausgeschöpft.
Bärger schob die Blätter zusammen.
Ganz unten in der Mappe lag ein dünner zusammengefalteter Karton; als er ihn anhob, glitten ein paar große Schwarz-Weiß Fotos heraus, Aufnahmen des Modells seiner Konzerthalle,

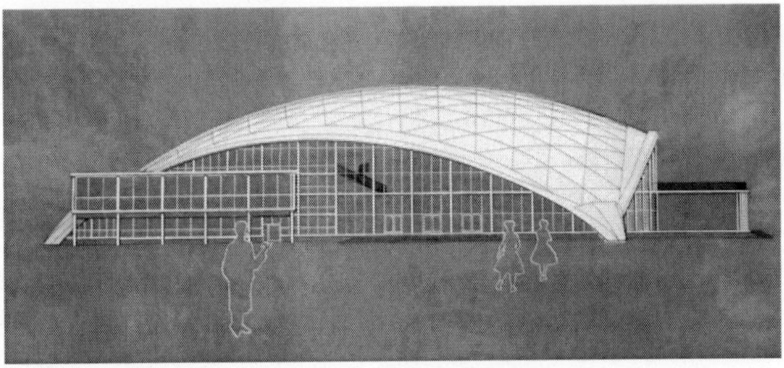

das er in der Modellbauwerkstatt im Keller der Universität gebaut hatte. Er entsann sich der einzelnen Schritte, die er unter Anleitung eines erfahrenen Meisters bei der Anfertigung des Gipsmodells erlernt hatte – die Anfertigung eines Kernes mit Hilfe einer Blechschablone in Form eines halben Kreisbogens, die um eine vertikale Achse bewegt wurde und Tage später nach dessen Aushärten und Lackieren das Aufbringen des dünnflüssigen Gipsbreies und das Abziehen mit der um zwei Millimeter im Durchmesser vergrößerten Schablone. Es war ein spannender Moment gewesen, als er endlich die dünne Schale mit größter Sorgfalt vom Kern lösen konnte und heil in der Hand hielt.
Zwei weitere Fotos waren erst im Jahr danach entstanden.
Sie zeigten weiß auf schwarzem Grund ein anderes Modell der gleichen Kugelkalotte, diesmal jedoch aus schmalen Pappstreifen in Form von Kreisbögen, die er zu einem Netz regelmäßiger sphärischer Dreiecke zusammengefügt hatte.

Aus dem Flur hörte er das Geräusch der zuschlagenden Haustür und gleich darauf die schnellen energischen Schritte Maybritts. Sie blieb in der offenen Tür stehen, auf dem Arm ihren großen grauen Kater Tiger, dem sie beruhigend den Kopf streichelte. Verständnislos schaute sie auf den Stapel der auf dem Boden liegenden Zeichnungen. Bärger lachte.
»Kannst du dir ruhig mal näher ansehen«, sagte er und stand auf, »das ist eine Arbeit aus meiner Studentenzeit. Damals gab es noch keine Computer und wir haben alles selbst gezeichnet.«

Maybritt trat näher heran und betrachtete aufmerksam das oben liegende Blatt, das eine Seitenansicht der Konzerthalle darstellte. »Mächtig gewaltig«, meinte sie, aber es war wohl nicht so spöttisch gemeint, wie es klang und Bärger meinte etwas wie Anerkennung in ihrer Stimme zu spüren.

»Machst du uns einen Tee? Dann kannst du mir ja noch ein bisschen mehr darüber erzählen.«
Und dann saßen sie sich in der Küche gegenüber und Bärger berichtete aus seiner Studentenzeit in Dresden und davon, dass er einmal davon geträumt hatte, ein völlig neues Theater zu bauen; eines, dessen Bühne und Zuschauerraum man in Form und Raumvolumen durch bewegliche Wände und Decken so verändern konnte, dass vom Kammerspiel bis zur großen Oper alles darin gespielt werden konnte.
»Was man eben so spinnt, wenn man jung ist«, meinte er entschuldigend.
»Wir hatten wohl alle unsere Träume«, sagte Maybritt und sah nachdenklich aus dem Fenster, vor dem die letzten Blätter des alten Fliederbaumes hell gegen einen nachtschwarzen Himmel standen.

6

Bärger liebte das gemeinsame Frühstück mit Maybritt.
An den Wochenenden und besonders im Sommer, wenn sie auf dem Hof unter dem dichten Blätterdach des alten Nussbaumes saßen, ließen sie sich stundenlang Zeit damit und genossen das Beisammensein, das auch durch den gelegentlichen Besuch einer ihrer Katzen nicht gestört wurde.
Aber auch an den normalen Arbeitstagen konnten sie sich Zeit lassen.
Maybritt half oft einer Freundin in Nykobing in deren Blumengeschäft am Markt, wenn sie nicht in ihrer Werkstatt hinter der Töpferscheibe saß und ihre eigenwilligen Gefäße formte, Glasuren aufbrachte oder in dem kleinen elektrischen Ofen brannte. Bärger selbst hatte so etwas wie eine gleitende Arbeitszeit im Mittelalterzentrum, die im Winter kürzer ausfallen konnte, wenn in der Hauptsaison mehr zu tun gewesen war und alles in allem ergab diese Situation für beide eine stressfreie Tätigkeit, die sie beide zu schätzen wussten.
So traf es ihn völlig unerwartet, als sie ihm eines Tages eröffnete, dass sie ein Angebot aus Kopenhagen erhalten habe, wieder in ihrem alten Beruf als Programmiererin zu arbeiten. Das war in dieser Zeit keineswegs normal und es hätte ihn nicht gewundert, wenn sie ihre Mitteilung zumindest als eine große Chance bezeichnet hätte, die sie nicht gut ausschlagen konnte. Aber die Form, in der sie ihm davon erzählte, war die einer nahezu beiläufigen und kommentarlosen Information. Er spürte, dass sie auf seine Reaktion wartete und zögerte mit der Antwort.
»Du weißt«, sagte er nach einer Weile, »dass ich deinetwegen hierher gekommen bin. Dieses Land ist nicht meine Heimat, obwohl das, glaube ich, nicht so wichtig ist. Aber Du bist mir wichtig und ich fühle mich wohl hier in Falkerslev und meine Katzen sind hier zu Hause und...«

»...und das sollen sie auch bleiben«, setzte Maybritt seinen Satz fort, »schließlich fahre ich nicht nach Grönland wo es übrigens auch immer noch ein bisschen dänisch zugeht, obwohl es so weit weg ist, sondern bloß nach Kopenhagen und wenn ich diesen Job annehme, bin ich an den meisten Wochenenden wieder hier bei euch. Und außerdem: wer soll sich um meinen armen Kater kümmern, wenn ich nicht da bin?«
Und da begriff er, dass sie ihre Entscheidung wohl doch schon getroffen hatte und dass an seinem Verbleiben in Falkerslev für sie kein Zweifel bestand. Das konnte er nun einerseits vielleicht ein wenig egoistisch interpretieren, aber andererseits sah er ein, dass er kein Recht hatte, ihr eine so wichtige Angelegenheit auszureden.
»Du hast dir wahrscheinlich nie klar gemacht, dass ich von der Töpferei und der Hilfe im Blumenladen bei Karen einigermaßen leben kann, aber dass dabei nicht viel übrig bleibt«, sagte Maybritt. »Ich habe zwar hier das Haus und den Garten und glücklicherweise keine Schulden, aber für eine sorgenfreie Altersversorgung kann ich davon nichts zurücklegen. Wenn ich so eine Möglichkeit bekomme, dann muss ich ganz einfach zugreifen.«
Er sah es ein; was blieb ihm auch anderes übrig, und nachdem sie ihm versprochen hatte, ihn an jedem Freitag anzurufen, damit er sie in Nykobing vom Bahnhof abholen konnte, vermieden sie es in den nächsten Tagen, darüber zu reden.
Stattdessen wollte sie mehr über die Zeit seines Studiums in Dresden erfahren und da sie ihm mit sichtlichem Interesse zuhörte, fand auch er Gefallen daran, ihr davon zu erzählen. Auch die Modellfotos seiner Konzerthalle wollte sie noch einmal sehen und er versuchte ihr zu erklären, wie er rein zufällig darauf gestoßen war, dass es möglich war, auf der Oberfläche der Kugelschale mit einem Zirkel ein regelmäßiges Netz gleichseitiger sphärischer Dreiecke einzuzeichnen.
»Du musst wissen«, sagte Bärger, »dass ich ein miserabler Mathematiker bin. Die Statikprüfung auf der Uni habe ich mit Ach und Krach bestanden, wie man bei uns in Deutschland sagt. Wahrscheinlich ist einer meiner Grundschullehrer schuld daran,

der Gefallen daran hatte, die Klasse vor Unterrichtsbeginn mit Kopfrechnen ›aufzuwecken‹, wie er das nannte. Für die meisten mag das ein Spaß gewesen sein, aber ich verhedderte mich bei den Kettenrechnungen nach den ersten richtigen Zwischenlösungen hoffnungslos und dann war es eben aus. Nein, Zahlen sind nicht mein Ding; ich kann nicht mal ein Sudoku lösen, was für die meisten ein Kinderspiel zu sein scheint. Aber Geometrie habe ich immer geliebt, die Präzision und die Ästhetik; etwas, das ich sehen konnte, Aufgaben, die ich konstruierend lösen konnte, das machte mir Spaß und das tut es noch heute.«
Mit dem Zeigefinger zog er die geschwungenen Linien auf dem Modellfoto nach.
»Du musst wissen, dass die Entwurfsaufgabe der Konzerthalle eigentlich schon gelöst und abgeschlossen war. Ich hatte keineswegs nachzuweisen, auf welche Art und Weise möglicherweise eine Dachkonstruktion für das Gebäude hergestellt werden sollte und das war auch überhaupt nicht meine Absicht. Auch das Modell war nicht Teil der Aufgabe gewesen, aber es schien mir wichtig, um mir eine reale räumliche Vorstellung dieser Form zu verschaffen.«

Wieder machte Bärger eine Pause und sah nachdenklich auf das vor ihm liegende Bild. Dann fuhr er fort:
»Es war ganz einfach. Der höchste Punkt der Dachschale, der Scheitel, war deutlich sichtbar als der Punkt, wo die vertikale Achse der Schablone oben heraus gesehen hatte. Das Loch hatte ich nachträglich mit Gips gefüllt. Ich habe einen Zirkel genommen, ihn genau auf diesen Punkt gesetzt und einen Kreis gezogen. Dann habe ich den Zirkel auf diese Kreislinie gesetzt und einen neuen Kreis gezeichnet und von den Schnittpunkten dieser Kreise aus immer neue Kreise und auf einmal stellte ich fest, dass alle die auf diese Weise gefundenen Schnittpunkte sich auf geraden Linien befanden; genauso, als ob ich sie auf einem ebenen Blatt Papier gezeichnet hätte, um ein regelmäßiges Sechseck zu konstruieren.«
Er sah zu Maybritt, die vor ihm saß, das Kinn auf die linke Hand gestützt, und ihn aufmerksam ansah. So fuhr er fort:

»Ich will es kurz machen. Nachdem ich gemerkt hatte, wie das funktioniert, habe ich auf der Schale mit dem Zirkel ein Punktraster konstruiert, bis aus den vielen kleinen Dreiecken in der Addition schließlich ein großes geworden war. Das reichte zwar nicht ganz bis an den Rand der Schale, aber weit genug, um den größten Teil der Dachfläche zu bedecken. Mit einem elastischen Kurvenlineal habe ich dann die Punkte zu Linien verbunden und hatte plötzlich eine regelmäßig strukturierte Kugelfläche vor mir. Das war richtig irre.«

»Es erinnert mich ein bisschen an den Panzer einer Schildkröte«, meinte Maybritt, »schade, dass das alles nur Papier geblieben ist. Ich könnte es mir gut vorstellen, umgeben von alten Bäumen in einer Parklandschaft.«

Und dann war es höchste Zeit, schlafen zu gehen und als wären sie gerufen worden, kamen aus den verschiedenen Teilen der Wohnung die drei Katzen gelaufen, um ihre gewohnten Schlafplätze in den Betten einzunehmen; eine Tatsache, gegen die Maybritt und Bärger längst ihren Widerstand aufgegeben hatten.

Die Erinnerung an die von großen Erwartungen erfüllte Studentenzeit, die durch den Fund in seiner Zeichenmappe wieder aufgelebt waren, hielt noch einige Zeit an. Merkwürdigerweise hatte ihn in den Jahren danach, als er schon längst als angestellter Architekt arbeitete, nicht mehr so sehr die Idee seiner Konzerthalle, sondern vielmehr ausschließlich die der Dachkonstruktion aus den regelmäßigen sphärischen Dreiecken beschäftigt. Natürlich war es ihm nicht gelungen, die empirisch gefundene Lösung in mathematischer Form auszudrücken, und es war ihm nur ein geringer Trost gewesen, dass auch ein promovierter Mathematiker seiner Firma ihm das verlegene Eingeständnis machen musste, dass er ihm nicht helfen könne.

Schließlich war er auf die Idee gekommen, einen zweiten empirischen Versuch zu machen, bei dem er gleichsam den umgekehrten Weg ging. Nach den Maßen seines Modells ließ er sich in einer Modellbauwerkstatt eine Anzahl schmaler bogenförmige Pappstreifen mit dem Radius seiner Kugelschale schneiden, aus denen er zu seiner eigenen Verwunderung

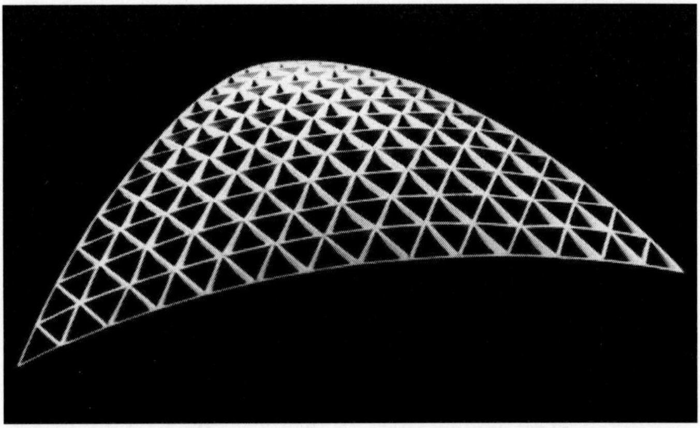

problemlos die perfekte Form seiner Schale durch schrittweises Einfügen von immer kleiner werdenden Dreiecken konstruieren konnte. Es hätten sich auf dieser Grundlage sicher mehrere technologische Fertigungsverfahren für ähnliche Formen ableiten lassen, aber mit der letzten visuell überprüfbaren Lösung war für ihn das Problem gelöst und er konnte nicht ernsthaft annehmen, dass sich in seinem beruflichen Umfeld damals irgendjemand dafür interessieren würde.

Das Jahr ging ähnlich zu Ende, wie es begonnen hatte; ohne ernsthafte Probleme und Konflikte und nur die Aussicht auf Maybritts beginnenden Arbeitsantritt zu Anfang des neuen Jahres belastete Bärger gelegentlich mit der Aussicht auf einsame Abende in Falkerslev, an denen ihm meist wohl nur die Katzen Gesellschaft leisten würden. Er dachte daran, dass er viel Zeit zu lesen haben würde und auch die viel zu selten benutzte Stereoanlage im Wohnzimmer wollte er wieder öfter in Gebrauch nehmen.

Die letzten Wochen des Jahres verbrachte Maybritt häufiger vor seinem Computer, wo sie im Internet ihm unverständliche Seiten aufrief, während ihre Finger mit unbegreiflicher Geschwindigkeit über die Tastatur glitten. Er brachte ihr Tee, den sie meist kalt werden ließ und dachte deshalb auch laut über die Anschaffung einer Mikrowelle nach, was sie aber nur zu einem zustimmenden Kopfnicken veranlassen konnte, während sie weiter angespannt auf den Monitor starrte. Der einzige, der sie dabei zu stören wagte, war ihr Kater Tiger, der sich gelegentlich auf die Tastatur legte, wenn er der Meinung war, es sei nun an der Zeit, sich um sein Futter zu kümmern.

»Bist du wirklich der Meinung, dass du so etwas machen willst, acht Stunden am Tag oder noch länger?« Der Zweifel in Bärgers Stimme war unüberhörbar.

»Das ist zur Zeit nicht die richtige Frage«, sagte Maybritt, »erst einmal muss ich versuchen, den Job überhaupt zu behalten. Es ist nämlich nicht meine Absicht, schon nach vierzehn Tagen wieder hier auf der Matte zu stehen.«

Mitte Dezember fiel der erste Schnee; nur wenig zunächst, in großen Flocken, die bald wieder geschmolzen waren. Aber mit den sinkenden Temperaturen schien die Stille um den kleinen Hof noch zuzunehmen und kurz vor Weihnachten bedeckte das leuchtende Weiß frisch gefallenen Schnees die Wiesen und Felder, die ihn rings umgaben. Gemeinsam unternahmen sie eine lange Wanderung, den Feldweg entlang, über den die kalte Wintersonne die langen blauen Schatten der Koppelpfähle warf, bis hinauf in den Kiefernwald, wo Maybritt Zweige, Moos und Zapfen sammelte, aus denen sie zu Haus in einer großen Keramikschale eine weihnachtliche Dekoration zusammenstellte.

Auch zum alljährlich schon Ende November stattfindenden Weihnachtsmarkt des Mittelalterzentrums hatte Bärger nur wenig beitragen müssen; zum Verkauf angebotene Pfeile mittelalter licher Bauart waren um diese Jahreszeit nicht sehr gefragt, erst im Sommer, wenn man damit auf die Scheiben hinten am Hafen schießen konnte, wurden sie wieder interessant.

Es war Maybritt wichtig, dass sie gemeinsam in der Klosterkirken von Nykobing das Weihnachtsoratorium hörten. Dieses Konzert und ein anschließendes festliches Essen im ›Czarens Hus‹, dem Restaurant in dem schönen alten Fachwerkhaus, das zur Hälfte ein Museum war, war für beide der Abschluss des Jahres. Sie aßen Ochsenfilet in Portweinsauce mit Kartoffelpüree, das mit reichlich Butter und Muskatnuss gewürzt war und tranken dazu einen viel zu teuren französischen Pinot Noir. Es war ein Luxus, den sie sich nur selten leisteten und erst jetzt wurde Bärger bewusst, wie selbstverständlich ihm sein sorgloses Leben an Maybritts Seite geworden war.

Fast erschreckend aber empfand er die Verwandlung, als er sie am Tage danach vor dem großen Spiegel im Flur stehend fand, das lange Haar mit einem breiten Steckkamm straff nach hinten gekämmt, in einem grauen Kostüm mit knielangem Rock und zum ersten Mal mit Strumpfhose und hochhackigen Pumps.
Auch die Katzen schienen ratlos bei diesem Anblick.
»So richtig begeistert scheint ihr alle nicht zu sein«, sagte sie spöttisch, als sie seinen erstaunten Blick bemerkte, »früher haben zumindest Männer so etwas immer toll gefunden; jedenfalls im Kino, wenn ich mich recht entsinne.«
Doch dann schleuderte sie die Pumps mit einer heftigen Bewegung von den Füßen.
»Nicht mal das funktioniert richtig mit so einem engen Rock«, meinte sie danach seufzend, »wenigstens die werde ich mir wohl doch lieber ersparen.«
Sie hoffe sehr, dass es nur für das Vorstellungsgespräch beim Chef sei, meinte sie danach entschuldigend, und sie sei sicher, dass ihre normale Berufskleidung danach wieder etwas bequemer sein dürfe.

Die Einladung ihrer Freundin Karen zu einer Silvesterfeier in Nykobing schlug Maybritt dankend aus. Stattdessen saßen sie in der Neujahrsnacht in der »Bibliothek«, wie Bärger ihr Wohnzimmer mit den wandgroßen Bücherregalen gern nannte, hörten alte englische Kammermusik und tranken reichlich von dem nach Nelken duftenden Glühwein. Noch vor Mitternacht beschlossen sie, schlafen zu gehen.
»Wenn du heute noch mit mir schlafen willst, muss ich dich enttäuschen«, sagte Maybritt und gähnte herzhaft, während sie sich

auf ihr Bett fallen ließ, »jetzt bin ich einfach zu müde.«
»Ich hätte wohl doch mit dem Rum ein bisschen sparsamer umgehen sollen«, meinte Bärger ernsthaft, »das hat man nun von seiner Gutmütigkeit.«
Aber sie wehrte ihn nicht ab, als er sich zu ihr unter die Decke legte und bettete ihren Kopf an seine Schulter. Gleich darauf war sie eingeschlafen.
Bärger erwachte von dem leisen Geräusch, mit dem der Kater auf die Fensterbank gesprungen war. Vor dem Fenster erschienen in der Ferne die bunten Lichter des Feuerwerks über Nykobing; farbige Fontänen leuchtender Funken zerstoben am Himmel, sanken herab und erloschen. Auch Maybritt war wach geworden und sah schweigend dem lautlosen Spiel des leuchtenden Sternregens zu.
»Alles Gute zum neuen Jahr«, sagte sie leise, als es zu Ende ging und umarmte ihn fest.
»Das wünsche ich dir auch.« Sie erwiderte seinen Kuss, leicht und spielerisch zunächst und bewegte sich träge wie eine Katze in der Sonne unter der sanften Berührung seiner Hände. Auch als sie ihn an sich zog und er in die Wärme ihres Schoßes eindrang, war es wie ein schwebendes Spiel geblieben und sie genossen eine scheinbar endlose Zeit, in der ihre Körper miteinander zu verschmelzen schienen.

7

Die Tage bis zu ihrer Abreise vergingen viel zu schnell.
Manchmal, wenn Maybritt im Hause an ihm vorüberging, umarmte er sie stumm für einen Moment, bis sie ihn lachend zur Rede stellte.
»Jetzt hör mir mal zu: ich fahre nicht ans Ende der Welt, sondern nach Kopenhagen und ich bin auch nicht furchtbar lange weg, sondern für fünf Tage in der Woche und es sollte mich gar nicht wundern, wenn du nach ein paar Tagen ganz gut damit zurechtkommst. Du wirst es schon aushalten – ich muss es schließlich auch.«
Aber beim Abschiednehmen auf dem Bahnhof in Nykobing hatte sie doch feuchte Augen, als sie sich in der offenen Tür des Waggons noch einmal nach ihm umdrehte.
»Die erste Woche wird auch für mich am schlimmsten werden«, sagte sie und versuchte ein schwaches Lächeln, »drück mir die Daumen, wie man bei euch in Deutschland angeblich sagt, wenn man jemandem Glück wünscht. Du hast abends wenigstens die Katzen.«
Dann schlossen sich die Türen und sie winkte noch einen Augenblick lang hinter der geschlossenen Scheibe, bis der Zug Fahrt aufnahm und sich seinen Blicken entzog.

Sie hatte Recht behalten.
War es, weil sie genug Zeit gehabt hatten, sich auf die Trennung vorzubereiten oder war es die Tatsache, dass er in Falkerslev ständig ihre Anwesenheit zu spüren meinte; das befürchtete Gefühl von Einsamkeit blieb aus und Bärger ertappte sich nur gelegentlich dabei, dass er begann, zu den Katzen zu reden.
Seine Abende, die ihm nie zu lang wurden, verbrachte er in der Bibliothek, wo er sich ein Schaffell auf den bequemen Ledersessel gelegt hatte. Die Leselampe mit dem verstellbaren

Strahler leuchtete nur das kleine Feld aus, in dem er das Buch auf seinem Schoß hielt und ließ den Rest des Zimmers im dämmerigen Halbdunkel. Seltsam aber erschien es ihm, dass die Wiederbegegnung mit seinen längst vergessenen geometrischen Versuchen zur Strukturierung einer Kugelschale durch gleichseitige sphärische Dreiecke, die er in der Zeichenmappe aus Berlin gefunden hatte, ihn erneut zu faszinieren begann.

In Maybritts Sammlung von großen Bildbänden hatte er eine umfangreiche Abhandlung zum ›Goldenen Schnitt‹ gefunden, die über die Beschreibung der Konstruktion und der Zahlenverhältnisse hinaus auch eine eingehende Untersuchung zu den historischen Wurzeln dieses Proportionssystems in anschaulichen Bildern erklärte. Einerseits beschämte es ihn, erfahren zu müssen, dass bereits 500 vor Christus ein Mann wie Pythagoras seine Spielereien mit Zirkel und Lineal vorweggenommen hatte, auch wenn sie zu dieser Zeit als eine Art Metaphysik der Zahlen der Interpretation des Prinzips aller Dinge dienten. Das Erstaunlichste aber war, dass sie dabei gänzlich ohne Zahlen auskamen und ihre Gedanken in bildlichen Symbolen darstellten.
Der Kreis wurde für sie zum Vater aller Formen, die sich durch Vervielfachung aus einem ersten Kreis entwickelten. So stand für die Zahl eins ein Punkt, um den sie einen Kreis zogen. Die Zahl zwei bildeten sie, indem sie den Zirkel auf einen Punkt der Linie des ersten Kreises setzten und einen zweiten Kreis schlugen. Dieser zweite Kreis führte durch den Mittelpunkt des ersten. Die Verbindung der beiden Mittelpunkte durch eine Linie sahen sie als Zweiheit, sowohl als Prinzip der Polarität wie auch der Einheit.
Die Zahl drei schließlich, die Triade, war das gleichseitige Dreieck, das entstand, wenn man den dritten Kreis zeichnete, indem man den Zirkel in den Schnittpunkt beider Kreise setzte und danach die Mittelpunkte dieser drei Kreise miteinander verband. Schon damals wussten die Pythagoräer, dass das Dreieck die einzige polygone Struktur war, die sich auf Grund ihrer Geometrie als absolut stabil erwies und Bärger erinnerte sich an den Fachkundeunterricht für Zimmerer, bei dem der Lehrer mit

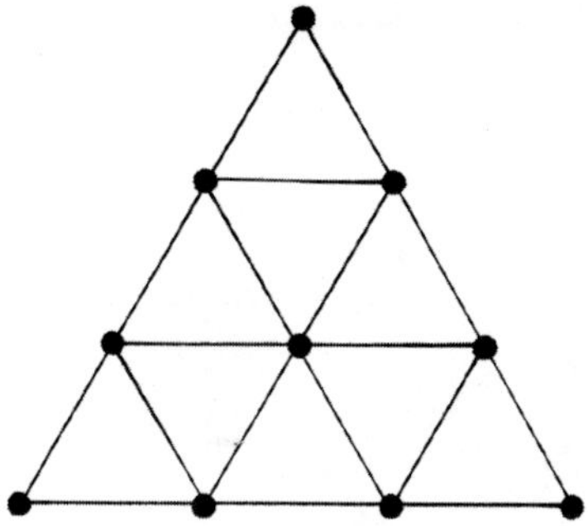

Hilfe seines zusammengelegten Gliedermaßstabes ohne viel Worte das Funktionieren des ›unverschieblichen Dreiecks‹ bei Fachwerkkonstruktionen bewiesen hatte.
Die Konstruktion eines Quadrates nach diesem Prinzip fand Bärger aber nicht mehr so elegant und so überschlug er die nächsten Seiten, bis er auf die Darstellung einer Figur stieß, die hier als Tektratys bezeichnet wurde. Es handelte sich um die Zeichnung eines gleichseitigen Dreiecks, das durch ein Netz von kleineren Dreiecken gleichmäßig gegliedert wurde. Den Pythagoräern erschien jedoch nicht die lineare Struktur interessant, sondern vielmehr die Interpretation der insgesamt zehn Eckpunkte an den Schnittlinien dieser Figur, in der sie die Relation der Zahlen zum gesamten Universum zu erkennen glaubten.
Zu seiner Verblüffung erfuhr Bärger, dass Pythagoras mit Hilfe diese Diagramms auch den mathematischen Aspekt der Harmonien der Tonleiter nachgewiesen hatte: bei seinen Experimenten mit unterschiedlich langen Saiten kam er zu dem Ergebnis, dass Veränderungen der Länge im Verhältnis 1:2 einer Oktave, 2:3 einer Quinte und 3:4 einer Quarte entsprachen. So schienen einfache ganzzahlige Proportionen aus dem endlosen Feld von Schwingungen im hörbaren Bereich schon vor mehr als 2.500 Jahren die Auswahl der Skala bewirkt zu haben, die noch heute die Grundlage der europäischen Musikkultur war.

In der ersten Januarwoche begann es wieder zu schneien. Tagelang blieb der Himmel grau, ein schneidender Ostwind trieb die staubfeinen Flocken über die kahlen Felder und häufte sie vor dem Gartenzaun in Falkerslev zu kleinen Hügeln. Bärger ließ den Wagen an der Straße stehen, wenn er von der Arbeit kam und stapfte durch den tiefen Schnee den kaum noch erkennbaren Weg hinunter zum Haus. Auch die Katzen machten nur noch probeweise kurze Ausflüge ins Freie und kehrten auch dann schnell wieder um, als draußen endlich wieder die Sonne schien, um sich im Zimmer die kalt gewordenen Pfoten zu lecken.

Er hatte Maybritt am Telefon berichtet, wie es in Falkerslev aussah und als er sie am Freitag abends vom Zug abholte, war er erleichtert zu sehen, dass sie unter ihrem Parka Jeans angezogen hatte und ihre Füße in festen Stiefeln steckten. Sie war schweigsam während der Rückfahrt und erst als der tiefverschneite kleine Hof in Sicht kam, schien sie wieder munter zu werden. Er beeilte sich, eine Kanne Tee aufzubrühen, während sie die Treppe hinauf lief, um sich umzuziehen. Dann saßen sie wieder am Tisch in der Küche und alle drei Katzen drängten sich um Maybritt, weil jede zuerst gestreichelt werden wollte.

»Kaum ist die Maus aus dem Haus, schon tanzen die Katzen auf dem Tisch«, meinte sie und versuchte, ein ernstes Gesicht zu machen, »die reine Lotterwirtschaft ist das hier.«

Bärger grinste vergnügt:

»Wenn du sonst weiter keinen Grund zu meckern findest, dann sind wir schon sehr zufrieden, die Katzen und ich. Dein Umgang mit deutschen Sprichwörtern gefällt mir übrigens wirklich; sie werden dadurch meist viel schöner als das Original.«

Dann wurde er wieder ernst.

»Erzähl mal, wie war die erste Woche in Kopenhagen?«

Maybritt seufzte und sah ihn zweifelnd an.

»Ziemlich grauslig, am liebsten würde ich wieder hier bleiben. Wenn ich nicht von Jette Unterstützung gehabt hätte, wäre es wohl noch schwerer geworden. Es ist wahrscheinlich ganz gut, dass ich bei ihr wohnen kann, so habe ich wenigstens abends bei ihr ein paar wichtige Hintergrundinformationen erfahren, was

die Leute von der Leitung betrifft. Aber die Kollegen sind alle sehr nett und hilfsbereit.«
»Kannst du mir auch ein bisschen davon erzählen, was du dort machst?«
Maybritt sah ihn zweifelnd an.
»Ich könnte schon, aber ich weiß nicht, ob du dir etwas darunter vorstellen kannst. Wenn ich dir zum Beispiel sage, dass ich als SPS-Programmierer ein Regelungsprogramm für Bildverarbeitungssysteme der grafischen Industrie entwickle – kannst du damit etwas anfangen?«
Bärger schüttelte den Kopf.
»So richtig nicht. Oder, um ehrlich zu sein, überhaupt nicht. Seltsam – als ich dich kennen lernte, warst du für mich eine junge Frau mit einem handfesten Beruf als Töpferin, die auf dem Lande wohnte und nicht einmal ein Handy benutzte. Und jetzt das...«
Jetzt war sie es, die herzlich lachte.
»Tut mir leid, wenn du etwa auf der Suche nach der Unschuld vom Lande warst – bist du jetzt enttäuscht?«
»Na ja«, sagte Bärger, » das mit der Unschuld vom Lande war ja eher ein erfreulicher Irrtum, wenn ich das mal so sagen darf.«
»Du darfst,« sagte Maybritt, »und da wir gerade davon reden: hast du mich denn wenigstens vermisst?«
»Ein bisschen schon«, meinte Bärger und grinste wieder, »auch drei Katzen im Bett sind kein Ersatz für eine richtige Frau.«
Aber es war nicht zu übersehen, dass Maybritt müde und erschöpft war und als sie ihm sagte, dass sie nun wirklich ins Bett müsse, nickte er nur und wünschte ihr eine gute Nacht. Langsam stieg sie die Treppe hinauf, gefolgt von ihrem Kater.

Bärger saß noch eine Weile in der Küche, nachdem er die Tassen ausgespült und die Lampe ausgeschaltet hatte. Er schaute aus dem Fenster und nach einer Weile traten aus der Dunkelheit die verschneiten Sträucher des Gartens und über die harten Konturen des Gartenzaunes sah er auf eine scheinbar endlose Fläche im Mondlicht schimmernden Schnees. In der Nacht wurde es noch einmal bitter kalt.

Auch am nächsten Morgen, als sie beim Frühstück am Tisch saßen, war es noch kalt, aber ein strahlend blauer Himmel stand über den unberührten blendend weißen Feldern und so beschlossen sie eine Wanderung zum Kiefernwald, der ihnen auch im Sommer ein gern besuchtes Ziel war.
Sie fanden die Spuren eines Hasen neben der Brombeerhecke am Gartenzaun, ein Fuchs hatte die Perlenkette seiner Pfotenabdrücke, verbunden durch die Schleifspur seiner Lunte, zurückgelassen und auch die Fährte eines Rehs kreuzte ihren Weg, als sie den Wald erreichten. Es war still unter den grünen Baumkronen.
Von Zeit zu Zeit rieselte ein wenig Schnee von den Zweigen und unter ihren Füßen knirschte der lockere Schnee.
Erst auf dem Rückweg wollte Maybritt wissen, was er in der Zeit ihrer Abwesenheit abends gemacht habe und so erzählte er ihr von dem Buch über Pythagoras, das er in ihrer Bibliothek gefunden hatte. Sie gab ihm recht, als er meinte, dass viele fundamentale Erkenntnisse der heutigen Zeit anscheinend oft uralte Wurzeln hätten und dass ihre manchmal wunderschönen mythischen Interpretationen meist längst verloren gegangen waren.

Viel zu schnell verging das Wochenende.
Am Sonntag hatte Bärger gekocht; zum ersten Mal, seit er in Falkerslev wohnte und mit dem Ergebnis, dass Maybritt erklärte, von nun an sei es mit seinen bisherigen Hilfsarbeiten in der Küche wie Abwaschen und Gemüseputzen vorbei, und er werde in Zukunft genau so für das Mittagessen sorgen wie sie selbst. Es gab ein saftiges Hirschgulasch, das er nach dem Anbraten in Schweineschmalz mit einer Tasse guten Rotweins abgelöscht und mit reichlich saurer Sahne verfeinert hatte. Zu einem großen Löffel Ketchup, Cayenne und schwarzem Pfeffer hatte er zum Schluss noch einen Esslöffel bitterer Orangenkonfitüre in die Soße verrührt und schließlich mit großen Stücken roter Paprika auf kleiner Flamme geschmort. Dazu hatte es Kartoffelpüree gegeben, das er nach dem Abschmecken mit Muskat und Butter mit dem Schneebesen zu einem cremigen Brei geschlagen hatte.

Sie versicherte ihm, dass es großartig schmecke und meinte, dass er mit seinen Fähigkeiten als Koch sich keine Sorgen um seine Zukunft zu machen brauche.

Schon bald nach dem Tee war es dann am Nachmittag wieder so weit, dass Maybritt ihre gepackte Tasche in den Flur stellte, um sich von den Katzen zu verabschieden, die sich um ihre Füße drängten. Auch während der Fahrt zum Bahnhof sprachen sie wenig, aber als sie sich von ihm verabschiedete, sagte sie:
»Ich habe eine ganze Weile darüber nachgedacht. Dieser Job in Kopenhagen ist nicht meine Welt, aber die Töpferei vorher war es eigentlich auch nicht. Im Grunde scheint es so, wie es jetzt ist, die beste Lösung für mich zu sein: das Notwendige dort zu tun, mit der Gewissheit, dass ich in Falkerslev wieder zu mir selbst finden kann. Und es ist mir wichtig, dass du mir dabei hilfst.«
Dazu wollte Bärger keine passende Antwort einfallen, aber es schien zu genügen, dass er sie in den Arm nahm und auf die Wange küsste.

8

Im Gegensatz zu Maybritts Schilderung fand Bärger seinen eigenen Job, bei dem er seine Arbeitszeit nach eigenem Ermessen einteilen konnte, frei von jedem Zeitdruck und erst jetzt wurde ihm klar, dass er diesen Vorteil bisher viel zu wenig zu schätzen gewusst hatte. Die Dokumentation der alten Rauchkate, deren Abbau seine letzte Arbeit im vergangenen Sommer gewesen war, ging schneller als erwartet zu Ende und so fand er Zeit, in der umfangreichen Fachbuchsammlung des Mittelalterzentrums nach interessantem Material zu suchen.

Beim Blättern in einem deutschen Buch über die Geschichte des Bogenschießens fiel ihm eine Abbildung ins Auge, die den englischen König Heinrich VIII. bei einem Schauschießen darstellte. Die Zeichnung war dadurch besonders interessant, dass der Schütze genau von der Seite dargestellt und der gespannte Bogen in seiner realen Durchbiegung zu sehen war. Die drei Finger der rechten Hand zogen die Sehne in Höhe der Schulter bis hinter das Ohr; ein Ankerpunkt war nicht mit Sicherheit auszumachen.

Interessanter aber erschien Bärger die Feststellung, dass der Bogen in der vollen Spannung einen perfekten Kreisbogen zu bilden schien. Er legte die Buchseite in den Scanner und druckte sich eine Kopie der Seite aus. Auf seinem Arbeitstisch legte er ein Blatt Transparentpapier darüber und zog die Linien des Bogens, der gespannten Sehne und des Pfeils nach. Als er die Pfeilachse nach hinten über die Sehne hinaus verlängerte, fand er nach kurzem Suchen mit einem Zirkel auf dieser Linie den Punkt, der das Zentrum des zugehörigen Kreises war: es stimmte – der gespannte Bogen bildete die genaue Form eines Kreisbogens.

Nun ja, das besagte zunächst wohl nicht mehr und nicht weniger, als dass es zu Zeiten Heinrich VIII. üblich war, die Bogen so

zu bearbeiten, dass sie beim Spannen eben diese Form zeigten. Bärger nahm nicht an, dass es die Freude an der Geometrie war, die die Bogenbauer zu diesem Design veranlasste. Es könnte sein, dachte er, dass auf diese Weise der Bogen über die ganze Länge arbeitet und nicht bloß mit einem Teil der Wurfarme. Das schien ihm einleuchtend.

Erneut nahm er das Bild zur Hand.

Der Bogen sah im Vergleich zu dem Mann, der ihn spannte, nahezu gleich groß aus; er schätzte ihn auf etwa 70 Zoll. Wenn er davon ausging, dass der Bogen im Ruhezustand mit eingelegter Sehne ebenfalls einen Kreisbogen bildete – natürlich entsprechend flacher – wäre es interessant herauszufinden, wo das Zentrum dieses Kreises liegen würde. War dafür eine zeichnerische Lösung zu finden?

Bärger nahm ein kleines Blatt Zeichenkarton und legte es vor sich auf die Zeichenplatte seines Arbeitsplatzes. Er zog eine waagerechte Linie, maß auf dieser siebzig Millimeter anstelle der Zolleinheit ab und errichtete über der Mitte dieser Strecke eine Senkrechte. Als Maß der Sehnenhöhe des ungespannten Bogens – die Scheitelhöhe der geometrischen Figur entsprach der Spannhöhe des Bogens zwischen Bogengriff und dem

Punkt, wo der Pfeil auf der Sehne aufliegt – nahm er etwa 9 Zoll an und fand auf der zur Pfeilachse verlängerten Linie den entsprechenden Radius mit einem Maß, das erstaunlich genau dem der Sehne entsprach. Wenn aber Sehne und Radius des Bogens die gleiche Länge hatten, dann entsprach das dem Bild eines Kreisbogens über einem gleichseitigen Dreieck.

Einem spontanen Einfall folgend, legte er das Transparentblatt mit der Kopie des Bildes vom bogenschießenden König auf seine Skizze und übertrug den Sehnenwinkel auf seine Zeichnung. Der Radius des entsprechend verkleinerten Kreisbogens beim voll ausgezogenen Bogen erreichte mit einer vergleichbaren Genauigkeit den Mittelpunkt seines gleichseitigen Dreiecks. Wenn das ein Zufall war, dann jedenfalls ein sehr ästhetischer.

Dass die alten Geometriker bereits zu Zeiten des Pythagoras beim Umgang mit Zirkel und Winkelmaß mit Sicherheit ähnliche Beobachtungen gemacht hatten, konnte Bärgers Vergnügen an seiner Entdeckung nicht mehr beeinträchtigen, aber nie zuvor war ihm die wörtliche Entsprechung der geometrischen Begriffe Bogen und Sehne zu den Teilen seines Sportgerätes so bewusst geworden. Nur eines schien ihm sicher: dass der Bogen als das ältere Werkzeug seinen Namen der abstrakten Figur gegeben hatte.

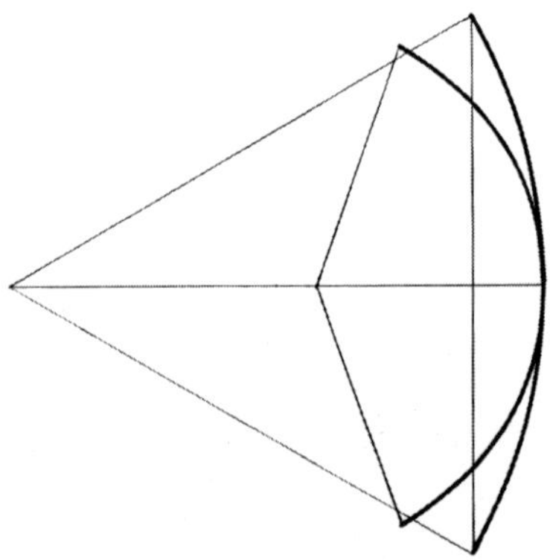

›Weil nämlich das Sein das Bewusstsein bestimmt‹, wie der alte Marx es uns erklärt hat, fand Bärger amüsiert. Wie mochte sich die Musik angehört haben, bevor Pythagoras mit seinen Saitenexperimenten die Harmonien der Tonleiter entdeckte? Man müsste wissen, wie die alten Knochenflöten aus der Steinzeit gestimmt waren, die man ausgegraben hat. Zu seinem Chef, Herrn Pedersen, dem er auf dem Flur begegnete, sagte er im Vorbeigehen, dass er die Beschäftigung mit der Vergangenheit der Menschen als viel angenehmer finde als die Gegenwart.
»Na, dann bist du ja bei uns genau richtig«, fand der und klopfte ihm auf die Schulter.

Der Schnee blieb lange liegen auf den Feldern um Falkerslev. Erst zu Ende Februar wurde es wärmer und in der Senke auf der Koppel am Waldrand bildete sich ein Tümpel aus Schmelzwasser, in dem zeitweise auch ein paar Stockenten schwammen. Als die Nachmittage länger wurden, begann Bärger, die alten Obstbäume in Maybritts Garten zu beschneiden; eine Arbeit, die dem Anschein nach über Jahre vernachlässigt worden war. Er sammelte das Geäst zu einem großen Haufen und fand Vergnügen daran, mit dem scharf geschliffenen Beil die starken Zweige in handliche Stücke zu zerteilen. Er tat es auf die Weise, die ihm schon sein Vater gezeigt hatte: den Ast in der linken Hand auf dem Hauklotz haltend, trennte die Klinge mit einem Schlag im schrägen Winkel auch armdickes Holz mit Leichtigkeit.

An den Rhythmus der Zeiteinteilung von getrennt verbrachter Arbeitswoche und gemeinsamem Wochenende hatten sie sich schnell gewöhnt. Maybritt wusste, dass sie an ihm keinen geduldigen Zuhörer finden konnte, wenn sie von ihrer Arbeit berichtete und war wohl auch froh, für die beiden Tage wieder in ihre gewohnte Welt der Stille einzutauchen.

Anfang März kam ein Brief für sie aus Lyon, den sie nach dem Frühstück am Sonnabendmorgen las. Sie überflog die wenigen Zeilen und sagte nach einem Moment des Zögerns:

»Der Brief ist von meiner Freundin Jeanette. Sie fragt an, ob wir Lust hätten, im Juni ein paar Wochen mit ihr zusammen in ihrem Ferienhaus in der Provence zu verbringen. Ich war schon einmal dort, und ich glaube, dass es dir gefallen könnte.«

Bärger überlegte.

»Es könnte schwierig werden. Während der Schulferien bekomme ich sicher keinen Urlaub, da ist bei uns im Mittelalterzentrum Hochsaison. Aber zu Anfang des Monats wäre es vielleicht möglich, wenn es nicht mehr als vierzehn Tage werden.«

»Das sieht bei mir ganz genauso aus«, sagte Maybritt, »ich habe auch keine Ahnung, ob ich nach nicht einmal einem halben Jahr überhaupt schon Urlaub bekommen werde. Lass´ es uns einfach mal versuchen, dann können wir es uns immer noch einmal überlegen.«

Schon am nächsten Wochenende stellte sich heraus, dass ihre beiden Urlaubsanträge genehmigt worden waren, was bei Bärger wenig förmlich in einer kurzen Absprache mit Herrn Pedersen möglich gewesen war, während Maybritt vom Personalchef in Kopenhagen erst nach mehreren Tagen die positive Entscheidung erfuhr.

Sie zeigte ihm Fotos der Landschaft im Departement Vaucluse, die sie vor zwei Jahren dort gemacht hatte und von dem winzigen malerischen Dorf Menerbe, in dessen Nähe sich das Ferienhaus ihrer Freundin befinden sollte.

»Wenn du uns dort morgens die frischen Baguettes holen wirst, bist du eine knappe halbe Stunde mit dem Fahrrad unterwegs«, sagte Maybritt beiläufig.

»Na ja, jetzt weiß ich wenigstens, warum du mich mitnehmen willst«, meinte Bärger, »hoffentlich reicht mein Französisch zum Einkaufen beim Bäcker.«

Sie beschlossen, bis Marseille zu fliegen und sich dort einen Mietwagen zu nehmen. Den Gedanken, die ganze Strecke mit dem Wagen zu fahren, hatten sie nach kurzem Überlegen fallen gelassen: der Routenplaner hatte nicht nur eine Entfernung von rund 1600 Kilometern, sondern gleichzeitig die Kosten für Benzin und Autobahngebühren mit fast 190 Euro angegeben.

Maybritt meinte, dass sie nicht nur mindestens zwei Tage auf der Autobahn unterwegs sein würden, sondern für zweimalige Hotelübernachtungen noch einmal mit wenigstens 100 Euro rechnen müssten.
»Und außerdem fehlen uns die Tage dort, wo wir hinwollen. Ich habe kein Vergnügen mehr an langen Fahrten auf der Autobahn; vor Allem, wenn ich an die Staumeldungen aus Deutschland denke. Und genau da müssen wir einmal der ganzen Länge nach durch«, sagte Maybritt.
Bärger musste ihr Recht geben und tatsächlich fand er im Internet schnell das Angebot einer belgischen Fluglinie, die die Kosten für den Flug von Kopenhagen nach Marseille mit einem Stopp in Brüssel für nur 163 Euro anbot. Nachdem er Maybritt in Kopenhagen angerufen hatte, gab sie schnell ihr Einverständnis und so buchte er den Flug und bestellte auch am Flugplatz Marseille einen kleinen Citroen mit Klimaanlage, worauf sie entschieden bestanden hatte.

So kalt und lang der Winter gewesen war, so unerwartet warm wurden die ersten Frühlingstage im März. Bärger war jetzt wieder häufiger in seinem aus dicken Eichenbohlen gezimmerten Haus am Hafen von Sundkobing, wie die kleine Stadtanlage des Mittelalterzentrums genannt wurde. Er untersuchte die Eschenbogen, die auf Holzpflöcken an der Wand liegend den Winter überstanden hatten, er sah die Pfeile durch, um angebrochene Schäfte auszutauschen und beschädigte Befiederungen zu erneuern und er zählte die noch vorhandenen Reservesehnen durch, um für seine Vorführungen auf dem Schießplatz hinter dem Bohlenhaus gut vorbereitet zu sein.
An einem dieser sonnigen Frühlingstage, als er dort auf der Bank unter der hochgeklappten Fensterluke saß und die Sehnenkerbe eines der Bogen nachfeilte, besuchte ihn dort der Sohn seines Chefs. Pelle setzte sich ohne Umstände neben ihn und sah ihm einen Weile schweigend zu.
»Hallo, Pelle«, sagte Bärger, »ist die Schule schon zu Ende?«
Pelle nickte statt einer Antwort. Wie fast alle dänischen Kinder lernte auch er neben Englisch als zweite Fremdsprache Deutsch,

doch Bärger hatte den Eindruck, dass er es nicht gern zu sprechen schien.
»Was machst du da?« Immerhin war seine Neugier groß genug für eine kurze Frage.
»Das ist die Kerbe für die Bogensehne; die muss ganz rund und glatt sein, weil sonst die Sehne beim Schießen sehr schnell an dieser Stelle reißen würde«, erklärte Bärger bereitwillig.
Pelle nickte verständnisvoll.
»Lässt du mich mal schießen, Rolf?« Sieh da, dachte Bärger, er kennt sogar meinen Vornamen.
»Wir können es gern versuchen«, sagte er, »aber die Bogen, die ich hier in der Hütte habe, sind alle zu stark für dich. Hast du denn keinen eigenen Bogen?«
Diesmal war Pelles Antwort ein Kopfschütteln. Missmutig begann er, mit den Füßen im Kies zu scharren.
»Was hältst du denn davon, wenn wir zusammen für dich einen Bogen bauen?«
Pelle sah ihn zweifelnd an.
»Meinst du das im Ernst?«, wollte er wissen.
»Na klar«, sagte Bärger, »wenn du willst, können wir gleich damit anfangen.«
Er ging in die Hütte und legte den Bogen auf die Hobelbank, dann suchte er die kleine japanische Klappsäge aus dem Werkzeugkasten und schob sie in den Gürtel.
Als er wieder nach draußen in die Sonne trat, sah Pelle ihn erwartungsvoll an.
»Es gibt eine Menge Hölzer, aus denen man einen guten Bogen bauen kann«, sagte Bärger, »kennst du auch ein paar davon?«
»Esche«, sagte Pelle, »die Wikinger haben Esche genommen.«
Bärger nickte.
»Esche ist gut«, sagte er, »außerdem Robinie, Ulme und Ahorn. Aber ganz prima ist auch Haselnuss. Weißt du, wo hier in der Nähe Haselnussbüsche stehen?«
Pelle nickte eifrig:
»Komm mal mit«, sagte er und lief ihm voran.
Sie gingen gemeinsam den Weg um das kleine herzförmige Hafenbecken herum in Richtung zum Sund, wo dichter

Laubwald das Gelände des Zentrums begrenzte. Hier standen am Waldrand neben dornigen Schlehenhecken, die nur noch wenige weiße Blüten trugen, auch einige alte Haselnussbüsche. Dicht nebeneinander waren die geraden Schösslinge meterhoch gewachsen, bevor sie sich in der Krone zu verzweigen begannen. Pelle sah ihn erwartungsvoll an.
»Jetzt suchen wir zusammen den besten Trieb aus«, sagte Bärger, »er muss möglichst gerade sein, ungefähr so lang, wie du groß bist und etwa so dick.«
Mit Daumen und Zeigefinger zeigte er Pelle die ungefähre Stärke. Sie mussten nicht lange suchen.
»Wie findest du den hier?«, fragte Pelle und zeigte auf ein Stämmchen, das fast vier Zentimeter im Durchmesser maß.
»Ein bisschen zu dick«, fand Bärger, »aber der gleich daneben könnte gut sein. Gefällt er dir?«
»Ist das wichtig?«, fragte Pelle zurück. Bärger nickte ernsthaft.
»Fass ihn an und frag` ihn, ob er dein Bogen werden will. Wenn er es will, dann kannst du es fühlen.«
»Im Ernst?« Pelle sah ihn zweifelnd an.
»Im Ernst.«, sagte Bärger und Pelle griff nach dem Stämmchen und hielt es eine Weile fest und dann sagte er : »Ich bin mir nicht sicher, aber ich glaube, den können wir nehmen.«
Bärger nickte und dann klappte er seine Säge auf und schnitt den Trieb kurz über der Wurzel ab. Sie zogen ihn gemeinsam aus der dichten Hecke und bevor er den oberen Teil abschnitt, stellte Bärger ihn neben Pelle senkrecht auf den Boden und machte in Höhe seines Scheitels eine Kerbe in die Rinde, an der er die Säge ansetzte. Dann gingen sie gemeinsam zurück zur Hütte am Hafen.
»Und wie geht es jetzt weiter?«, wollte Pelle wissen.
»Jetzt holen wir die Schnitzbank raus und du lernst, wie man mit einer Ziehklinge umgeht«, sagte Bärger.
Aber vorher ließ er Pelle seinen Stab noch einmal genau ansehen.
»Was meinst du – ist der richtig gerade?«
Pelle schüttelte den Kopf.
»Nicht richtig, nein. Der ist ein bisschen gebogen«, meinte er, »schadet das was?«

»Überhaupt nicht«, sagte Bärger, »das zeigt uns nur, wo beim Bogen hinten und vorn sein werden.« Er zeigte auf die Seite, an der sich der Stab ein wenig nach oben wölbte. »Das wird unser Bogenrücken und die untere Seite heißt Bogenbauch. Und am Bogenbauch fangen wir an zu arbeiten.«
Gemeinsam trugen sie das schwere Gestell vor die Tür und dann zeigte er ihm, wie man den Bogenstab unter die schwenkbare Gabel schob und festhielt, indem man sich mit beiden Füßen fest gegen das untere Ende stemmte. Er hatte die Bogenmitte durch einen Schnitt in die Rinde markiert und begann nun, die Ziehklinge in beiden Händen haltend, von der Mitte her auf sich zu arbeitend, lange dünne Späne vom Holz abzuschälen. Dann stand er auf und hielt Pelle die Klinge hin.
»Na, wie sieht es aus – willst du jetzt mal selbst probieren?«
Statt einer Antwort setzte sich Pelle auf die Schnitzbank und griff nach dem Messer. Es zeigte sich, dass er nicht nur geschickt im Umgang mit dem Werkzeug, sondern auch ziemlich kräftig war und Bärger musste seinen Eifer bremsen, damit er nicht zu viel von dem Holz abarbeitete. Pelle verstand schnell, dass es darauf ankam, die beiden Seiten seines Bogens so zu bearbeiten, dass die Dicke von der Mitte zu den Enden hin möglichst gleichmäßig abnahm.
Schnell war der Boden um die Schnitzbank herum mit einer dicken Schicht von Spänen bedeckt, bis er plötzlich nach einem Blick auf die Uhr erschreckt aufsah und die Ziehklinge aus der Hand legte.
»Ich muss jetzt nach Hause«, sagte er entschuldigend, »kann ich morgen weitermachen?«
»Kein Problem«, sagte Bärger, »ich werde hier sein.«
Pelle lief davon. Am roten Kaufmannshaus am Ende des Hafens blieb er noch einen Moment stehen und winkte Bärger zu, dann verschwand er um die Ecke.

9

Am Abend griff Bärger in Falkerslev wieder nach dem Buch, das nicht nur die Geschichte des goldenen Schnitts, sondern vielmehr eine Darstellung der wichtigsten Epochen in der Entwicklung der Geometrie behandelte.
Noch interessanter als die Ideen der Pythagoräer fand er die Gedanken des Archimedes, von dem ihm bis dahin im Wesentlichen nur bekannt war, dass er bei der Verteidigung von Syrakus gegen den Angriff der Römer angeblich Parabolspiegel benutzt hatte, um die Segel ihrer Schiffe in Brand zu setzen.
Als oberster Ingenieur seiner Heimatstadt hatte er die Stadtmauern so gut verteidigen können, dass sie allen Angriffen widerstanden. Syrakus fiel nur durch Verrat und auch Archimedes kam dabei ums Leben. Das war ungefähr 250 Jahre nach Pythagoras, aber immer noch auch 250 Jahre vor Christus gewesen.
Er war aber nicht nur der Erfinder von allerlei Kriegsmaschinen gewesen, sondern vor allem ein genialer Mathematiker; eine Tatsache, die wohl erst Jahrhunderte später in vollem Umfang erkannt wurde. Seine Leidenschaft galt dem Messen und Vergleichen unterschiedlichster Formen, die für ihn in allen Variationen zu einem beherrschenden Thema wurden: der Quadratur des Kreises. Das schrittweise Vorgehen der griechischen Mathematiker war einleuchtend beschrieben: Sie wussten, dass jede geradlinig begrenzte Fläche in Dreiecke zerlegt werden konnte; sie wussten, dass man jedes Dreieck, unabhängig von seiner Form, als die Hälfte eines Rechtecks betrachten und dass man schließlich jedes Rechteck in ein Quadrat verwandeln konnte, um die genaue Fläche zu ermitteln. Daraus resultierte, dass jede durch gerade Linien begrenzte Fläche sich zunächst als Dreieck und danach als Summe von Quadraten berechnen ließ. Archimedes aber übertrug diese Idee

nicht nur auf gekrümmte Linien und Kurven, sondern auch auf dreidimensionale Körper, indem er sie zunächst in Pyramiden und diese dann in Würfel umwandelte.
Genau nach dieser Methode hatte er auch die Zahl Pi als das Verhältnis zwischen Kreisumfang und Durchmesser eines Kreises mit einer Genauigkeit von immerhin zwei Stellen nach dem Komma errechnen können. Er erreichte dieses Ergebnis, indem er innerhalb und außerhalb eines Kreises tangierende Vielecke mit immer kleiner werdenden Seiten zeichnete. Er begann mit 6, dann 12, 24, 48 und schließlich 96 Seiten durch ständige Halbierung des vorangegangenen Wertes, um schließlich diese Zahl zu ermitteln. Eine größere zeichnerische Genauigkeit dürfte damals wohl kaum zu erreichen gewesen sein.
Bärger erinnerte sich an seinen Schulunterricht, an das mühsame Erlernen der abstrakten Formeln zur Berechnung von Flächen und Körpern und dann dachte er, dass er vielleicht viel mehr Spaß daran gefunden hätte, wenn man ihm damals von den Methoden des Archimedes erzählt hätte.

Schon am frühen Nachmittag des nächsten Tages fand sich Pelle wieder bei ihm ein, um die Arbeit an seinem Bogen fortzusetzen. Bärger hatte noch ein wenig nachgearbeitet, die beiden Bogenarme egalisiert, aber nur in einem solchen Maße, dass Pelle es nicht bemerken sollte. Eine erste Messung mit einer provisorischen Sehne hatte eine Zugkraft von ungefähr 25 Pfund ergeben. Das mochte für den Jungen das richtige Maß sein, um anzufangen.
Er ließ ihn die Flächen am Bogenbauch mit Schleifpapier glätten und erklärte ihm, wie wichtig es war, keine unbeabsichtigten Einschnitte im Holz zu übersehen und die scharfen Kanten sorgfältig auszurunden.
Dann waren die Sehnenkerben dran; die eine schnitt Bärger mit dem Messer vor und glättete die Kehle mit einer dünnen Rundfeile, die andere ließ er Pelle selbst machen und sah dabei zu, wie der mit Eifer und Gründlichkeit bei der Sache war.
»Soll die Rinde dran bleiben?« fragte Pelle, als er damit fertig war.

»Ich würde es schöner finden«, sagte Bärger, »aber das musst du entscheiden.«
Pelle zögerte eine Weile. »Wenn die Rinde dran bleibt, dann sieht er nur wie ein halber Bogen aus«, fand er schließlich, »ich möchte sie lieber abmachen.«
Bärger nickte zustimmend und gab ihm sein Messer.
»Aber pass auf, dass du nicht ins Holz schneidest«, meinte er.
Es dauerte nicht lange, bis Pelle die Rinde abgeschält hatte und nun offensichtlich zufrieden sein blankes Bogenholz in der Hand hielt.
»Und jetzt brauchen wir als Nächstes eine Sehne, wie?«
Pelle sah ihn erwartungsvoll an.
Aus einer alten, am Ende gerissenen Bogensehne hatte Bärger schon am Vormittag ein paar Stränge entfernt und nach dem Messen der Länge mit einem Kreuzknoten eine Schlaufe ins lose Ende geknüpft. Vor dem Knie bog er vorsichtig den Bogen einige Male, bevor er die Sehne einhängte. Dann reichte er Pelle seinen fertigen Bogen.
»Bevor wir mit dem Schießen anfangen«, sagte er, »muss ich dir noch einiges erklären. Beim Bogenschießen wird das Holz so stark gebogen, dass es eigentlich immer kurz davor ist, zu brechen. An das Spannen muss man den Bogen langsam und vorsichtig gewöhnen. Genau so wichtig ist aber, dass du niemals nach dem Spannen die Sehne loslässt, ohne dass du einen Pfeil auf der Sehne hast. Wenn du einen Leerschuss machst, wie man dazu sagt, kann er ganz schnell zerbrechen. Und wenn du dann soweit bist, zu schießen, dann darfst du Folgendes nicht vergessen: nie auf einen Menschen zielen und nie senkrecht nach oben schießen!«
»Ist das alles«, fragte Pelle und grinste.
»Nein«, sagte Bärger, »das ist erst der Anfang. Aber wenn du bei mir Bogenschießen lernen willst, dann solltest du es dir besser merken.«

Er hatte ein paar Pfeile aus dem Korb hinter der Tür gegriffen, die er sich nun in den Gürtel schob. Dann gingen sie hinter die Hütte am Hafen, wo das Gras auf der Wiese schon wieder

saftiges Grün zeigte, aus dem überall die gelben Blüten des Löwenzahn leuchteten. Aber als er Pelle den ersten Pfeil in die Hand gab, sah er sofort, dass es ein Problem gab.
»Warte noch einen Moment«, sagte Bärger, »ich habe etwas Wichtiges vergessen. Gibst du mir den Pfeil noch einmal?«
Zögernd gab ihn Pelle zurück.
»Die Pfeile, die ich hier habe, hat Erhard für seine Bogen gemacht; du weißt, der vor mir hier in der Hütte gewohnt hat. Und wie du weißt, hat der immer ganz starke Bogen geschossen - bestimmt hast du schon mal zugesehen, wenn er mit dem Pfeil ein Brett in zwei Teile geschossen hat.« Pelle nickte missmutig.
»Was ich vergessen habe dir zu sagen ist, dass die Pfeile immer zum Bogen passen müssen. Das Wichtigste dabei ist die Länge und das Gewicht, aber auch die Steifheit spielt eine Rolle. Auch wenn man einen zu leichten Pfeil mit einem starken Bogen schießt, kann er zerbrechen. Was aber auch nicht geht, das ist, zu dicke und zu lange Pfeile mit einem zu leichten Bogen zu schießen. Sieh mal her.«
Bärger stellte sich gerade vor ihn hin, nahm einen Pfeil, drückte sich die Nocke gegen das Kinn und hielt den Pfeilschaft mit waagerecht ausgestreckten Händen. Die Spitze des Pfeils ragte noch eine reichliche Handbreit vor seine ausgestreckten Finger.
»Siehst du, dieser Pfeil ist sogar für mich zu lang. Er sollte nicht länger sein als die Entfernung von deinem Kinn bis zu den Fingerspitzen.«
Es war eine Sparsamkeitsmaßnahme von Erhard gewesen, alle Schäfte mit einer Länge von dreißig Zoll zu verwenden. Er hatte festgestellt, dass die Schäfte oft unmittelbar hinter der Spitze abbrachen und hatte sie dann nur mit neuen Spitzen versehen und weiter verwendet. Für die Vorführung vor Schülern und Touristen hatte es keine Rolle gespielt.

»Und was machen wir jetzt?« Pelles Stimme klang enttäuscht.
»Na, was wohl«, sagte Bärger vergnügt, »jetzt bauen wir passende Pfeile für deinen Bogen!«
Es zeigte sich, dass sie nicht länger als 26 Zoll zu sein brauchten, aber in seiner kleinen Werkstatt fanden sich keine neuen

Schäfte mehr, sondern nur noch fertige Pfeile, die ihm außerdem zu schwer für Pelles Bogen vorkamen. Doch dann hatte er eine Idee.

»Weißt du, woraus die jungen Wikinger ihre Pfeile gebaut haben?«

Verwundert schüttelte Pelle den Kopf.

»Aus Schilfrohr«, sagte Bärger. Vielleicht stimmte das sogar, aber im Moment war es ihm wichtiger, dem Jungen ein Erfolgserlebnis zu verschaffen und er hoffte, dass der Hinweis auf die Wikinger ihm den Vorschlag glaubhaft machte.

Pelle wusste, wo am Ufer des Guldborgsunds Schilf wuchs und so machten sie sich auf, schnitten einen ganzen Armvoll der vorjährigen Stängel ab und trugen sie zur Hütte am Hafen. Sein Hinweis, nur die ganz geraden Stängel zu nehmen, war auch von Pelle sorgfältig befolgt worden.

Es war noch Zeit, die Stiele von den Blattresten zu säubern und auch die richtige Länge durfte Pelle mit Hilfe von Erhards echtem Zollstock – eine drei Fuß lange Leiste, in die er Maßkerben geschnitten hatte – anzeichnen. Dann war es wieder Zeit für Pelle, nach Haus zu gehen.

»Aber morgen können wir bestimmt schießen, Rolf – oder?«

»Du kannst dich drauf verlassen«, sagte Bärger.

»Bis morgen«, rief Pelle im Davonlaufen.

Als Antwort nickte Bärger ihm zu und hob grüßend die Hand.

Dann prüfte er die harten Stängel, die über den von den Blattresten befreiten Nodien ihr helles Gelb behalten hatten, sortierte sie nach der Dicke und schnitt mit sie einem scharfen Cutter unmittelbar hinter dem oberen Nodium von beiden Seiten keilförmig ab. Der hohle Halm bildete auf diese Weise eine einfache Nocke, die er nur noch mit der Rundfeile entgraten musste.

Auch das, was Bärger hier machte, beruhte auf einer Erinnerung aus seinen Kindheitstagen; er dachte dabei an die Stunden, die sein Vater, der Jäger, mit ihm gemeinsam in Wald und Feld verbracht hatte. Die Idee mit dem Schilfrohr als Pfeilschaft stammte von ihm und vielleicht hatten es in dessen Familie schon Generationen vor ihm auf die gleiche Weise gemacht.

Er besann sich darauf, dass sie erstaunlich gut geflogen waren, wenn man als Spitze ein Stück von einem Holunderzweig auf den Schaft geschoben hatte. Das einzige, das er anders machte, war seine Entscheidung, das dickere Ende des Schaftes als Spitze zu verwenden. Es verschob so den Schwerpunkt des Pfeiles nach vorn.
Auch zu einem Holunderbusch musste Bärger nicht weit laufen. Gleich hinter dem offenen Bootsschuppen am Hafen fand er, was er brauchte: fingerdicke Äste, von denen er nach dem Abschälen der Rinde zwei Zoll lange Stücke abschnitt, indem er die runden Stäbe auf der Hobelbank unter der scharfen Klinge seines Jagdmessers hin und her rollte, bis das Holz durchtrennt war. Er ließ die Pfeilschäfte um das Maß der Spitzen länger und schnitt sie wieder mit dem Cutter in einem schrägen Winkel ab. So ließen sich die Hülsen mit dem weichen Mark leicht auf die Schäfte schieben.
Er war erleichtert, in Erhards Vorrat in der Hütte noch eine ausreichende Zahl von zugeschnittenen Federn zu finden, um damit bis zum Nachmittag für Pelle ein Dutzend Pfeile fertig machen zu können. Nach kurzem Überlegen hatte er auch für sich selbst noch drei längere Pfeile gebaut, um mit einem von Erhards leichteren Bogen das Funktionieren der Schilfrohrpfeile beweisen zu können. Er hatte sich klar gemacht, dass weder mit dem schwachen Haselbogen noch mit den für ihn zu kurzen Pfeilen eine überzeugende Demonstration für Pelle möglich war.

Noch immer war letzte Feinarbeit an den Pfeilen erforderlich. Als Pelle am Nachmittag zum Hafen kam, ließ Bärger ihn zunächst mit feinem Schleifpapier die Unebenheiten an den Nodien der Schäfte glatt schleifen. In der Zwischenzeit schnitt er aus einem Stück festen Rindleders einen kleinen Armschutz zu und zeigte Pelle, wie man ihn mit einer Lederschnur am Unterarm befestigen konnte. Auf Pelles Frage, ob das wirklich notwendig sei, antwortete Bärger:
»Das wirst du spätestens dann wissen, wenn du ihn einmal vergessen hast.«

Als sie endlich auf die Wiese gehen konnten, um die ersten Pfeile zu schießen, war schon fast eine Stunde vergangen.
»Das Einfachste wird sein, wenn du zu Anfang nur nachmachst, was ich dir zeige«, sagte Bärger nach kurzem Überlegen. Er zeigte auf einen Ginsterbusch, der in etwa zwanzig Meter Entfernung frei auf der Wiese stand.
»Stell dir vor, dass dort ein Hirsch steht, den wir jagen wollen.« Und dann stellte er sich seitlich zu ihrem Ziel aufrecht hin.
»Nein, nein die Füße nur schulterbreit auseinander.« Bärger lachte, als er sah, wie Pelle einen viel zu großen Spreizschritt machte.
»Und jetzt der Bogen«, sagte er. Er fasste ihn an der markierten Stelle an, leicht und nur mit Daumen, Zeige- und Mittelfinger der linken Hand.
»Bei den Persern, die in frühen Zeiten auch sehr gute Bogenschützen waren, lernten die jungen Schüler, dass man den Bogen nur so locker anfassen darf, als ob man einen kleinen Vogel in der Hand halten wolle«, sagte Bärger. Pelle nickte eifrig.
Mit gestrecktem Arm hielt Bärger seinen Bogen in Richtung des Ginsterbusches, ein wenig nach rechts geneigt.
»Warum hältst du den Bogen so schief?«, wollte Pelle wissen.
»Damit ich mein Ziel richtig sehen kann«, erklärte Bärger, »wenn ich ihn senkrecht halte, dann verdeckt er mir die Sicht auf den Punkt, den ich treffen will.«
Pelle tat es ihm nach und Bärger nickte zufrieden.
»Und jetzt spannen wir den Bogen«, sagte er, griff mit den drei mittleren Fingern der rechten Hand die Sehne und zog sie langsam in Richtung auf sein Ohr. Er zog und ließ wieder nach, wobei er Pelle einschärfte, die Sehne dabei auf keinen Fall loszulassen. Das wiederholte er mehrmals, immer ein Stückchen weiter, bis endlich die Hand mit der voll ausgezogenen Sehne am Kinn stehen blieb.
»Das ist unser Ankerpunkt«, sagte Bärger, »wenn wir den Bogen bis dahin gespannt haben, dann sehen wir noch einmal nach unserem Ziel und atmen ganz ruhig aus und ein, ein- oder zweimal, und dann lassen wir unseren Pfeil fliegen.«
»Na endlich«, sagte Pelle, »wird aber auch langsam Zeit.«

Bärger lachte. Er legte seinen Bogen beiseite und zeigte ihm den Punkt auf der Sehne, wo er den Pfeil aufsetzen sollte, gehalten zwischen Zeige- und Mittelfinger. Das vordere Ende des Schaftes lag auf der Hand, die den Bogen hielt.
Viel zu hastig machte Pelle seine ersten Schüsse und war sichtlich enttäuscht darüber, dass die Pfeile weit vor dem Ziel in das Gras fielen.
»Ich glaube, der Bogen taugt nicht viel«, sagte er betrübt, »schade um die Arbeit.«
»Es ist nicht der Bogen«, erklärte Bärger ihm, als sie die Pfeile aufsammelten.
»Du machst einen typischen Fehler, den du dir ganz schnell wieder abgewöhnen musst: du lässt die Hand mit dem Bogen nach unten fallen, noch während du schießt. Deshalb geht dein Pfeil gar nicht dahin, wo du hingesehen hast, sondern eben darunter in den Rasen. Es ist ganz wichtig, dass du den Bogen ruhig und unbeweglich hältst, bis dein Pfeil am Ziel angekommen ist. Am besten ist es vielleicht, wenn du auch die Pfeilhand so lange ganz still hältst; jedenfalls mache ich es selbst so.«

Pelle war mit Eifer bei der Sache; ein paar Mal hielt Bärger den ausgestreckten Arm unter seine Bogenhand, um die Abwärtsbewegung zu stoppen, aber erstaunlich schnell hatte der Junge seine Bewegungen unter Kontrolle und bald kamen die Schüsse dem Ziel merklich näher. Als der erste Pfeil den Busch erreichte, fand Bärger, dass es für den ersten Tag genug sei. Nach einem Blick auf die Uhr musste Pelle ihm recht geben.
»Der Bogen«, sagte er unschlüssig, »kann ich den jetzt mitnehmen?«
»Es ist deiner, Pelle, aber vergiss nicht, ihn zu entspannen und die Sehne wieder zu lösen, wenn du nicht mehr schießen willst. Die Pfeile lässt du aber besser hier, ich muss mal sehen, ob ich irgendwo noch einen Köcher für dich auftreiben kann.«
»Glaubst du, dass ich es lernen werde?«, wollte Pelle wissen.
»Da bin ich mir ganz sicher«, sagte Bärger, »ich habe selten jemanden gesehen, der so schnell lernt wie du. Aber zeig mal her – was ist denn mit deiner Hand?«

An Pelles linker Hand hatten sich auf der Haut zwischen Daumen und Zeigefinger ein paar dünne blutige Schrammen gebildet. Es waren die Spuren der Pfeile, deren scharfe Federkiele der Befiederung beim Schießen über die Hand geglitten waren.
»Habe ich gar nicht gemerkt«, sagte Pelle und leckte das Blut ab.
»Morgen mache ich dir eine Pfeilauflage an den Bogen, dann kann das nicht mehr passieren. Und was würdest du von einem Ledergriff halten?«
»Wow«, sagte Pelle, und...«, er machte eine Pause, »danke für alles, Rolf.«
»Ist schon o.k.«, meinte Bärger beiläufig.
Aber es freute ihn mehr als er zeigen wollte.

10

Es war ihm inzwischen schon zu einer Gewohnheit geworden, am Abend bei einem Glas Rotwein in Maybritts Buch über den Goldenen Schnitt zu lesen. Meist lagen dabei die Katzen irgendwo in der Nähe und schliefen. Es hatte sich als gute Idee erwiesen, das Schaffell auf seinen Lesesessel zu legen; alle drei vermieden es aus unerfindlichen Gründen, darauf zu liegen, so dass er niemals veranlasst war, eine von ihnen von seinem Platz zu vertreiben.

Den Gedanke der Pythagoräer, die Geheimnisse des Universums mit Hilfe eines Systems von nicht mehr als zehn Zahlen sinnbildhaft darzustellen, fand Bärger nach wie vor bestechend. Die bis in unergründliche Vorzeiten zurückreichende Ursache des bis heute in aller Welt gültigen Dezimalsystems – die Verwendung der Finger beziehungsweise einer oder beider Hände und damit der Zahl fünf als Basis für Addition und Teilung – hatte ja nicht die einzige Lösung dargestellt. Schon vor etwa 6.000 Jahren, so las er, hatten die Sumerer und später auch die Babylonier eine 60er Stufung eingeführt, die aus ihrer Einteilung des Jahres in 360 Tage resultierte. Auch dieses System war ja bis heute mit der Teilung des Kreises in 360 Grad, wie auch des Tages in Vielfache von Stunden mit 60 Minuten und diesen wiederum mit 60 Sekunden üblich geblieben. Dabei fiel ihm ein, dass die Erfindung der Digitaluhr nach anfänglichem Erfolg bald wieder von der guten alten Zeigeruhr verdrängt worden war, weil die visuelle Orientierung durch das Ablesen der Ziffern schlicht und einfach verlangsamt wurde.

Wenn man es genau nimmt, dachte Bärger, während er sein Glas nachfüllte, dann sind auch die Dezimalbrüche eigentlich immer noch Angaben über das Verhältnis eines Teiles zum Ganzen: 0,75 cdm als Inhalt dieser Flasche zum Beispiel bedeuten, dass diese Flüssigkeitsmenge einen Würfel mit einer Kantenlänge

von zehn Zentimetern zu drei Vierteln füllen würde. Er stellt das Maß dar, mit dem verglichen wird. Genauigkeit hatte die Harmonie ersetzt.
Seine Katze Candy war zu ihm auf den Tisch gesprungen, um an der Schale mit schwarzen Oliven zu schnuppern, die er zu dem fruchtigen Shiraz bevorzugte.
»Ach, Candy«, sagte Bärger und streichelte ihren Rücken, »vielleicht wäre einiges in dieser Welt anders gelaufen, wenn die Menschen sechs statt fünf Finger an der Hand hätten. Dann hätten wir nämlich heute weltweit das Hexalsystem und ein Dutzend Finger zum Streicheln an den Händen.«
»Mrrr«, machte die Katze und rieb ihren Kopf an seinem Kinn. Bärger beschloss, es als Zustimmung zu verstehen.

Das nächste Bild, an dem sein Blick hängen blieb, war das der fünf platonischen Körper. Schon wieder fünf, dachte Bärger. Als Kriterien der regelmäßigen Polyeder, wie sie auch genannt wurden, wurden Gleichheit durch identische Eckwinkel, Kantenlängen und Oberflächenformen genannt. Viel interessanter aber schien ihm, dass so wie bei den Pythagoräern die Anordnung der zehn Punkte in Form des gleichseitigen Dreiecks als Diagramm des Universums mit der Basis der vier Elemente Erde, Feuer, Wasser und Luft interpretiert wurden, hier die gleichen Elemente mit bestimmten platonischen Körpern gleichgesetzt wurden.
So stand für Erde der Würfel, für das Feuer der Tetraeder, für Wasser der Ikosaeder und schließlich für Luft der Oktaeder. Der Kosmos als alles zusammenhaltendes Element, wurde als Dodekaeder verstanden. Vielleicht weil er der Kugelform am nächsten kam.
Abgesehen von den aus heutiger Sicht merkwürdig erscheinenden Elementen der alten Griechen als Bestandteile des Universums, glaubte Bärger sich erinnern zu können, an ganz anderer Stelle eine ähnliche Darstellung gesehen zu haben. Nach kurzem Besinnen fiel es ihm ein: in einem der großen Bildbände Maybritts über japanische Kunst hatte es die Tuschezeichnung eines Mönches gegeben, die ihnen als Motiv für die Gestaltung dreier

Teeschalen gedient hatte. Maybritt hatte sie im vergangenen Jahr in Rakutechnik gebrannt.

Bärger stand auf und ging zum Regal, wo er nach kurzem Suchen das Buch in der Hand hielt. Es hieß ›Geheimnis Japan‹ und schnell fand er die Seite mit der Zeichnung, die er gemeint hatte. Ein Zen-Mönch mit dem Namen Sengai hatte es um 1800 herum gemalt. Tatsächlich stand dort geschrieben, dass der Kreis auf dem Bild das Wasser, das Dreieck das Feuer und das Viereck die Erde symbolisiere. Das war verblüffend. Wenn man also den Würfel mit dem Quadrat, das Dreieck mit dem Tetraeder und die Kugel mit dem Kreis gleichsetzte, was Bärger als naheliegend empfand, dann waren sogar für so weit voneinander entfernt liegende Länder wie Griechenland und Japan nach immerhin rund 2.000 Jahren ähnliche Weltanschauungen gültig geblieben.

Ganz oben auf dem Regal, wo Maybritt in erdfarbenen schlichten Tonvasen getrocknete Pflanzen aufgestellt hatte – er sah Wollgras, Stechapfel, Mohnkapseln und silberfarbene krause Samenbüschel vom Geißblatt – lag neben knorrigen Wurzelhölzern eine gedrechselte Kugel aus Wildkirsche in der Größe eines Golfballs.
Bärger holte sie herab und sah sie nachdenklich an. Man müsste, dachte er, dazu passend einen Würfel und einen Tetraeder bauen

und alle drei nebeneinander auf eine Platte montieren, dann könnte man diese drei uralten Ideen immer bildhaft vor Augen haben. Der Gedanke ließ ihn auch an den nächsten Tagen nicht mehr los.

Erst in der darauf folgenden Woche fand Pelle sich wieder bei der Hütte am Hafen ein, um den Unterricht mit Pfeil und Bogen fortzusetzen. Bärger unterließ es, ihn nach dem Grund zu fragen; der Eifer des Jungen hatte jedenfalls nicht nachgelassen. Deutlich war noch immer die Stelle im Rasen zu sehen, von der aus sie nach dem Ginsterbusch auf der Wiese geschossen hatten. Um ihm zu zeigen, dass sein selbstgebauter Bogen mehr leisten konnte, ließ Bärger ihn fünf Schritte weiter zurück gehen und Pelle hatte keine Mühe, auch auf diese Entfernung seine Pfeile in die Nähe des Ziels zu bringen.

Es war warm geworden. Längst trug Bärger wieder das weite Leinenhemd und die abgewetzte Lederhose, die übliche Gewandung der Bewohner von Sundkobing. So wunderte es ihn nicht, als Pelle nach einiger Zeit sagte, dass er Durst habe.

»Machen wir eine Pause«, meinte Bärger, »in der Hütte habe ich Schlehensaft und Wasser, magst du das?«

Bald darauf saßen sie auf der Bank in der Sonne, jeder einen Becher mit Saft in der Hand und sahen den Gänsen zu, die am Ufer des Hafens das frische Gras rupften.

»Wie zielt man eigentlich beim Bogenschießen?«, fragte Pelle unvermittelt.

Bärger seufzte und trank seinen Becher leer. Es war dieselbe Frage, die ihm immer wieder von denen gestellt wurde, die mit dem Bogenschießen anfingen. Statt einer Antwort bückte er sich und hob einen kleinen Stein auf, der vor seinen Füßen lag. Er gab ihn Pelle in die Hand und sagte:

»Kannst du die Feder dort treffen?« Er zeigte auf eine weiße Gänsefeder, die in der Mitte des Hafenbeckens trieb.

»Mal sehen«, sagte Pelle. Er stand auf und ging vor bis zum Rand des mit Bohlen eingefassten Hafenbeckens, sah einen Moment lang prüfend nach dem weißen Fleck auf dem dunklen Wasser, dann warf er den Stein. Weniger als eine Armlänge

davon entfernt fiel der Kiesel ins Wasser und ließ die Feder auf den Wellenringen tanzen.
»Guter Wurf«, sagte Bärger, »kannst du mir erklären, wie du gezielt hast?«
Pelle stutzte und sah ihn prüfend an.
»Willst du mir damit sagen, dass man beim Bogenschießen genauso zielt, wie wenn man einen Stein wirft?«
Bärger nickte.
»So ist es. Das Drum und Dran mit Pfeil und Bogen macht es zwar ein bisschen komplizierter, aber im Grunde genommen funktioniert es auf die gleiche Weise. Du musst dein Ziel genau ansehen, du musst dich sicher und in der besten Position hinstellen, du musst ausholen und kräftig und schnell werfen. Vor allem musst du aber genau im richtigen Moment den Stein loslassen. Das ist genau wie beim Bogenschießen.« Diesmal war es Pelle, der nachdenklich nickte.
»Machen wir weiter?« Bärger stand auf und stellte die leeren Becher auf die Hobelbank in der Hütte. Als er wieder heraus kam, hielt er ein mannsgroßes schmales Brett in der Hand. Auf Pelles fragenden Blick sagte er nur:
»Du wirst schon sehen.«
Vor dem Ginsterbusch stellte er das Brett senkrecht auf und stützte es mit einer Astgabel. Von dort aus, wo Pelle zuletzt geschossen hatte, sah es aus wie ein heller Strich auf einer dunklen Fläche.
»Wir haben uns vorgestellt, dass der Ginsterbusch da hinten ein Hirsch ist, den wir zusammen jagen wollen«, sagte Bärger; »bis jetzt haben wir den Hirsch zwar ein paar Mal getroffen, aber wir hätten ihn dabei nur leicht verletzt und er wäre in Wirklichkeit schon nach dem ersten Schuss längst im Wald verschwunden. Was ich damit sagen will, ist, dass es darauf ankommt, nicht irgendwie ein bisschen, sondern ganz genau zu treffen. Eigentlich ist es immer nur ein Punkt, der unser Ziel sein muss.« Er machte eine Pause und gab Pelle einen Pfeil, dann sprach er weiter.
»Zuerst haben wir auf eine große Fläche gezielt; solange bis wir wussten, in welchem Winkel wir den Bogen nach oben halten

mussten, damit unsere Pfeile überhaupt bis dorthin flogen. Jetzt zielen wir auf das Brett, das uns die Mitte unseres Zieles anzeigt. Alles klar?«
»Alles klar«, antwortete Pelle.
Es war deutlich zu merken, dass sich seine Aufmerksamkeit erhöht hatte. Er verfolgte den Flug seiner Pfeile und stand bewegungslos, bis er sie ins Gras fallen sah. Er schoss ruhig und mit einer guten Haltung, an der Bärger bald kaum noch etwas auszusetzen fand. So dauerte es nicht lange, bis der erste Pfeil das schmale Brett erreichte und mit lautem Knall zersplitterte. Als Pelle sich daraufhin zu ihm umdrehte, beantwortete er dessen fragenden Blick nur mit einem Achselzucken.
»Mach´ nur weiter, wir haben genug Pfeile«, meinte er, »dein Treffer ist wichtiger als der Pfeil.«
Er traf im Laufe des Nachmittags noch öfter und nicht immer ging der Pfeil dabei zu Bruch, aber Bärger hatte das Gefühl, dass er trotzdem unzufrieden war. Sie mussten schließlich abbrechen, weil Besucher das Gelände am Hafen betreten hatten und zusehen wollten. Bärger hielt es für besser, das Üben für diesen Tag zu beenden.

Auf dem Weg zur Hütte kam Pelle damit heraus: er fand es ärgerlich, dass die Pfeile nicht im Ziel stecken blieben; er vermisste den sichtbaren Beweis seines Treffers. Schließlich kam er damit heraus:
»Kannst du mir keine Spitzen an die Pfeile machen, Rolf?«
»Ich könnte schon, aber ich möchte es nicht. Vielleicht ist es jetzt Zeit, dir ein wenig mehr über Pfeile zu erzählen.«
Sie setzten sich hinter der Hütte ins Gras und nach einigem Überlegen begann Bärger:
»Ganz zu Anfang habe ich dir gesagt, dass die Pfeile zu dem Bogen passen müssen. Darüber hinaus muss aber auch der Bogen selbst für das geeignet sein, was man gerade damit tun will. Du kannst dir sicher denken, dass leichte Pfeile weiter fliegen als schwere und dass dafür schwere Pfeile eine größere Durchschlagskraft haben. Deshalb verwendet man schon seit Jahrhunderten für Wettbewerbe im Weitschießen besonders

leichte Pfeile. Weil die Bogen aber gar nicht ihre ganze Kraft auf so einen Pfeil übertragen können, kann die nicht genutzte restliche Energie den Bogen zerbrechen. Das kommt gar nicht so selten vor und deshalb darfst du auch nie den Bogen spannen und die Sehne ohne Pfeil loslassen.«
Pelle nickte und Bärger spürte, dass er ihm aufmerksam zuhörte, obwohl er ihn nicht ansah. Also sprach er weiter.
»Wenn man mit Pfeil und Bogen jagen will, was hier bei euch in Dänemark erlaubt ist, dann braucht man dazu starke Bogen und schwere Pfeile, die das Wild schnell und möglichst schmerzlos töten. Und weil schwere Pfeile nicht so weit fliegen, muss sich der Jäger also so nahe wie möglich an das Wild heranpirschen, damit er in eine sichere Schussentfernung kommt. Das heißt, die Jagd auf Großwild war schon immer die Aufgabe von Männern, die einen starken Bogen spannen konnten. Aber das bedeutet nicht, dass Jungen wie du nicht auch auf die Jagd gingen. Die hatten dann solche Bögen wie du jetzt einen hast und vielleicht auch solche Pfeile aus Schilfrohr und schossen damit auf Tauben oder Enten. Und weißt du, was für Spitzen sie darauf hatten?«
»Keine Ahnung«, sagte Pelle und sah ihn diesmal neugierig an.
»Es waren meist kleine Holzklötzchen oder Kugeln, ganz ähnlich wie deine jetzt, die wir aus Holunder gemacht haben. Und man konnte damit kleine Tiere durch die Schockwirkung des Treffers genau so schnell töten wie mit einer Metallspitze.«
»Ich will ja gar nicht auf Tiere schießen«, sagte Pelle, »ich finde es bloß doof, wenn ich nicht sehen kann, wo ich getroffen habe.«
Bärger lachte.
»Na gut, dann muss ich mir wohl was einfallen lassen.«
Sie verabredeten sich für den nächsten Tag erst zu fünf Uhr am Nachmittag; eine Stunde nach Ende der Besuchszeit im Zentrum. Um diese Zeit hatten die letzten Besucher das Zentrum mit Sicherheit verlassen.

Die Lösung schien einfach: eine Scheibe aus einem Stück Papier auf einen Rahmen zu spannen; ein Ziel, das auch der leichteste Pfeil durchschlagen konnte. Das Problem bestand eher darin, dass im Mittelalterzentrum streng darauf geachtet wurde, dass

alles verwendete Material in Sundkobing nicht nur authentisch, sondern möglichst auch selbst gefertigt sein musste. Nun gab es zwar zu dieser Zeit des Mittelalters in Europa bereits Papier, aber die handgeschöpften Bogen waren viel zu kostbar und auch zu klein, um seinem Zweck zu genügen.
Deshalb konnte Bärger erst am Abend in Falkerslev ein ausreichend großes Stück grauen Packpapiers zuschneiden, auf das er mit Hilfe einer Untertasse als Schablone einen leuchtend gelben Kreis aufmalte. Den Gedanken, eine Schachtel voller Reißzwecken einzustecken, um die Scheibe an zwei Leisten anzuheften, ließ er schnell wieder fallen. Wenn ihn Herr Pedersen damit erwischte, würde es ein unerfreuliches Gespräch geben; die Scheibe aus Packpapier war Sakrileg genug.

Spät am Abend saß er dann noch eine Weile vor seinem Computer.
Spielerisch zauberte sein Zeichenprogramm ein Quadrat auf den Bildschirm, daneben ein gleichseitiges Dreieck und daneben wiederum einen Kreis – die drei Elemente der Pythagoräer und des japanischen Mönches in einer Darstellungsform, die der heutigen Zeit entsprach. Am schönsten fand er im Vergleich jedoch nach wie vor die Zeichnung des Sengai, bis ihm plötzlich eine weitere Merkwürdigkeit ins Auge fiel: die Zeichen konnten mit einiger Phantasie auch als Buchstaben des Alphabets gelesen werden – nicht nur das Dreieck für ein »A« und der Kreis für ein »O«, sondern mit ein wenig graphischer Nachhilfe auch das Quadrat für ein »T«.
Schnell verstärkte er die Linien der Konturen an den notwendigen Stellen und druckte sich das Ergebnis aus. TAO stand da, das Leitwort des Tao Te King, das Laotse der Legende nach als sein Vermächtnis niedergeschrieben hatte, auf Wunsch eines Beamten beim Passieren des Grenzpasses. Das war irgendwann im 6. Jahrhundert vor unserer Zeitrechnung gewesen. Tao, das nicht zu übersetzende Wort, das Weg, Sinn, Gott oder aber auch vielleicht Vernunft bedeuten konnte.
Was für sonderbare Zufälle, dachte Bärger. Auch Laotse hat versucht, die Zusammenhänge des Weltgeschehens zu verstehen

und ihnen einen Sinn zu geben. Er hat dafür ein Wort gefunden, das in unserer Sprache, in einer abstrahierten Form geschrieben, den drei Elementen entspricht, aus denen nach Auffassung der Pythagoräer durch gegenseitigen Austausch und Vereinigung das Universum bestand. Das kommt davon, wenn man sich mit der Metaphysik einlässt.

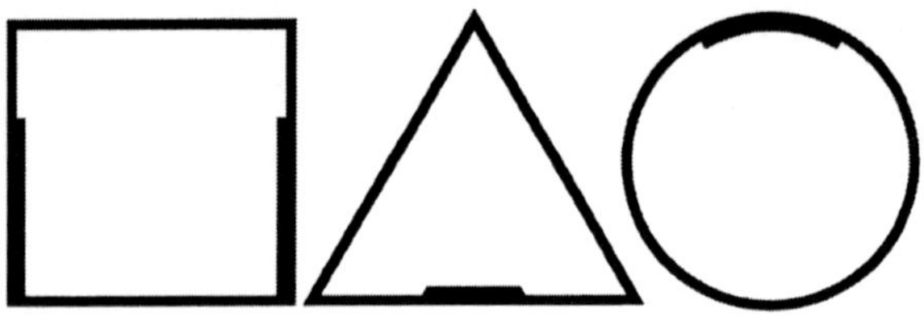

11

Zur Mittagszeit, als die wenigen Besucher des Zentrums sich aus dem Hafengelände ins Gasthaus zurückgezogen hatten, schnitt sich Bärger zwei gerade und starke Weidenäste ab, schob sich die zusammengerollte Scheibe in sein offenes Hemd und schlenderte damit hinter den Bootsschuppen.
Hier hatte er eine Stelle gefunden, wo von keinem der Wege aus die Stelle eingesehen werden konnte, an der er die Scheibe aufstellen wollte. Um das Papier an den Stäben zu befestigen, hatte er die seitlichen Ränder des festen Packpapiers umgelegt und so verklebt, dass sie eine stabile Röhre bildeten. Er stieß die Äste nebeneinander tief in den losen Sand und schob die Scheibe darüber. Nachdem er einen Querstab als Spreize zwischen den beiden Stäben eingefügt hatte, schien sein provisorischer Scheibenständer ausreichend stabil zu sein.

Pelle kam zeitig an diesem Nachmittag, aber schon kurz nach vier Uhr hatte die letzte Besuchergruppe das Gelände verlassen, so dass sie ungestört mit dem Üben beginnen konnten.
»Gefällt dir die Zielscheibe?«, wollte Bärger wissen.
»Sieht prima aus«, fand Pelle. Sie gingen zusammen etwa sechs Meter zurück bis zu einer Stelle, wo Bärger einen kurzen Pflock in den Rasen gesteckt hatte.
»Von hier aus?«, fragte Pelle und als Bärger nickte, stellte er sich dahinter auf und begann zu schießen.
Vielleicht war er diesmal hastiger als sonst oder weniger konzentriert; aus welchem Grunde auch immer: seine ersten Pfeile trafen die Scheibe nur am Rand und einer ging sogar daneben. Missmutig warf er den Bogen von sich und ließ sich ins Gras fallen.
Einen Moment lang stand Bärger bewegungslos, dann ging er hin und hob den Bogen auf.

»Mach´ das nie wieder, wenn du bei mir Bogenschießen lernen willst«, sagte er ernst, »der Bogen kann nichts dafür, wenn du schlecht schießt.«
Pelle schluckte, aber dann sagte er trotzig:
»Mit dem Bogen kann man überhaupt nicht richtig treffen. Und mit den Pfeilen schon gar nicht.«
Statt einer Antwort nahm Bärger den Bogen und steckte sich drei der auf dem Rasen liegenden Pfeile in den Gürtel. Während er zum Abschusspflock ging, schoss ihm durch den Kopf, dass er seit einem halben Jahr keinen einzigen Pfeil mehr geschossen hatte und dass der Bogen, den er in der Hand hielt, ein Kinderbogen war. Er würde ihn viel weniger weit ausziehen können als den eigenen. Aber es half nichts; er musste dem Jungen jetzt zeigen, dass er Unrecht hatte.
Er legte den für seine Größe zu kurzen Pfeil auf die Sehne und zog den Bogen aus, bis die Pfeilspitze die Vorderkante des Bogens berührte. Er musste dabei den linken Arm, der den Bogen hielt, ein wenig beugen und versuchte sich den Winkel einzuprägen. Hell leuchtete der gelbe Fleck auf dem grauen Papier, als er den Bogen hob, dann ließ er den Pfeil fliegen.
Das Loch, das der Pfeil in dem gelben Fleck machte, war nicht viel größer als ein Fünfkronenstück und es war auch nicht in der Mitte des Zentrums, sondern ein wenig oberhalb. Das Geräusch des Treffers war ziemlich laut und erinnerte ihn an das Platzen eines Luftballons.
Bärger zog den zweiten Pfeil aus dem Gürtel und legte ihn auf die Sehne. Er wusste, dass er es konnte und deshalb zögerte er nicht, den zweiten Pfeil zu schießen. Er flog, sauber wie der erste, und war im selben Moment lautlos hinter der Scheibe verschwunden. Es dauerte einen Moment, bis Bärger begriff, dass er durch das Trefferloch des ersten Pfeils geflogen war. Wenn er genau hinsah, war das Loch im Papier nicht mehr kreisrund, sondern ein wenig oval geworden. Nun ja, es war nicht das erste Mal, dass er auch auf größere Distanzen den zweiten Pfeil dicht neben den ersten gesetzt hatte.
Ich sollte jetzt aufhören, dachte Bärger, das geht kein drittes Mal. Aber er blieb stehen und starrte auf die gelbe Scheibe, den

dritten Pfeil in der Hand. Und dann legte er den Pfeil auf, hob den Bogen und schoss ein drittes Mal. Wieder verschwand der Pfeil geräuschlos in der Scheibe und polterte erst danach an die dahinter liegende Bretterwand des Bootsschuppens.

Als er sich umdrehte, war Pelle aufgestanden und starrte ihn an wie einen Geist. Bärger lachte und hielt ihm den Bogen hin: »Na, willst du ihn jetzt doch wiederhaben?«

Mit respektvollem Blick nahm Pelle seinen Bogen zurück, lief zur Scheibe und steckte den Finger in das Einschussloch.

»Ob ich das auch einmal schaffen werde?« Zweifel war in seiner Stimme.

»Das hängt einzig und allein von dir ab«, sagte Bärger, »wenn du regelmäßig übst, wirst du es eines Tages auch können.«

Noch fast eine Stunde lang schoss Pelle seine Pfeile und danach war von dem Gelb in der Scheibe nicht mehr viel übrig geblieben. Bärger sah ihm zu, korrigierte von Zeit zu Zeit seine Haltung und sparte nicht mit Lob, wenn seine Treffer immer dichter beim Ziel lagen. Doch ihm selbst ging dabei etwas ganz anderes durch den Kopf.

An diesem Wochenende kam Maybritt spät aus Kopenhagen zurück.

Als Bärger sie am Bahnhof abholte, fand er sie ungewohnt erschöpft und schweigsam. Erst als sie in Falkerslev ankamen und sie von ihrem Kater stürmisch begrüßt worden war, entspannte sie sich merklich. Sie saßen noch eine Weile beim Tee in der Küche, auf ihrem Schoß der Kater, der kein Auge von ihr ließ, aber ihre Müdigkeit war so offensichtlich, dass sie nur nickte, als Bärger den Vorschlag machte, schlafen zu gehen.

Er hatte das Frühstück schon vorbereitet, als Maybritt am nächsten Morgen im Bademantel die Treppe herunterkam. Sie gähnte herzhaft, als sie in der offenen Küchentür stand und blinzelte in den hellen Sonnenschein, der auf den gedeckten Tisch fiel.

»Ist eigentlich gar nicht so schlecht, einen gut ausgebildeten Hausmann in der Wohnung zu haben, während man selbst in

der Tretmühle der Informatik strampelt«, meinte sie, beugte sich über ihn und küsste ihn flüchtig auf die Wange.
»Ist das alles, was ein aufmerksamer Hausmann an Dank bei dir zu erwarten hat?« Bärger grinste vergnügt, erleichtert darüber, dass es ihr offensichtlich wieder besser ging.
»Wir wollen mal sehen, was sich machen lässt«, meinte Maybritt beiläufig und griff nach dem Brotkorb, »aber jetzt habe ich erst einmal Hunger.«
Doch sie schien ihr halbes Versprechen bald darauf vergessen zu haben, denn nach dem ausgiebigen Frühstück meinte sie, dass sie sich bei einem solchen Wetter nun endlich einmal um ihren Garten kümmern müsse. Sie lief die Treppe hinauf und kam gleich darauf zurück, in den alten ausgeblichenen Jeans und ihrem grauen Schafwollpullover. Als hätten sie verstanden, wohin es ging, waren ihnen die drei Katzen voraus gelaufen, streunten durch die die frisch begrünten Sträucher und suchten nach Mäusen.
Die von Bärger beschnittenen Obstbäume besah Maybritt mit Misstrauen, in Sorge, er könnte zu viel abgeschnitten haben, doch er konnte ihr erklären, dass er es bei einem alten Gärtner gelernt hatte und es meist nur Wasserschossen waren, die kein Obst getragen hätten.
»Er hat es mir so erklärt, dass man seine Mütze durch die Krone eines gut beschnittenen Baumes werfen können muss«, sagte Bärger, »mit anderen Worten: die Sonne muss alle Äste erreichen.«
»Wir werden es zur Baumblüte sehen«, antwortete sie und schob die Unterlippe vor. Sie lockerten ein wenig die Erde um die Beerensträucher, kehrten das letzte welke Laub zusammen und fanden bald, dass es für weitere Arbeiten doch noch ein wenig zu früh war. So wurde aus der Gartenarbeit ein improvisierter Spaziergang. Sie gingen den Weg an der Koppel entlang, auf der in diesem Jahr vier braune Pferde grasten, die nur kurz die Köpfe hoben, als sie vorbeigingen. Zwischen den Koppelpfählen stand kniehoch das fahlgelbe Wintergras, aber am Wegesrand leuchteten die gelben Blüten des Löwenzahns in dichten Büscheln und kleine Inseln von Gänseblümchen streuten helle

Flecken ins frische Grün. Sie folgten dem Weg bis hinüber zum Wald, wo sie im welken Gras unter der alten Krüppelkiefer in der Sonne lagen und den Rufen der Meisen lauschten, die auf der Suche nach Insekten durch die Ranken der Brombeersträucher hüpften. Unter den kahlen Büschen blühten die letzten weißen Sterne der Anemonen und über die saatgrünen Felder zogen langsam die Schatten der Wolken.

So begann ein ruhiges Wochenende.
Wenn überhaupt für längere Zeit, so fand Maybritt, sei ein solcher Job wie der ihre gegenwärtig nur mit den Wochenendunterbrechungen in Falkerslev zu ertragen. Bärger nickte nachdenklich zu ihren Worten. Er erinnerte sich an die letzten Jahre seiner Architektentätigkeit in Berlin, an die wie selbstverständlich hingenommenen täglichen Überstunden, an die intriganten Bosheiten von Kollegen und an den permanenten Druck einer nicht zu realisierenden Auftragsakquisition seitens der Geschäftsleitung.
Dagegen war seine Arbeit im Mittelalterzentrum der reine Erholungsurlaub. Eine gern ausgeübte Tätigkeit wird eben nie als Belastung empfunden, dachte er dankbar. Während seiner Lehrzeit als Zimmermann hatte er soviel Freude an dieser Arbeit, dass er am liebsten in diesem Beruf weitergemacht hätte und nur die Tatsache, dass die Industrialisierung des Bauens aus Zimmerleuten mehr und mehr Einschaler gemacht hatte, die aus Brettern die Schalungen für den Beton zusammen nagelten, hielt ihn schließlich von dieser Idee ab.
War das eine aussterbende oder vielmehr eine bereits ausgestorbene Befriedigung, das Ergebnis einer eigenen Tätigkeit in Händen halten zu können? Nur noch als Hobby, verbunden mit dem Merkmal herablassender Geringschätzung, ging man heute selbst handwerklicher Arbeit nach. Das Leben in virtuellen Scheinwelten schien mehr und mehr zum Ersatz für eine fremd werdende Realität zu werden; der Blick auf den flimmernden Bildschirm und Hände, die blind über klappernde Tastaturen eilten, verloren den Gefallen an der unmittelbaren sinnlichen Wahrnehmung der Welt.

»Habe ich dir eigentlich schon erzählt, dass ich jetzt einen Schüler im Bogenschießen habe?« Bärger legte das Buch zur Seite, in dem er gedankenlos geblättert hatte.
»Hast du nicht«, sagte Maybritt, »wer ist es denn?«
»Pelle, der Sohn von meinem Chef«. Sie sah ihn aufmerksam an.
»Ich kenne Pelle«, sagte sie, »er ist ein netter Junge, was man heute nicht von allen Jungen sagen kann. Aber was mir wichtiger scheint: kannst du denn inzwischen wieder Bogenschießen? Ich meine, ist deine Hand wieder in Ordnung?«
Bärger zuckte mit den Achseln.
»Ich weiß es nicht«, sagte er, »ich habe bloß ein paar Pfeile geschossen und dabei nichts mehr bemerkt. Aber das war nur der ganz leichte Bogen von Pelle und es kann sein, dass mit meinem eigenen Bogen die Probleme wieder von vorn anfangen. Ich habe ihn länger als ein halbes Jahr nicht mehr in der Hand gehabt.«
Maybritt sah ihn nachdenklich an, dann sagte sie:
»Vielleicht solltest du dir mal überlegen, dass du ganz langsam damit wieder anfängst; ich meine, dass du nicht mehr so lange trainierst und auch einen leichteren Bogen nimmst. Es könnte doch sein, dass der Finger dann wieder das tut, was er machen soll, oder?«
»Da könntest du recht haben«, fand Bärger, »darüber muss ich mal nachdenken.«
»Nicht soviel nachdenken«, sagte Maybritt, »tun, einfach tun.«

Er dachte an die Scheibe aus Packpapier, an das Geräusch des ersten Pfeils beim Treffer, an das Loch in der Scheibe und daran, wie die beiden anderen darin lautlos verschwunden waren und er fand, dass er schon viel zu lange darauf verzichtet hatte, seine Pfeile fliegen zu sehen.
Dennoch folgte er diesmal nicht ihrem Rat, einfach wieder damit anzufangen.
Falls tatsächlich ein Zusammenhang zwischen dem geringeren Zuggewicht des Bogens und dem Funktionieren der Strecksehne des Fingers beim Ablassen des Pfeils bestand, dann sollte er versuchen, in Zukunft nicht nur einen möglichst leichten Bogen,

sondern auch so wenig Pfeile wie möglich zu schießen, um die Belastung der Hand zu verringern.
Im Grunde genommen waren das zwei Forderungen, die sich nicht widersprachen, sondern im Gegenteil sogar ergänzten: ein Bogen mit einem geringeren Zuggewicht war Voraussetzung dafür, den gespannten Bogen mühelos über die Dauer eines Turniers vom ersten bis zum letzten Ziel im Anker zu halten, um den Pfeil wirklich im rechten Moment zu lösen. Und wenn er zusätzlich seine Treffergenauigkeit so verbessern konnte, dass er möglichst immer mit dem ersten Pfeil traf, so war das genau das, worauf es beim jagdlichen Schießen auf dem Parcours ankam. Wenn die Kraft nachließ, wurde auch die Trefferquote meist schlechter.
Soweit die Theorie, dachte Bärger. Aber das hatte Konsequenzen, die nicht sofort in vollem Umfang zu übersehen waren. Sein Lieblingsbogen war ein schottischer teilbarer Jagdbogen. Er fand eigentlich einteilige Bogen schöner, aber die Notwendigkeit, damit auf Reisen gehen zu müssen, hatte ihn veranlasst, sich für den teilbaren zu entscheiden. Das zeigte sich nun insofern als Vorteil, als er die Wurfarme gegen solche mit einer geringeren Stärke austauschen konnte, ohne auf das vertraute Mittelstück verzichten zu müssen, an dessen Gewicht und Form er sich gewöhnt hatte.
Aber damit ergab sich auch gleich die nächste Schwierigkeit: ein Bogen mit einer geringeren Stärke würde auch die Anschaffung der dazu passenden und in jedem Fall ebenfalls leichteren Pfeile notwendig zu machen. Es würde einige Zeit dauern, bis alles wieder übereinstimmte.

Bärger begann damit, unter den acht für die Besucher des Mittelalterzentrums vorgesehenen Langbogen in der Hütte am Hafen, die er Stück für Stück überprüfte, denjenigen auszusuchen, dessen Stärke ihm einerseits ausreichend erschien, den er aber gleichzeitig problemlos ausdauernd im gespannten Zustand halten konnte. Er fand ihn in einem relativ kurzen Eschenbogen, den sein Freund Erhard scherzhaft als ›Mädchenbogen‹ bezeichnet hatte. Als er die Zugstärke mit der Federwaage maß, zeigte sie bei einem Auszug, der seiner Pfeillänge entsprach, ein Gewicht von nicht mehr als 32 Pfund an. Das schien ihm wenig, zu wenig vielleicht, um damit noch wirklich auf Entfernungen von bis zu 45 Metern treffen zu können. Alles würde davon abhängen, ob er einen dazu passenden Pfeil finden konnte. Es war ihm jedoch klar, dass er auf diese Distanz keinen Holzpfeil mehr schießen konnte. Nur mit einem leichten Karbonpfeil war dieses Problem zu lösen.

Wieder zu Haus in Falkerslev setzte er sich vor seinen Computer und rief die Homepage des Bogenhändlers in Deutschland auf, bei dem er seinen Bogen gekauft hatte. Der hatte nicht nur ständig eine große Auswahl von Komponenten der Bogen des schottischen Bogenbauers auf Lager, sondern erfasste darüber hinaus seinen kompletten Lagerbestand in übersichtlichen Tabellen, aus denen man selbst seinen ›Wunschbogen‹ zusammenstellen konnte. Es dauerte nicht lange, bis Bärger gefunden hatte, was er suchte: ein Paar Wurfarme genau der gewünschten Stärke von 32 Pfund. Ein Anruf bestätigte ihm, dass die Liste aktuell und die gewünschten Arme lieferbar waren. Nach kurzem Zögern entschloss er sich zur Bestellung; spätestens in der kommenden Woche sollte ihn die Sendung erreichen.
Die Suche nach dem passenden Pfeil sollte ihn länger beschäftigen.
Im streng auf authentische Materialien und Technologien orientierten Mittelalterzentrum waren nur Bogen und Pfeile aus Holz zugelassen. Selbst Ole, einer der besten Bogenschützen in Sundkobing, benutzte ausschließlich Pfeile aus Fichtenholz, die er mit kunstvoll zugeschnittenen Schwanenfedern befiederte. In Nykobing kannte Bärger niemand, den er nach Carbonpfeilen befragen konnte. So lief es doch wieder darauf hinaus, dass er seine Suche im Internet begann.

Unter dem Stichwort ›Carbonpfeile‹ fand er bei Google im Wesentlichen drei amerikanische Hersteller: Beman, Easton und eine Marke namens GoldTip. Die Firma Easton war ihm schon seit langem als Hersteller vor allem von Alupfeilen bekannt, er scrollte flüchtig durch die Produktangebote und wechselte dann zur Firma GoldTip. Auch hier war die Liste der verschiedenen Pfeilnamen lang und auf den ersten Blick schwer zu unterscheiden, bis er auf die Typenkennzeichnung ›ultralight‹ stieß. Das hörte sich viel versprechend an.

Als er die Tabelle mit den technischen Details genauer ansah, wusste er, dass er hier finden würde, was er brauchte. Abgestimmt auf die Bogenstärke wurden vier verschiedene Pfeilschäfte mit unterschiedlicher Steifigkeit angeboten. Da die Steifigkeit aus einer unterschiedlichen Wandstärke resultierte, wichen die Gewichte der vier Varianten voneinander ab.
Anhand der zugehörigen Tabelle fand er heraus, dass bereits der leichteste von ihnen zumindest rechnerisch zu einem Bogen mit einem Zuggewicht von 32 Pfund passen würde. Im Vergleich zu den Schäften aus Fichtenholz war der Gewichtsunterschied beträchtlich – während seine Holzpfeile zwischen 10 und 11 Grains auf einen Zoll Länge wogen, wurde das Gewicht für die Carbonschäfte mit nur 5,7 Grains pro Zoll angegeben. Das bedeutete, dass sie nur halb soviel wie seine alten Pfeile wiegen würden. Würde es reichen, um das geringere Zuggewicht des Bogens zu kompensieren?
Der Preisunterschied war im Vergleich zu den Fichtenholzpfeilen erheblich; dafür versprach der Hersteller eine extreme Bruchfestigkeit. Falls das stimmte, könnte sich der Kauf allerdings als sinnvoll erweisen, denn die Bruchverluste bei den Holzpfeilen waren hoch. Selbst leichte Streifschüsse an Bäumen ließen sie in der Regel sofort zerbrechen und es gab genug Ausrichter von Turnieren, die Freude daran hatten, riskante Fensterschüsse aufzubauen, bei denen das Ziel nur durch eine schmale Lücke zwischen zwei Bäumen beschossen werden konnten.

Er beschloss, zunächst erst einmal drei Pfeile diesen Typs zu bestellen und zu testen, ob sie zu seinem Bogen passen würden. Es schien ihm einfacher, auch diesen Kauf in Deutschland zu tätigen; sollten sich Rückfragen ergeben, so war er nicht sicher,

ob er sich mit einem dänischen Händler über technische Details so verständigen konnte, dass Missverständnisse auszuschließen waren.
Es waren mehrere Händler in Deutschland, die Pfeile dieser Firma im Angebot hatten. Um sicher zu gehen, bestellte er die zugehörigen Pfeilspitzen ebenfalls in drei unterschiedlichen Gewichten; so hatte er die Möglichkeit, auch damit die Anpassung zu optimieren.

12

Nun hieß es erst einmal Warten.

Bärger fuhr das Programm herunter und schaltete den Computer aus. Längst war es draußen dunkel geworden. Maybritts Kater Tiger lag zusammengerollt auf der Liege und schnarchte leise; die anderen beiden anderen Katzen waren nicht zu sehen. Da im ganzen Haus die Zimmertüren offen standen, konnten sie überall sein. In der dunklen Küche zeichnete ein silbern schimmernder Vollmond den Schatten des Fensterkreuzes auf die hellen Fliesen. Er fand im Dunkel die angebrochene Flasche Rotwein und sein Lieblingsglas, das Maybritt vor Jahren aus der Provence mitgebracht hatte und ging zurück ins Wohnzimmer, um noch ein wenig zu lesen.

Es war die Geschichte der fünf platonischen Körper, die ihn nicht losließ.

Dabei waren es nicht so sehr ihre Interpretation als Sinnbilder der Grundelemente des Kosmos zu Zeiten der Pythagoräer, sondern vielmehr die geometrischen Beziehungen dieser Körper untereinander, die schon Archimedes fasziniert haben mussten. Was Bärger am meisten an ihm bewunderte, war dessen Entdeckung der schrittweisen Umwandlung komplizierter geometrischer Formen in immer einfacher erfassbare Elemente. Eine beliebig geformte, durch gerade Linien begrenzte Fläche zerlegte er zunächst in Dreiecke, die er dann in Rechtecke umwandelte, aus denen er schließlich Quadrate werden ließ.

Dieses Prinzip hatte er aber erstaunlicherweise auch auf dreidimensionale Körper übertragen. Aus Körpern, die durch gerade Kanten begrenzt wurden, hatte er entsprechend zunächst Pyramiden und im nächsten Schritt Würfel gemacht, die er dann problemlos berechnen konnte.

Bärger wusste keine rechte Erklärung dafür, warum es der Tetraeder war, der ihn besonders beschäftigte. Ihm als Architekt hätte der Würfel als Inbegriff des rechten Winkels schlechthin das Maß aller Dinge sein müssen. Der rechte – das bedeutete vor allem der ›richtige‹ – Winkel war bereits Hauptmerkmal der mehr als 6.000 vor unserer Zeit hergestellten Lehmziegel und war Voraussetzung dafür, dass sie in jeder Richtung eines rechtwinkligen Achsenkreuzes aneinandergereiht und gestapelt werden konnten. Schon 3.000 Jahre später gab es quasi genormte, in Formen hergestellte gebrannte Ziegel. Ihre annähernd gleichen Formen und Gewichte in den verschiedenen Teilen der Welt resultierten wohl in erster Linie aus der Tatsache, dass ein Arbeiter den Ziegel mit einer Hand greifen und verlegen können musste.

Es war ihm klar, dass der rechte Winkel eigentlich eine Fiktion war. So eindeutig es schien, ihn gleichsam zum Naturgesetz zu erklären – die Linie, die ein Stein beschrieb, den man ins Wasser fallen ließ, war letztlich dasselbe wie Lot und Wasserwaage des Maurers – so blieb doch die Tatsache, dass der Horizont eigentlich keine gerade Linie, sondern ein flacher Bogen war, der der Krümmung der Erdoberfläche folgte. Ebenso zeigte das Lot bei zwei auch nur wenige Meter auseinander stehenden Säulen in Richtung zum Erdmittelpunkt und damit standen auch sie genau genommen, selbst wenn sie jede für sich senkrecht standen, nicht parallel, sondern in einem, wenn auch nur verschwindend kleinen, Winkel radial zueinander.

Er wusste, wie schwer es war, auch nur in einem kleinen Maßstab einen präzisen rechten Winkel herzustellen. Bärger entsann sich seines Praktikums in der Modellwerkstatt der Universität während seiner Studienzeit. Er hatte die Aufgabe, aus einem ausgehärteten Gipsblock einen Würfel mit einer Kantenlänge von zehn Zentimetern zu schleifen. Was anfangs ein Kinderspiel zu sein schien, stellte sich im Laufe seiner Versuche als für ihn unlösbar heraus. Stimmten schließlich die Winkel, so war mit Sicherheit das geforderte Maß nicht eingehalten. Was blieb, war eine Annäherung, die sich durch Übung steigern ließ und die Einsicht, dass Genauigkeit nicht nur Grenzen, sondern auch einen Preis hatte, der durch den Wert des Produkts, das man herstellen wollte, zu rechtfertigen war.

In den letzten Tagen war es noch wärmer geworden und die Zahl der Besucher des Mittelalterzentrums hatte deutlich zugenommen. Bärger war nun meist auf dem Gelände von Sundkobing anzutreffen.

Pelles Leistungen auf dem Schießplatz hatten sich ständig verbessert und als Bärger bemerkte, mit welcher Leichtigkeit er in den letzten Tagen seinen Haselbogen gespannt hatte, machte er ihm den Vorschlag, einen von Erhards Eschenbogen aus der Hütte zu versuchen. Er hatte den leichtesten unter den Langbogen ausgesucht, aber das Entscheidende schien für Pelle zu sein, dass er von nun an Holzpfeile mit richtigen Spitzen schießen sollte. So gab er ihn nicht mehr aus der Hand und auch wenn er anfangs Mühe hatte, den Bogen in voller Länge auszuziehen, wurde es doch von Mal zu Mal besser. Sie gingen von nun an auf den umzäunten Platz, wo während der Öffnungszeiten die Vorführungen für die Besucher stattfanden und Pelle schoss auf die Strohballen, auf denen unterschiedlich große, aus Weidenzweigen geflochtene Ringe die Ziele darstellten. Endlich erlebte er, dass seine Pfeile in der Scheibe stecken blieben und er sehen konnte, wo er getroffen hatte. Bärger hatte den Eindruck, dass ihn das merklich motivierte.
Nachdem sie eines Nachmittags im April die Bogen zurück zur Hütte getragen hatten, saßen sie vor der offenen Fensterluke noch eine Weile auf der Bank und schauten den Gänsen zu, die träge durch das Hafenbecken schwammen.
»Ich muss dich noch mal was fragen«, sagte Pelle und lehnte sich mit dem Rücken an die sonnenwarme Bohlenwand der Hütte.
»Na, dann raus damit«, sagte Bärger.
»Du hast mir neulich gesagt, dass es mit dem Zielen beim Bogenschießen eigentlich genau so funktioniert, wie wenn ich einen Stein werfen würde. Aber ich finde, dass das überhaupt keine richtige Erklärung ist. Wieso kann man beim Üben eigentlich immer besser werden, obwohl man gar nicht weiß, wie das vor sich geht?«
Bärger dachte eine Weile nach, dann sagte er:
»Du hast Recht, aber es kann sein, dass ich es auch nicht so

gut erklären kann. Du weißt inzwischen, wie man mit Pfeil und Bogen umgehen muss. Das hast du nun schon solange geübt, dass du nicht mehr darüber nachdenken musst, wie du stehst, wie du den Pfeil auf die Sehne legst, wie du den Bogen spannst und schließlich den Pfeil fliegen lässt. Darüber musst du nun nicht mehr nachdenken. Deine ganze Aufmerksamkeit kann sich nun auf den Pfeil richten. Dein Auge verfolgt seinen Flug bis zum Einschlag auf der Scheibe. Weil du aber die ganze Zeit nur auf den Punkt geschaut hast, den du treffen willst, weißt du gar nicht genau, wie du deinen Bogen in diesem Moment gehalten hast. Stimmt es bis jetzt so, wie ich es dir erzähle?«
Pelle nickte zustimmend und Bärger sprach weiter.
»Ich weiß es selber nicht genau, aber ich glaube es funktioniert so, dass es ein Gedächtnis nicht nur für etwas gibt, das wir uns bewusst einprägen, sondern auch für so einfache Vorgänge wie häufig wiederholte Bewegungen des Körpers. Wenn wir also einen Stein werfen oder auch nur schnell laufen, dann bewegen wir ja nicht nur den rechten Arm oder die Beine, sondern unser ganzer Körper ist mit all seinen Muskeln und Sehnen daran beteiligt. Stell dir mal vor, du würdest darüber nachdenken müssen, ob du jetzt das linke oder rechte Bein zuerst nach vorn setzen sollst, während du vor einem Löwen davonläufst.«
Die Vorstellung schien Pelle zu gefallen; jedenfalls grinste er vergnügt.
»Es ist so, dass die Koordinierung einfacher Bewegungsabläufe von uns nicht bewusst gesteuert werden muss, so dass wir unsere Aufmerksamkeit auf das richten können, was wir gerade tun wollen. Das ist beim Bogenschießen der Punkt, den wir mit unserem Pfeil treffen wollen.«
Bärger machte eine Pause, aber Pelle schien ihn verstanden zu haben. So sprach er weiter:
»Wenn wir also davon ausgehen, dass wir uns schrittweise darauf vorbereitet haben, unseren Pfeil zu schießen, ohne dabei noch nachdenken zu müssen – was glaubst du, worauf es dann ankommt?«
Pelle legte den Kopf schief und sah ihn an. Dann sagte er:
»Dass wir wissen, wie weit unser Ziel entfernt ist?«

»Das ist es«, sagte Bärger, »genau das. Und diese Entfernung müssen wir nicht in Metern messen, sondern mit unserer Erfahrung. Weil wir inzwischen wissen, wie wir den Bogen halten müssen, wenn ein Ziel nah oder weit von uns steht.
Das heißt, eigentlich wissen wir es auch nicht; jedenfalls ist es kein Wissen, das wir beschreiben oder erklären können. Wir haben einfach schon so lange geübt und die Flugbahn unseres Pfeils mit den Augen verfolgt, dass die Hand mit dem Bogen beim Anblick des Ziels genau da steht, wo sie stehen muss. Wenn wir jetzt den Pfeil so leicht loslassen können, dass er ohne den geringsten Widerstand von unseren Fingern gleitet, dann können wir sicher sein, getroffen zu haben, bevor er die Scheibe erreicht.«
»Das stimmt«, sagte Pelle nachdenklich, »manchmal weiß ich schon vorher, dass ich getroffen habe.«

13

Ende Mai war es schon sommerlich warm geworden.
Längst hatte Maybritt wieder den kugelförmigen Lampenschirm aus Reispapier an den untersten Ast des Nussbaums im Hof gehängt, dessen sanftes Licht am Abend auf ihren Lieblingsplatz fiel, die Bank aus silbergrauem Teakholz vor der runden steinernen Tischplatte, einem alten Mühlstein. Auch in diesem Jahr brütete wieder eine Schwarzdrossel im Gesimskasten unter der Traufe, die Abend für Abend ihre Lieder sang; ständig wechselnde sanfte Strophen, zwischen denen sie Pausen machte, als wolle sie selbst ihrem Klang nachlauschen.
Die Bäume im Garten hatten üppig geblüht, aber Bärger meinte, dass sie erst im Herbst sehen würden, ob sich das Beschneiden gelohnt habe. Zum ersten Mal hatte Maybritt in diesem Jahr keine Gemüsebeete angelegt, weil sie sich nicht täglich darum kümmern konnte, wie sie meinte.
»Und außerdem fahren wir in der kommenden Woche für vierzehn Tage in den Urlaub – schon vergessen?«
Vergessen hatte er es nicht, aber er musste zugeben, in letzter Zeit nicht mehr daran gedacht zu haben.
»Es muss dir wohl richtig gut gehen«, meinte Maybritt verwundert, »wenn du sogar deinen Urlaubsbeginn vergessen hast. Ich freue mich schon seit Wochen darauf. Jeanette hat mir am Telefon erzählt, dass im Tal der Abtei Senanque schon der Lavendel zu blühen beginnt.«
Am Abend brachte sie ein großes Fotoalbum zum Steintisch, voller Bilder ihrer Reisen in der Provence. Sie musste nicht viel dazu erklären, denn Bärger war völlig gefangen von dem, was er sah: uralte Häuser und Gassen in verwinkelten kleinen Bergdörfern, schroffe Kalkfelsen und tiefe Schluchten, in denen weißes Wildwasser schäumte und immer wieder endlose Lavendelfelder. Sie tranken Pastis dazu, zum Angewöhnen,

wie Maybritt sagte. Sie goss den klaren Anislikör in die hohen schmalen Gläser und füllte mit Eiswasser auf; das milchig trübe Getränk schmeckte kühl und erfrischend, aber sie warnte ihn eindringlich davor, es gegen den Durst zu trinken. Und dann schwärmte sie von Baguette und Chevre, dem würzigen provenzalischen Ziegenkäse und von den vielen Kellereien, die mit Schildern am Straßenrand zur Degustation, zur Weinverkostung einluden.

Am Sonntag holte sie nach dem Frühstück einen Rollkoffer aus der Dachkammer und begann zu packen. Bärger sah ihr zu, wie sie eine leichte Leinenhose und ein paar bunte T-Shirts aus dem Schrank zog, aber auch einige dünne Sommerkleider, die sie noch nie in seiner Gegenwart getragen hatte. Am meisten Platz nahm ein Bademantel ein, der den halben Koffer füllte. Sie warf ihm zwei große Handtücher aus Frotteestoff zu:

»Die müssen bei dir mit in den Koffer, dafür kannst du deine Lederjeans hierlassen. Aber nimm deinen Pullover mit, abends wird es manchmal ganz schön kühl. Ach ja, und vergiss deine Badehose nicht; am Haus ist ein Pool und das Wasser darin soll schon richtig warm sein, hat Jeanette gesagt«.

Statt des Bademantels legte er einen seiner Yukata, der leichten japanischen Sommerkimonos aus Baumwolle, in seinen Koffer, außerdem Jeans zum Wechseln, T-Shirts und zwei Hemden für den Fall eines Restaurantbesuches. Er war froh, in seinem Schrank den dunkelblauen Leinensakko wiederzufinden, den er vor Jahren auf einem Markt in der Toskana gekauft und nur selten getragen hatte. Es war nicht sicher, ob er ihn brauchen würde, aber es schien ihm besser, ihn dabei zu haben und er nahm nicht viel Platz ein. Sein halbvolles Skizzenbuch, nach dem er eine Weile suchen musste, fiel ihm zuletzt ein. Er legte es obenauf.

Schon am Tag vor ihrer Abreise kam Maybritts Freundin Karen aus Nykobing, die während ihrer Abwesenheit die Katzen versorgen sollte. Karen hatte viele Jahre lang selbst eine Katze gehabt und freute sich darauf, diesmal gleich drei davon um sich zu haben. Der Aufenthalt in Maybritts Haus sei für sie wie ein Urlaub, versicherte sie strahlend.

»Du wirst nicht viel Arbeit mit ihnen haben«, meinte Maybritt, »zu dieser Jahreszeit treiben sie sich meistens draußen herum, nur mein dicker Tiger hier ist mit den Jahren ein wenig faul geworden.« Der lag auf der Bank unter dem Nussbaum und schlief. Sie zupfte ihn am Ohr und er blinzelte träge und gähnte ausgiebig, als wolle er ihre Worte bestätigen.

Da die Maschine schon kurz nach sechs Uhr morgens vom Kopenhagen Airport starten sollte, hatte Maybritt bei ihrer Kollegin Jette angefragt, ob sie beide bei ihr übernachten könnten. Die hatte keine Einwände gehabt und so waren sie am Vorabend mit Bärgers Wagen nach Kopenhagen gefahren, wo er sich bald ins Nebenzimmer auf die für ihn vorbereitete Liege zurückgezogen hatte. Noch eine Weile lauschte er den für ihn noch immer zumeist unverständlichen Stimmen der beiden jungen Frauen, dann war er eingeschlafen.

Nach einem sehr verkürzten Frühstück, das im Wesentlichen aus einer Tasse starken Kaffees bestanden hatte, fuhren sie am nächsten Morgen mit der Metro zum Flughafen. Die Fahrt dauerte nur zwanzig Minuten und Bärger erinnerte sich daran, dass er erst vor zwei Jahren vom Hauptbahnhof München aus eine Stunde mit der S-Bahn bis zum Flughafen gebraucht hatte und danach endlos lange Strecken auf den Fahrsteigen bis zu seinem Gate zurücklegen musste.

Die Endstation der Metro lag direkt unter dem Terminal 3, von dem aus ihre Maschine starten sollte. Die Formalitäten waren schnell erledigt und dann saßen sie noch eine halbe Stunde lang in der Abflughalle und schauten durch die gläserne Wand auf das Flugfeld, auf dem auch zu dieser frühen Stunde schon lebhafter Betrieb herrschte.

Bald nachdem die Maschine gestartet war, wurde das Bordfrühstück serviert, das sie eher aus Langeweile als aus Appetit verzehrten und es tröstete ihn nur, dass Maybritt danach den Kopf an seine Schulter lehnte und ein wenig zu schlafen schien. Wer weiß, wie lange die beiden gestern Nacht noch miteinander geschwatzt haben, dachte er, aber diese kleine Geste des Vertrauens gefiel ihm doch sehr und er war bemüht, sich nicht zu bewegen, solange es ging.

Beim Zwischenhalt in Brüssel dauerte der Aufenthalt fast eine Stunde und sie waren froh, als es endlich weiterging. Der Landeanflug auf Marseille begann kurz nach elf Uhr, aber ihre Plätze in der Mittelreihe der Maschine ließen keinen Blick auf die Landschaft zu.

»Mit dem Wagen wären wir jetzt vielleicht erst kurz hinter Berlin«, sagte Maybritt, als sie ihre Koffer vom Gepäckband hoben und zum Ausgang liefen. Sie hatten Schwierigkeiten, den Schalter der Autovermietung zu finden, aber Maybritts Frage in einem Bistro wurde freundlich beantwortet und bald darauf konnten sie ihre Koffer in den bereitstehenden Wagen laden.

»Warst du schon mal in Marseille?«, wollte Maybritt wissen.

»Noch nie«, sagte Bärger und sah sich um. Die Luft roch nach Meer, auf dem Vorplatz blühten verstaubte Oleanderbüsche mit großen roten Blütendolden und die Sonne schien heiß von einem wolkenlosen Himmel, dessen tiefes Blau einen Stich ins Violette hatte.

»Was würdest du davon halten, jetzt zum Hafen zu fahren und eine echte Marseiller Bouillabaisse zu essen?« Sie sah ihn erwartungsvoll an.

»Im Augenblick kann ich mir nichts Besseres vorstellen«, sagte Bärger, »ich habe nämlich inzwischen richtig Hunger.«

»Na, dann wollen wir hier nicht noch mehr Zeit vertrödeln. Ich weiß, wo es langgeht.«

Sie setzte sich hinter den Lenker, besah sich einen Moment das ihr ungewohnte Armaturenbrett, dann startete sie den Wagen und fuhr los. Die Fahrt ging ein Stück weit auf der Stadtautobahn, bis sie nach einer knappen halben Stunde auf eine Ausfahrt abbog und einer schmalen Straße folgte, auf der es deutlich bergab ging. Dann aber war die Durchfahrt gesperrt und sie mussten den Wagen in einer Seitenstraße abstellen.

»Von hier aus ist es nicht mehr weit«, sagte Maybritt, »wird uns guttun, ein paar Schritte zu laufen.«

Schon an der nächsten Kreuzung kam der Hafen in Sicht.

Die Möwenschreie klangen wie am Guldborgsund, aber die Luft hier war schwer und roch nach einer Mischung aus Diesel und Seetang. Unzählige Masten ragten in den tiefblauen Himmel,

ein unübersehbares Gewimmel weißer Bootsrümpfe aller erdenklichen Formen und Größen blendete das Auge. An der Uferstraße reihte sich Restaurant an Restaurant, vor denen alle Tische unter den gestreiften Markisen besetzt zu sein schienen. Es herrschte dichter Betrieb auf der schmalen Uferstraße; Männer in Clubjacken und weißen Hosen schlenderten müßig vorbei und einige der Frauen trugen riesige weiße Hüte.
»Wenn ich mir die Leute hier so ansehe«, sagte Bärger trocken, »dann komme ich mir vor wie auf einer Modenschau. Ich glaube, hier sind wir nicht richtig.«
Maybritt lachte.
»Dann musst du erst mal sehen, wie die in Nizza rumlaufen. Aber du hast Recht, hier am Yachthafen ist wohl nicht die richtige Gegend für uns.«
Sie war an die neben dem Eingang eines der Restaurants hängende Speisekarte herangetreten und hatte kurz das Angebot studiert.
»Lass uns ein paar Querstraßen weitergehen, da ist die Suppe genau so gut, aber es wird uns wenigstens nicht schlecht bei den Preisen.«
Sie gingen den Weg zurück, den sie gekommen waren und tatsächlich fanden sie nur wenige Querstraßen weiter ein anderes Restaurant, das die Bouillabaisse zu einem annehmbaren Preis anbot. Bärger hatte eine Fischsuppe erwartet, aber was ihnen dort serviert wurde, war weit mehr als das. Zwar gehörte auch ein Teller mit einer sämigen bräunlichen Fischbouillon dazu, in der drei Scheiben getoasteten Weißbrots schwammen, der Fisch und die Crevetten wurden jedoch in großen Stücken separat auf einer Platte gereicht. Bärger schmeckte Thymian, Lorbeer und Nelken heraus und Maybritt bestätigte seine Vermutung, dass die Farbe der Brühe auf Safran zurückzuführen war. In einem Schälchen gab es außerdem noch eine scharf gewürzte Knoblauchmayonnaise. Dazu tranken sie eine halbe Flasche Cote du Luberon, einen fruchtigen frischen Weißwein, Es war köstlich, fand Bärger, der trotz der wenig interessanten grauen Wohngegend gern noch länger geblieben wäre, aber Maybritt meinte, dass es Zeit wäre, an die Weiterfahrt zu denken.

So zahlte er gleich darauf die angemessene Summe, nachdem er zum ersten Mal mit dem Satz »L´addition, sil vous plais« auf französisch um die Rechnung gebeten hatte.
»Na bitte, geht doch«, sagte Maybritt und lachte. Sie hatten es in Falkerslev zusammen geübt.

Die Fahrt durch die staubig-grauen Straßen der Vorstädte von Marseille schien kein Ende nehmen zu wollen, Die Schilder mit der Aufschrift »Tout directions« an den Kreuzungen verwirrten Bärger anfangs – den Hinweis, dass man von hier aus in alle Richtungen fahren könne, fand er wenig hilfreich, - aber Maybritt erreichte bald darauf die Ausfahrt auf die Autobahn in Richtung Aix-en-Provence und sie kamen von nun an schneller voran. Dennoch dauerte es fast eine Stunde, bis sie die Stadt erreichten, an der sie jedoch auf dem westlichen Ring vorbeifuhren. Auf der Straßenkarte, die Bärger auf den Knien hielt, fand er als nächstes Ziel einen Ort namens Pertuis. Kurz vorher verließen sie die Autobahn und fuhren wenige Kilometer auf einer Fernstraße mit nur geringem Verkehr in westlicher Richtung bis Cadenet. Von hier an wurden die Landstraßen schmaler und folgten mehr und mehr den Konturen der bergigen Landschaft des Luberon. Die Wiesen standen in üppigem Grün, unterbrochen von feurig roten Flächen blühenden Mohns und immer wieder fuhren sie an den endlosen Reihen rundlicher Lavendelbüsche vorbei, die gerade zu blühen begannen.

Immer wieder war Bärger versucht, Maybritt zum Anhalten zu bewegen, weil ihn die ständig wechselnden Bilder der Landschaft faszinierten, aber nur einmal war sie zu einem kurzen Stopp bereit. In einem Ort, der Lourmarin hieß, tranken sie einen Milchkaffee und kauften eine große Flasche Mineralwasser. Erst dort hatte Bärger beim Aussteigen die Hitze gespürt, die in den stillen Straßen stand. Im Wagen war es angenehm kühl gewesen und er war Maybritt nachträglich dankbar, dass sie bei dem Mietwagen auf einer Klimaanlage bestanden hatte. Die wenigen Menschen, die zu dieser Stunde zu sehen waren, bewegten sich im Schatten der dichtbelaubten Platanen und

überall sah er Markisen an den Häusern; nicht nur vor den Geschäften im Erdgeschoss, sondern auch vor den Fenstern von Wohnungen auf der sonnenbeschienenen Straßenseite. Gleich danach fuhren sie weiter.
Endlich kam das Ortsschild mit der Aufschrift Menerbes in Sicht. Aus der Ebene erhob sich ein langgestreckter Hügel, umgeben von dichtbelaubten Obstplantagen, kleinen Feldern mit Weinreben und überragt von einer kompakt aussehenden Befestigungsanlage. Mittelalterliche Gebäude mit Türmen und hohen Mauern erhoben sich über die Wipfel der Bäume, die auf den steilen Hängen gewachsen waren.

Maybritt hatte einen Moment lang gehalten.
»Von hier aus hat man den schönsten Blick auf Menerbes«, sagte sie nach einer Weile des Schweigens, »vielleicht kann ich Jeanette überreden, heute Abend mit uns einen kleinen Stadtbummel zu machen, aber jetzt sollten wir uns erst einmal bei ihr anmelden.«
Sie fuhr weiter und bog nach wenigen hundert Metern auf einen holprigen Feldweg ab. Die ausgefahrenen Spurrinnen führten abwärts auf eine große Wiese, durch die sich ein schmaler Bach schlängelte. Vor einer Gruppe alter Eichenbäume kam ein Haus in Sicht, dessen Ziegel die gleiche Farbe wie der Mohn auf der Wiese zu haben schienen. Maybritt ließ den Wagen auf einem kiesbestreuten Platz unter den Bäumen ausrollen und zog den Zündschlüssel ab.
»Wir sind da«, sagte sie fröhlich und stieß ihn scherzhaft mit der Faust an die Schulter, »jetzt fängt unser Urlaub an.«

14

Bärger öffnete die Wagentür und wieder überraschte ihn schockartig die brütende Hitze, die ihm ins Gesicht schlug. Daran werde ich mich erst gewöhnen müssen, dachte er, als er sich umsah.

Über dem niedrigen Gras der Wiesen flimmerte die heiße Luft, es duftete nach Küchenkräutern, Thymian und Rosmarin und von den Kronen der alten Eichen hörte er das laute Schrillen unzähliger Grillen. Dann waren schnelle Schritte auf dem Kies zu hören und gleich darauf war er Zeuge der lebhaften Begrüßung zwischen Maybritt und Jeanette. Nach den Fotos, die sie ihm in Falkerslev gezeigt hatte, erkannte er ihre Freundin wieder. Er hatte Zeit, sie zu betrachten; sie trug ein leichtes hellblaues Hauskleid mit weißen Tupfen, das vorn durchzuknöpfen war und dazu blaue Pantöffelchen mit nach oben gebogenen Spitzen. Ihre Frisur hatte sie wohl seitdem verändert; das verwuschelte dunkle Haar war jetzt kurz geschnitten und ließ die Ohren frei, von denen dünne silberne Kettchen hingen, die bei jeder Bewegung in der Sonne glitzerten. Sie erinnerte ihn plötzlich an die Hauptdarstellerin des französischen Films »Die fabelhafte Welt der Amelie«, den er kürzlich zusammen mit Maybritt in Nykobing gesehen hatte. Vielleicht war es kein Zufall.

Dann aber kam sie auf ihn zu und umarmte auch ihn herzlich mit den angedeuteten Luftküssen rechts und links, auf die ihn Maybritt mit ihren Beschreibungen französischer Gewohnheiten vorbereitet hatte. Ihr Mund war ein wenig groß, fand er, aber ihre Augen waren von einem schönen dunklen Braun, wie er es nie zuvor gesehen hatte.

Als sie um die Ecke des Hauses traten, blieb Bärger stehen. Die Anlage bildete einen Winkel, ähnlich einem L. Der kürzere Teil war höher gebaut und dem Anschein nach älter, aus grob behauenen grauen Bruchsteinen unterschiedlicher Größe gemauert und unverputzt. Der längere Flügel schien neueren Datums zu sein und war in der Art eines Laubenganghauses angelegt. Die Fassade war glatt verputzt und weiß gestrichen. Vor einer Reihe von vier Türen mit je einem kleinen Fenster daneben ragte das vorspringende Dach etwa zwei Meter über und wurde von vier hölzernen Rundpfosten gestützt. Davor lag die Terrasse, die über die ganze Länge des Hauses reichte. Er schätzte die Breite auf vier Meter; dahinter lag der Pool, der mindestens zehn mal fünf Meter groß war. An seinem Rand standen vier Sonnenliegen, auf einer davon ein großes Badetuch. Hier würde es sich aushalten lassen, dachte Bärger. Wie warm das Wasser wohl sein mochte?

Jeanette hatte die dem Wohnhaus am nächsten liegende Tür im Seitenflügel geöffnet. In dem kleinen Raum, dessen Konzeption ihn an ein Hotelzimmer erinnerte, war es überraschend kühl. Rechts gleich hinter der Tür sah er in die offen stehende Tür einer kleinen Duschzelle, deren Wert sie in den nächsten Tagen zu schätzen lernten. Nachdem sich sein Auge an den schnellen Wechsel von Hell und Dunkel gewöhnt hatte, erkannte er zwei getrennt stehende schmale Betten, dazwischen ein Regal mit einigen Büchern und einer Karaffe mit Wasser, die mit einem umgedrehten Trinkglas abgedeckt war. Ein Kleiderschrank stand gleich hinter der Wand der Duschzelle, daneben ein kleiner Kühlschrank. Ein Kleiderregal mit einem großen Spiegel daneben und ein Stuhl mit geflochtener Sitzfläche vervollständigten die Einrichtung. Der Fußboden war mit hellen glasierten Fliesen belegt. Es gefiel ihm.
Die beiden Frauen wechselten ein paar Sätze miteinander, die Bärger nicht verstand, dann drehte sich Maybritt nach ihm um und lachte.
»Jeanette hat gesagt, dass das hier nur unser Schlafzimmer ist. Wir werden natürlich mit ihr zusammen im ›alten Haus‹ wohnen, wie sie es nennt. Du kannst dich übrigens auf englisch mit ihr unterhalten, aber das weißt du ja schon. Holst du schon mal die Koffer aus dem Wagen? Dann helfe ich Jeanette inzwischen beim Kaffeekochen.«

Das tat er, und als er dann durch die offene Tür in den großen Raum trat, roch er als erstes den Duft von frischem Kaffee. Wieder brauchte es einen Moment, bis er Einzelheiten erkennen konnte. Vor einem nicht sehr großen Fenster hing ein dichter Leinenvorhang, auf dessen wellige Falten die Sonne das Gitter der Fenstersprossen zeichnete. Maybritt und Jeanette saßen beide nebeneinander mit hochgezogenen Beinen auf einer niedrigen Liege, die nur aus zusammengeschobenen Polstern zu bestehen schien. Auf einem ebenso niedrigen dunklen Tisch mit schwerer Platte aus Nussbaumholz standen drei ›bolles‹, die großen halbrunden henkellosen Tassen, aus denen sie in den nächsten vierzehn Tagen ihren Milchkaffe, den cafe au lait trinken würden. Als er nach oben sah, erkannte er einen unverkleideten Dachstuhl, dessen schweres Gebälk anscheinend das Alter geschwärzt hatte. Die eng stehenden Sparren waren mit roten Ziegelplatten abgedeckt. Auch innen waren die Wände unverputzt. Der Staub vieler Jahre mochte schuld daran sein, dass auch sie noch nachgedunkelt waren. In der Mitte des Raumes stand ein großer, ebenfalls aus Bruchsteinen gemauerter Kamin, in dem noch Stücke verkohlten Holzes lagen. Der Raum dahinter schien eine kleine Küche zu sein. Im Schein einer Wandleuchte glitzerten Gläser in einem Regal und er hörte das Summen eines Kühlschrankes. Oberhalb der Küche war in halber Höhe ein Zwischengeschoss eingezogen, zu dem eine schmale Leitertreppe hinaufführte. Er vermutete, dass dort oben Jeanettes Schlafplatz war. Nie zuvor hatte er einen ähnlichen Raum gesehen.

»Jeanette möchte wissen, ob es dir hier gefällt«, sagte Maybritt. Er setzte sich auf ein rundes Ledersitzkissen den beiden gegenüber und hatte einige Mühe, seinen Eindruck zu beschreiben. Es sei unglaublich, sagte er schließlich auf Englisch, und er fühle sich hier wie in einer Höhle, aber im Sinne von geschützt und Geborgensein und er habe sich lange nicht mehr so wohl gefühlt wie bei ihr. Es mussten die richtigen Worte gewesen sein, denn Jeanette nickte ihm freundlich zu und reichte ihm die bolle mit dem duftenden Kaffee.

Eine Weile lang verlief das Gespräch auf Englisch; Maybritt berichtete Einzelheiten ihrer Reise und vom missglückten Besuch im Marseiller Yachthafen, aber schnell wechselten die beiden wieder zum Französisch und Bärger stellte verwundert fest, dass Maybritt beachtliche Sprachkenntnisse besitzen musste. Er hörte ihnen eine Weile zu, trank dann aber seinen Kaffee aus, stand auf und erklärte, dass er sich noch ein wenig die Gegend ansehen wolle.

»Du solltest nicht so weit weg laufen, wir essen in einer halben Stunde«, rief Maybritt ihm nach, als er schon in der Tür stand.

Draußen war das Lärmen der Grillen verstummt. Der Himmel begann sich bereits zu verdunkeln und der violette Schein hatte sich noch verstärkt. Die tief stehende Sonne beleuchtete die Türme der Stadt Menerbes und Bärger lief ein Stück den Feldweg entlang bis zur Straße, wo auf der anderen Seite die Lavendelfelder begannen, die er schon auf der Herfahrt gesehen hatte. Die schnurgeraden Reihen der hüfthoch gewachsenen Büsche zogen sich bis zum Fuß des Hügels. Die Erde zwischen den Sträuchern hatte eine rötliche Farbe und sah steinig und trocken aus. Es schien hier schon längere Zeit nicht mehr geregnet zu haben. Obwohl sie gerade erst zu blühen begannen, lag der unverwechselbare Geruch doch schon in der kühler werdenden Abendluft. Er strich mit der flachen Hand über die stachligen Rispen und roch danach den intensiven Duft, der an seiner Haut haften geblieben war.

Langsam lief er den Weg zurück.

In der Zwischenzeit hatten die beiden Frauen einen Tisch und zwei Bänke auf die Terrasse gestellt. Die Tischplatte wie auch die beiden Bänke waren lang und Bärger dachte, dass hier mindestens acht Leute Platz gefunden hätten. Dass sie hier nur zu dritt saßen, schien eher eine Ausnahme zu sein. Nur an dem einen Ende war eine gelbe Tischdecke über die Fläche gelegt, darauf stand eine große Keramikschüssel. Neben drei farbig dazu passenden Tellern sah Bärger mit Vergnügen dünnwandige Weingläser, in denen sich das Licht zweier Kerzen spiegelte.

Zum ersten Mal aß er Taboulet, einen Salat, den Jeanette schon am Vortag zubereitet und im Kühlschrank kaltgestellt hatte. Er schmeckte frisch nach Minze und Petersilie, große Stücke von Tomate und Gurke machten ihn saftig und er erfuhr, dass der grobkörnige Gries, den sie Kuskus nannte, vorher in Brühe gequollen war. Der trockene und stark gekühlte Wein, den sie dazu tranken, war ein Rosé aus der Region, ein Syrah mit einer leicht bitteren Note, wie Bärger sie liebte. Es war keine üppige Tafel mit großer Auswahl; nur ein Schälchen mit Tapenade aus schwarzen Oliven, Sardellen und Knoblauch und ein Korb mit knusprigen Weißbrotscheiben vervollständigten ihr Abendessen. In den Pausen ihrer ruhigen Unterhaltung hörte Bärger das leise Murmeln des Baches hinter dem Hause.
»Morgen ist Markttag in Gordes, Jeanette will dort Gemüse und Käse kaufen. Sie fragt uns, ob wir Lust hätten, sie zu begleiten. Es ist zwar immer ein ganz schönes Gedränge dort, aber ich habe meinen Spaß daran«, sagte Maybritt, als sie das Geschirr in die Küche räumten. Bärger war einverstanden; von Gordes hatte er schon Fotos gesehen, die ihn neugierig auf die mittelalterlichen Gebäude gemacht hatten. Teile der alten Burg sollten älter als tausend Jahre sein.
Eine Weile lang standen sie noch auf der Terrasse und schauten in den nachtblauen Himmel. In der klaren Luft funkelten unzählige Sterne und über dem schwarzen Hügel mit der kantigen Silhouette der Stadt Menerbes leuchteten die gelben Lichtpunkte erleuchteter Fenster. Dann sagten sie einander gute Nacht und diesmal glaubte Bärger, Jeanettes Kuss auf der Wange gespürt zu haben.
»Es war wohl ein heute bisschen viel auf einmal«, sagte Maybritt und rieb sich die Augen, »wenn ich daran denke, dass wir heute früh noch in Kopenhagen waren…«.
Sie sprach den Satz nicht zu Ende. Bärger setzte sich zu ihr auf das aufgeschlagene Bett.
»Wollen wir morgen lieber hier bleiben?«
»Auf keinen Fall, jetzt habe ich Jeanette versprochen, dass wir zusammen fahren. Und morgen früh bin ich wieder topfit. Du kennst mich doch.«

Sie schob ihn sanft von sich, drehte sich um und glitt unter die dünne Bettdecke, die nach französischem Brauch straff unter die Matratze geschoben war. Er tat es ihr nach und gleich darauf war er eingeschlafen.

Sie erwachten beide von plätschernden Geräuschen aus der Richtung des Pools und als sie vor die Tür traten, sahen sie im Wasser Jeanette, die auf dem Rücken schwimmend mit den Beinen strampelte und ihnen vergnügt zuwinkte. Als Bärger an den Beckenrand trat und prüfend die Hand ins Wasser hielt, bemerkte er, dass Jeanette nackt war. Überrascht drehte er sich um zu Maybritt und deren spöttisches Lächeln war nicht zu übersehen, während sie ihr langes Haar geschickt zu einem Knoten schlang und mit einem breiten Kamm feststeckte.

»Du wirst doch hoffentlich keine Probleme damit haben«, sagte sie halblaut, als sie an ihm vorbei ging und streifte sich die Pyjamahose von den Hüften. Zum ersten Mal sah Bärger sie nackt im hellen Sonnenschein und sie bewegte sich mit einer so lässigen Selbstverständlichkeit, dass er sich beeilte, seinen Yukata auszuziehen und ins Wasser zu springen. Er fand die Wassertemperatur überraschend angenehm; das mochte an dem Kontrast zur frischen Morgenluft liegen, die ein leichter Wind über die Wiesen wehte. Maybritt ließ sich Zeit damit, saß erst eine Weile auf dem Beckenrand, ließ die Beine ins Wasser hängen und plauderte mit Jeanette. Dann ließ auch sie sich langsam ins Wasser gleiten und schwamm ein paar Runden. Es ist wegen der langen Haare, dachte Bärger. Er wusste, wie lange es dauerte, bis sie trocken wurden und das vorherige Kämmen war eine langwierige Prozedur, bei der sie oft schmerzhaft das Gesicht verzog.
Er vermied allzu direkte Blicke, als er aus dem Becken stieg, zog seinen Yukata wieder an und trocknete sich erst im Halbdunkel des Zimmers ab. Als er in Jeans und T-Shirt vor die Tür trat, waren die beiden schon wieder dabei, den Tisch zum Frühstück zu decken und es beruhigte ihn, zu sehen, dass beide ihre Bademäntel trugen.

»Heute musst du noch nicht zum Bäcker fahren«, sagte Maybritt beiläufig und blinzelte ihm zu, »wir müssen dir ja erst zeigen, wo es langgeht.«
In zwei großen Thermoskannen standen Kaffee und heiße Milch auf dem Tisch und mit dem Geschick eines Kellners goss sie aus beiden Kannen gleichzeitig ihre Bolles voll bis zum Rand.
»Das ist hier so üblich«, sagte sie entschuldigend und lächelte ihn an. Es gab Baguette vom gestrigen Tag, die Jeanette im Herd aufgebacken hatte, dazu Butter und vier Sorten Konfitüre. Bärger war sich nicht sicher, ob er nicht schon nach ein paar Tagen sein gewohntes kräftiges Roggenbrot vermissen würde.

Die Luft erwärmte sich schnell wieder; der Schatten des alten Hauses wurde kleiner und schlagartig begannen auch die Grillen in den Eichbäumen wieder ihr schrilles Konzert. Er fand es verwunderlich, dass Beginn und Ende des kollektiven Lärms wie von einem Programm gesteuert schienen, doch Jeanette konnte ihm auf seine Frage hin erklären, dass es nicht die Uhrzeit oder der Sonnenstand, sondern eine bestimmte Temperaturschwelle war, die ihre Aktivität auslöste. Sobald 25 Grad erreicht waren, begannen alle gleichzeitig, um ebenso gemeinsam wieder zu verstummen, sobald die Grenze wieder unterschritten wurde. Seltsames Land, dachte Bärger, wo man hören kann, wie warm es ist.

15

Sie ließen sich Zeit mit dem Frühstück.
Es war nicht weit von Menerbes nach Gordes, der Karte nach etwa fünfzehn Kilometer. Sie würden die Straße nach Avignon kreuzen; ein Ziel, das auch noch auf Bärgers Programm stand.
Endlich trank auch Maybritt ihre bolle aus.
»Von mir aus kann es jetzt losgehen«, meinte sie und blinzelte in die Sonne, »ich glaube, ich muss mir in Gordes einen Sonnenhut kaufen.«
Neben der gebräunten Haut von Jeanette sah ihr Gesicht blass aus und sie sah mit Sorge auf die Haut ihrer Arme, die sich bereits zu röten begann.
»Ich werde aufpassen müssen, dass ich mir keinen Sonnenbrand hole«, meinte sie nachdenklich, »sonst ist für mich der Spaß für die nächsten Tage erst einmal vorbei.«
Während die beiden sich umzogen, spülte Bärger in der kleinen Küche das Geschirr und setzte sich danach noch ein Weilchen in die Sonne. In Sundkobing hatte er sich zuletzt fast den ganzen Tag lang im Freien aufgehalten und war deshalb der Meinung, dass es ihm nicht schaden könne.

Endlich hörte er in seinem Rücken die Tür klappen und gleich darauf stand Maybritt vor ihm. Sie trug eine weite grau gestreifte Leinenhose mit einem breiten Ledergürtel, darüber eine hauchdünne weiße Bluse mit weiten langen Ärmeln und Bärger fand, dass sie wunderbar aussähe. Das meinte auch Jeanette, die gleich darauf dazukam. Sie selber hatte eine enge weiße Jeanshose gewählt, zu der sie ein marineblaues Sonnentop mit schmalen Trägern ausgesucht hatte, das die Bräune ihrer Haut unterstrich.
Es war heiß in ihrem Wagen, als sie losfuhren, aber schon nach kurzer Zeit hatte es die Klimaanlage geschafft, die Temperatur erträglich zu machen.

Die schmale Straße folgte in vielfachen Windungen dem wechselnden Profil des Geländes und bald tauchte vor ihnen der rundliche Bergrücken auf, dessen Hänge, anders als in Menerbes, bis zur halben Höhe mit verschachtelten Häusern unterschiedlichster Größe bebaut waren. Überragt wurden die Gebäude von den fensterlosen Mauern einer Festung mit gewaltigen Rundtürmen an den Ecken. Nach einem steilen Anstieg tauchte die Stadt plötzlich hinter einer Kurve wieder vor ihnen auf, viel näher jetzt und mit harten Kontrasten von Licht und Schatten. Am rechten Straßenrand waren vier Wagen geparkt. Touristen mit Kameras standen vor einem eisernen Geländer am Rande

der steilen Schlucht und knipsten alle das gleiche Bild, das auf jedem Prospekt der Stadt Gordes zu finden war.
Noch einmal ging es steil hinauf, dann bog Maybritt nach rechts ab, weil die Zufahrt zum Markt, dessen Stände sie schon sehen konnten, durch ein Gitter gesperrt war. Sie stellte den Wagen auf einem nahen Parkplatz ab, dann schlenderten sie langsam zurück. Der größte Teil der markisenüberdeckten Stände bot Gemüse und Obst an, aber die zahlreichen Touristen standen meist bei den Tischen, auf denen Stoffe mit provenzalischen Mustern und Farben ausgestellt waren. Es dominierten die Farben gelb und blau, aber auch oliv war häufig zu sehen. Mehrere Stände boten Keramik an, bauchige Krüge und Schüsseln verschiedenster Größen. Auch hier war die dominierende Farbe gelb. Maybritt probierte gleich daneben bereits einen der breitkrempigen, aus Stroh geflochtenen Sonnenhüte auf und Bärger genoss die bewundernden Blicke, die ihr einige junge Burschen zuwarfen.
»Gefällt er dir?«, wollte sie wissen. Sie stand vor dem Spiegel, den die Verkäuferin ihr hinhielt und drehte prüfend den Kopf von einer Seite auf die andere.
Ihr Gesicht war völlig verschattet, aber durch die winzigen Löcher in dem losen Geflecht fielen helle Lichtpünktchen auf ihr blasses Gesicht und Bärger bedauerte, seinen Fotoapparat nicht mitgenommen zu haben.
»Mit dem Hut hätten wir wahrscheinlich sogar im Yachthafen von Marseille noch einen Tisch gefunden«, sagte er und grinste.
»Schon möglich«, war ihre Antwort, »aber im Unterschied zu der Bouillabaisse dort ist dieser Hut hier bezahlbar. Ist dir meine Schönheit wenigstens die zwanzig Euro wert?« Er versicherte ihr, dass sie eine durch und durch bezahlbare Schönheit sei und beeilte sich, den Betrag zu bezahlen. Jeanette hatte inzwischen frisches Gemüse und Bündel von Kräutern in ihren Korb gestapelt. Bärger sah drei große Fenchelknollen, Sträuße von Minze und Petersilie, ein Bündel Möhren und rote, gelbe und grüne Paprikaschoten.
An einem Käsestand wurde Chevre angeboten; die kleinen runden Ziegenkäse gab es in drei verschiedenen Reifegraden und nachdem sie alle versucht hatten, entschieden sie sich für

die mittlere Sorte. Zufrieden musterte Jeanette schließlich ihre Einkäufe und meinte, dass sie nun nur noch zum Bäcker gehen müssten.
Sie verließen das Gedränge des Marktes und traten durch einen niedrigen Rundbogen in den Schatten eines Gewölbes. Es roch nach frischgebackenem Brot und gleich um die nächste Ecke sah Bärger im Schaufenster des Bäckers ein reichliches Angebot unterschiedlich geformter Weißbrote. Ein ganzer Arm voll knuspriger Baguettes war stehend in einem Korb gestapelt, die Brote gleich daneben waren spindelförmig und vorn in der Auslage lagen viereckige kleine Laibe, die wie Kissen geformt waren. Sie hießen auch so, wie Jeanette erklärte, Hirtenkissen nämlich, aber sie wählte zu den drei Baguettestangen nur noch eines der spindelförmigen Brote aus. Sie brachten die Einkäufe zum Wagen und liefen danach unter Jeanettes Führung noch ein Weilchen durch die engen Gassen.

Mit Verwunderung stellte Bärger fest, dass es fast keine einzige größere ebene Fläche in der kleinen Stadt zu geben schien; mit Ausnahme vielleicht des Parkplatzes, auf dem ihr Wagen stand und dessen Fläche wahrscheinlich erst vor kurzer Zeit planiert worden war. Selbst der Marktplatz wies ein deutliches Gefälle auf. Die Anlage der mittelalterlichen Straßen und Häuser folgten der natürlichen Form des felsigen Bergrückens und die gebauten Strukturen spiegelten auf diese Weise die Profile des Bodens, auf denen sie gebaut waren. Dem lag natürlich keine planerische Absicht zugrunde, sondern das war das Ergebnis einer über Jahrhunderte gewachsenen Gestalt, die noch nicht die Mittel besaß, ganze Bergrücken einzuebnen. Was wir hier heute als schön empfinden, dachte Bärger belustigt, ist also nicht so sehr Achtung vor der Natur gewesen, sondern wohl eher das Unvermögen, sie nach Bedarf unbedenklich zu zerstören, wie es heute üblich geworden ist.
Dass hier fast alle alten Städte und Dörfer auf Bergen angelegt waren, hatte dagegen militärische Gründe: die durch Mauern geschützten Siedlungen waren auch gegen ein großes Heer leicht zu verteidigen. Er hatte gelesen, dass selbst Menerbes

sich während der Religionskriege im 16. Jahrhundert gegen eine Übermacht von 12000 Mann katholischer Truppen mehr als vierzehn Monate lang erfolgreich verteidigt hatte. Er hätte gern gewusst, ob sie zu der Zeit ihr Trinkwasser aus Brunnen oder Zisternen geholt hatten.

In dem kleinen Cafe am Markt bestellten sie sich schließlich den ersten Pastis ihres Urlaubs. Jeanette ging ihnen voran durch den halbdunklen Gastraum und trat durch die offene Glastür auf einen winzigen halbrunden Balkon, von dem aus man einen weiten Blick über die sanften grünen Hügel des Plateau de Vaucluse hatte. Sie setzten sich um den kleinen Bistrotisch, tranken langsam ihren Pastis und genossen schweigend den Blick in die Weite. Schwärme von Mauerseglern schossen mit schrillen Schreien durch die Luft und jagten nach Fliegen und anderen fliegenden Insekten. Auf der moosbewachsenen Mauerkrone gegenüber der Straße lag eine gelbe Katze und schlief.
Weil es am Abend ein warmes Essen geben sollte, aßen sie alle drei vor der Rückfahrt nur eine kleine Pizza, umgeben von laut redenden Touristen auf der dicht bevölkerten Terrasse am Brunnen des Marktplatzes. Auf der Rückfahrt zeigte Jeanette ihm den Laden des Bäckers in Menerbes, bei dem er von nun an – nicht täglich zwar, aber doch mehrmals während ihres Urlaubs – die frischen Baguettes holen sollte. Dann aber beschlossen sie, die heißeste Stunde des Tages über Siesta zu halten und trafen sich erst wieder am Nachmittag, um Jeanette bei der Zubereitung der Ratatouille zu helfen.
Bärger schnitt nach ihrer Anweisung je eine rote, grüne und gelbe Paprika in große Stücke und teilte eine Zwiebel in dünne Spalten, während Jeanette eine Knoblauchzehe mit der flachen Klinge ihres großen Küchenmessers zerquetschte und in einer schweren eisernen Pfanne in Olivenöl andünstete. Dann gab sie Zwiebel und Paprikastücke dazu und briet unter ständigem Wenden alles zusammen etwa fünf Minuten. Das Ganze wurde mit einer Tasse voll Tomatensaft abgelöscht und solange eingekocht, bis alles zu einer sämigen Suppe geworden war, in der die bunten Paprikastücke schwammen. Sie würzte mit Salz,

reichlich schwarzem Pfeffer und ein paar Spritzern Tabascosoße, gab ein wenig Rosmarin und ein paar Stiele Basilikum dazu. Zum Schluss streute sie reichlich frische gehackte Petersilie darüber.
Maybritt hatte in der Zwischenzeit den Chevre in kleine Würfel geschnitten und eine Handvoll schwarze Oliven in einer flachen Schale bereitgestellt. Sie bedienten sich mit einer aus Olivenholz geschnitzten Kelle direkt aus der Pfanne und streuten Käse und Oliven darüber. Dazu gab es diesmal Rotwein aus einem gläsernen Krug, den Jeanette zuvor aus einem weißen Kunststoffkanister abgefüllt hatte. Bärgers Skepsis war schnell verflogen, nachdem er probiert hatte; der Wein war gut, mehr als ein Tischwein und er erfuhr, dass es hier üblich war, ihn in den drei Liter messenden Kanistern, die bidon genannt wurden, direkt beim Hersteller einzukaufen.
Das berühmte provenzalische Gericht mit dem klangvollen Namen erwies sich als eine Mahlzeit, die man unkompliziert und in kurzer Zeit herstellen konnte. Maybritt beschloss, Ratatouille in den Speiseplan in Falkerslev aufzunehmen, was Bärgers begeisterte Zustimmung fand.
»Das hast du falsch verstanden«, sagte sie mit ernstem Gesicht, »kochen wirst du. Ich hoffe, dass du gut aufgepasst hast.«
Sie wiederholte den Satz auf Französisch, als Jeanette wissen wollte, was sie gesagt hatte und die lachte herzlich darüber.

So begann ihr Urlaub in der Provence, eine Reihe von heißen Tagen, an denen die Sonne Tag für Tag von einem wolkenlosen Himmel schien, der gegen Abend den violetten Widerschein der ringsum aufblühenden Lavendelfelder anzunehmen schien. Sie schwammen regelmäßig morgens im Pool, seltener am Abend und einmal auch spät in der Nacht, als ein silberner Vollmond sich auf dem unbewegten schwarzen Wasser spiegelte. Nach ihrer anfänglichen Vorsicht aus Furcht vor Sonnenbrand lag nun auch Maybritt oft neben Jeanette nackt auf der Sonnenliege am Pool und von Tag zu Tag wurde das Braun ihrer Haut dunkler. Bärger sah es mit zunehmender Unruhe, einem Gefühl, dessen Ursprung er selbst zu Beginn nicht verstand.

Wenn sie nicht gemeinsam Ausflüge in die Umgebung unternahmen – einen ganzen Tag verbrachten sie in der Abtei des Zisterzienserklosters der Abtei vom Senanque – wanderte er hinüber nach Menerbes, das Skizzenbuch und eine große Flasche Mineralwasser in der Umhängetasche.

Auch in Gordes war er noch zweimal gewesen, als kein Markttag war, hatte einen Pastis getrunken, ein paar freundliche Katzen gestreichelt und mit dem alten Parkerfüller seine flüchtigen Skizzen gezeichnet. In den weitläufigen Gewölben der uralten Häuser, in denen es angenehm kühl war, hatten Maler und Bildhauer ihre Verkaufsgalerien eingerichtet und manches Mal stand er lange vor einem der Bilder, dessen leuchtende Farben geeignet schienen, den Zauber des provenzalischen Sommers mitzunehmen nach Falkerslev. Doch die Arbeiten, die ihm am besten gefielen, waren auch für ihn unbezahlbar.

Sie schliefen miteinander, Maybritt und er, nicht häufiger vielleicht als zu der Zeit, als sie noch nicht nach Kopenhagen fahren musste, aber sanfter nun und spielerischer, ohne Zeitdruck und das Gefühl bevorstehender Trennung.
Manchmal war es so heiß in ihrer kleinen Schlafkammer, dass ihre Körper schweißgebadet aufeinander glitten, als hätten sie sich mit Massageöl eingerieben; ein Gefühl, das er als angenehm empfand. Es war, als könnten sie miteinander verschmelzen und auch Maybritt schien es zu genießen.
Doch schien sie ihm auch an manchen Tagen verändert, wenn er sie umarmte. Manchmal erwiderte sie seine Zärtlichkeiten seltsam abwesend, als geschähe es in einem Traum.

16

Der Tag, an dem sie nach Avignon fuhren, begann wie immer. Sie waren im Pool geschwommen und er hatte zusammen mit Maybritt auf der Terrasse den Tisch für das Frühstück gedeckt, aber als Jeanette diesmal zu ihnen an den Tisch kam, hatte sie anstelle ihres Bademantels eine durchscheinende weiße Batistbluse an, die sie auf der nackten Haut trug. Sie hatte eine kleine, fast mädchenhafte Brust, aber ihre Brustwarzen schimmerten groß und rosig wie reife Himbeeren durch den dünnen Stoff. Er hatte oft genug Gelegenheit gehabt, sich an ihren Anblick zu gewöhnen, während sie miteinander schwammen, aber wenn er nach seinen Wanderungen allein im Schatten der Platanen auf der Terrasse des Cafes Veranda in Menerbes saß und seinen Pastis trank, träumte er manchmal davon, sie zu berühren. Auch Maybritt hatte kurz aufgeblickt, als sie sich zu ihnen setzte, schenkte aber gleich darauf lächelnd aus den beiden Kannen ihre bolles voll Cafe au lait, wie sie es seit dem ersten Tage tat. Es war wie an jedem Morgen, aber dennoch schien es Bärger, als spüre er erstmals eine nervöse Spannung zwischen ihnen, die ihn zugleich beunruhigte und erregte.

Als sie losfuhren sah er mit einer gewissen Erleichterung, dass Jeanette sich umgezogen hatte und zu ihrer weißen Jeanshose wieder ein normales T-Shirt trug. Vergeblich versuchte er, sich einen Reim darauf zu machen, was ihr Einfall wohl zu bedeuten hatte. In den Eichen am Bach ertönte wie jeden Tag das laute Schrillen der Zikaden, doch die Sonne schien wie gefiltert durch einen blassen Dunst und erstmals zogen hinter dem Bergrücken von Menerbes graue Wolkenschleier über den Horizont.
Auf der autobahnähnlichen Straße kamen sie schnell voran und hatten auch keine Mühe, in Avignon einen Parkplatz in der Nähe des Zentrums zu finden. Sie ließen sich planlos durch

die belebten Straßen treiben; vor einem Straßencafe aßen die beiden Frauen ein Eis, während Bärger sich einen Espresso bestellte, danach bummelten sie von einer Boutique zur anderen, probierten Blusen und Hosen und Bärger sah sich aufgefordert, ihnen Komplimente zu machen, wenn sie sich scherzhaft vor ihm in immer neuem Outfit präsentierten. Doch es war nur ein Spiel, das auch die Verkäuferinnen gern mitzumachen schienen, denn nur Maybritt hatte sich am Ende eine weite Hose aus grobem naturfarbenen Leinen gekauft. Bärger suchte in einer Buchhandlung Lesestoff; das mitgebrachte Buch war längst ausgelesen, aber die wenigen deutschen Taschenbücher, die er in einer Ecke des Ladens fand, waren meist Krimis oder amerikanische Reißer, wie sie auch in Deutschland auf den Bestsellerlisten standen und sich in den Ladenketten des Buchhandels auf den Tischen am Eingang häuften.
Schließlich landeten sie aber doch auf dem weiten Platz vor dem Papstpalast, dessen hohe Mauern Bärger allerdings eher an eine Festung erinnerten. Eine ganze Weile stand er davor und ließ die gewaltige Anlage auf sich wirken. Die grauen Mauerflächen wurden durch mächtige Spitzbogen gegliedert, zwischen denen die nur kleinen Fenster weniger dem Lichteinfall als der Verteidigung in Form von Schießscharten gedient haben mochten. Der Eindruck wurde noch verstärkt durch die Ecktürme, die ebenso wie die auskragenden Mauern von mannshohen Zinnen gekrönt waren. Sie gingen durch das weit offene Hauptportal hinein in ein düsteres Gewölbe, indem es feucht und modrig roch. Nur einige Teile der riesigen Anlage durften betreten werden, doch was sie im Inneren sahen, bestätigte seinen ersten Eindruck der düsteren Pracht. Was für ein Lebensgefühl konnte Menschen veranlassen, in solchen Räumen zu wohnen? Er verstand es nicht.
Sie liefen die Treppen hinauf bis aufs Dach, von wo aus sie durch die Zinnen auf die Dächer der unter ihnen liegenden Stadt schauten. Den sogenannten Ehrenhof des Palastes fand er kahl und schmucklos; er konnte sich nicht vorstellen, dass hier jemals höfische Gesandte empfangen worden waren. Sie fühlten sich aber reichlich entschädigt durch einen Spaziergang in der

weitläufigen Gartenanlage, in der betäubend duftende Rosen blühten. Natürlich wollte Maybritt auch die berühmte Brücke sehen, von der allerdings nur noch vier Bögen erhalten waren. Eine Tafel am Eingang gab Auskunft darüber, dass sie bereits im Jahr 1185 durch einen Hirten erbaut worden war und immerhin länger als fünfhundert Jahre lang stand, bevor eine Flutwelle die anderen Bögen zerstörte. Eine seltsame Legende, fand Bärger. Worin mochte der Anteil des Hirten beim Bau dieser Brücke bestanden haben? Was davon noch zu sehen war, schien ihm eine beachtliche ingenieurtechnische Leistung. Brechts Gedicht »Fragen eines lesenden Arbeiters« fiel ihm ein, deren erste Zeile wissen wollte, wer das siebentorige Theben erbaute. Sie schauten von oben auf die träge fließende Rhone, der man heute nicht ansah, dass sie steinerne Brücken zerstören konnte und waren sich einig, dass das Bewusstsein, auf der Brücke von Avignon gestanden zu haben, mit fünf Euro überbezahlt war. Auf dem Rückweg durch den Garten des Papstpalastes überraschte sie ein Regenschauer. Sie drängten sich eng aneinander in den Schutz einer kleinen Mauernische, bis der kurze Guss vorbei war und Bärger spürte den warmen Duft im Nacken der vor ihm stehenden Jeanette. Bevor sie weitergingen, drehte sie sich zu ihm um und küsste ihn flüchtig auf den Mund, wobei ihre Zunge seine Lippen streifte.

In einem kleinen Restaurant in der Altstadt aßen sie am späten Nachmittag gedünstete Dorade, die Jeanette als eines ihrer Lieblingsgerichte beschrieb. Es schien ähnlich einfach und unkompliziert in der Zubereitung wie viele der provenzalischen Gerichte und Maybritt, die es zu Haus nachkochen wollte, ließ sich von ihr das Rezept beschreiben. Wie Jeanette erklärte, bestand der Sud lediglich aus einem trockenen Weißwein, der mit Creme fraiche verrührt und einem Suppenlöffel voll grünen Pfeffers gewürzt wurde. Ob das alles sei, wollte Maybritt erstaunt wissen, und Jeanette bestätigte ihr, dass sie dann nur noch die gesäuerten und gesalzenen Fische je nach Größe zwischen fünfzehn und zwanzig Minuten bei 200 Grad im Backofen garen müsse. Leider gäbe es aber in dem Haus in

Menerbes keinen Backofen, sonst hätte sie es dort schon längst selbst gekocht. Zur Dorade wurde Reis und ein grüner Blattsalat serviert; der Weißwein, den sie dazu tranken, war diesmal ein duftiger Chardonnay.

Erst am späten Nachmittag fuhren sie zurück nach Menerbes. Das leuchtende Violett der Lavendelfelder, an denen sie vorbeifuhren, hatte sich verdunkelt, die Sonne schien trübrot durch dunstige tief hängende Wolken und als sie ankamen, war das Zirpen der Zikaden früher als sonst verstummt.
Sie saßen noch eine Weile auf der Terrasse, tranken einen Pastis und Maybritt erzählte von ihrem Leben in Falkerslev, das Jeanette zu interessieren schien. Sie war noch nie in Dänemark, wie sie sagte. Es klang wie der Wunsch nach einer Einladung und Maybritt warf einen Blick auf Bärger, bevor sie ihr vorschlug, den nächsten Urlaub bei ihnen zu verbringen. Jeanette dankte und meinte, dass sie es sich überlegen wolle.
Keiner hatte an diesem Abend Lust zu schwimmen und als Jeanette schließlich erklärte, dass sie ein wenig Kopfschmerzen habe und deshalb zu Bett gehen wollte, blieben auch Maybritt und Bärger nicht mehr lange auf der Terrasse sitzen. Er las noch einen Weile in seinem deutschen Nachrichtenmagazin, das er an einem Kiosk in Avignon gekauft hatte und folgte ihr dann in ihre Schlafkammer, wie sie den Raum unter sich nannten. Nach dem Duschen legte er sich auf sein Bett und deckte sich mit dem Laken zu. Selbst unter den leichten Decken war es ihnen schon nach wenigen Tagen zu warm geworden. Maybritt schlief nicht, sondern lag mit unter dem Nacken verschränkten Armen auf dem Bett. Ihr Blick war auf die Zimmerdecke gerichtet, an der es wahrscheinlich schon seit Tagen nicht Ungewöhnliches mehr zu entdecken gab. Es fiel ihm nicht leicht, den rechten Anfang zu finden.
»Können wir miteinander reden, May?« Bärger unterdrückte den Wunsch, sich zu räuspern. Maybritt richtete sich auf und stützte sich auf ihre Ellenbogen.
»Dieser Satz hätte jetzt auch von mir stammen können«, war ihre Antwort. Sie stand auf und legte sich neben ihn auf das schmale

Bett. Er rückte ein wenig zur Seite und sie bettete den Kopf an seiner Schulter. Die Geste des Vertrauens beschämte ihn und machte es ihm nicht leichter, zu erklären was ihn bedrückte.

»Könntest du nicht Jeanette erklären, dass sie sich ein wenig mehr anziehen sollte, wenn wir…« Sie unterbrach ihn.

»Nein«, sagte sie bestimmt, »das kann und das will ich ganz und gar nicht. Du vergisst, dass wir Gäste in ihrem Haus sind und zumal im Urlaub hat sie das Recht, hier zu tun und zu lassen was sie will.«

Sie machte eine kleine Pause, bevor sie weiter sprach.

»Ich weiß, dass sie dir gefällt. Und weißt du was? Mir gefällt sie auch. Das habe ich noch nie vorher erlebt und es fiel mir zu Anfang schwer, es zu akzeptieren. Aber mit ihr kommt es mir ganz natürlich vor.«

Bärger schluckte. Das Gespräch nahm eine unerwartete Wendung.

»Habt ihr beide…« Und wieder ließ sie ihn nicht ausreden.

»Nein, haben wir nicht, wenn du es genau wissen willst. Aber wir haben uns geküsst und ich fand es schön und erregend. Ich verstehe es, wenn es dich verrückt macht, sie tagelang so zu sehen.«

»Und was soll jetzt werden?« fragte Bärger. Er fühlte sich ratlos und in die Enge getrieben.

»Was jetzt aus uns beiden werden soll, meinst du?« Sie zog seinen Kopf an den Haaren zu sich heran und küsste ihn auf dem Mund.

»Wir sind schließlich nicht miteinander verheiratet, auch wenn es mir manchmal so vorkommt«, meinte sie. »Ich habe jetzt schon seit ein paar Tagen darüber nachgedacht und ich glaube, dass wir beide keinen Schaden nehmen werden, wenn wir diesen Sommer in der Provence so ausklingen lassen, wie Jeanette es anscheinend möchte. Oder glaubst du etwa, sie weiß nicht, was mit dir los ist? Deine Fluchtversuche vor dir selber nach Menerbes sind ihr nicht entgangen.«

»Glaubst du, dass sie von Anfang an diese Absicht gehabt hat?«

Nichts weiß ich über Frauen, dachte Bärger, überhaupt nichts.

»Nein«, sagte Maybritt bestimmt, »das glaube ich nicht. Aber

versetze dich einmal in ihre Situation: eine attraktive junge Frau, wochenlang allein in dieser Hitze, die einen schon so verrückt machen kann und dann kommt ein Paar an, das jeden Morgen nach gutem Sex zufrieden und ausgeglichen zum Frühstück erscheint und danach harmlos mit ihr über das Wetter plaudern will. Das würde ich wohl auch nicht gut aushalten.«
»Abgesehen davon, dass jeder Morgen wirklich übertrieben ist, bliebe also noch die Frage zu klären, wen von uns beiden Jeanette nun eigentlich meint, wenn du mit deiner Erklärung Recht hast.«
Bärger streichelte sanft ihren Nacken. Maybritt seufzte:
»Ich müsste mich sehr irren, wenn sie nicht uns beide meint. Und wie das gehen soll, dafür reichen weder meine Fantasie noch meine Erfahrung aus. Was ich dir aber jedenfalls sagen möchte, ist das: du musst dich nicht aus schlechtem Gewissen mir gegenüber gegen etwas wehren, das mir genau so reizvoll erscheint wie dir. So, und jetzt will ich endlich versuchen, zu schlafen.«
Er versuchte sie zu halten, aber sie entzog sich ihm nach einem flüchtigen Kuss auf den Mund, ließ sich auf ihr Bett fallen und zog sich das Laken über den nackten Rücken.

Bärger ging noch einmal hinaus auf die Terrasse. Er setzte sich auf die vom Abendtau feuchte Bank und schaute in den schwarzen Wasserspiegel des bewegungslosen Pools, als könnten dort Bilder auftauchen, die ihm die Zukunft zeigten. Aber nichts rührte sich und nur das ruhelose Murmeln des Baches hinter dem Haus vertiefte die atemlose Stille. Erst spät schlief er ein.

17

Der nächste Morgen begann wie am Tag ihrer Ankunft; mit wolkenlos blauem Himmel und dem früh einsetzenden schrillen Konzert der Zikaden, an das er sich längst gewöhnt hatte. Sie schwammen gemeinsam ihre Runden im Pool und neu schien ihm nur, dass Jeanette und Maybritt sich gegenseitig den Rücken länger abtrockneten, als ihm nötig schien. Er musste sich jedoch eingestehen, dass er ihnen diesmal vielleicht nur mit einem anderen Gefühl dabei zusah, als an den Tagen zuvor.

Auf der Liste ihrer geplanten Ausflüge war ein Ort namens Fontaine de Vaucluse bisher offen geblieben. Nach dem Frühstück suchte Bärger ihn auf der Straßenkarte und fand ihn schnell nahe bei der Kleinstadt Gordes. Es gab jedoch zwischen beiden Orten keine Verbindungsstraße. Er schätzte den Umweg auf etwa zwanzig Kilometer, und überlegte eine Weile, ob es sinnvoll sei, auf eigene Faust von Gordes aus einen direkten Weg zu suchen. Aber schnell verwarf er den Gedanken wieder: alles lag hier so dicht bei einander, dass eine Suche nach Abkürzungen keinen rechten Sinn hatte. Und außerdem vergab er sich damit die Chance, wieder etwas Neues zu entdecken.

Bald darauf waren sie wieder unterwegs auf der Straße in Richtung Avignon. Bei einem Ort namens Coustellet verließen sie die Schnellstraße und fuhren von nun an in einer zusehends bergiger werdenden Landschaft auf schmalen Straßen weiter. Im Schatten der steilen und dicht bewachsenen Hänge wurde es merklich kühler und Bärger überlegte einen Moment lang, die Heizung der Klimaanlage einzuschalten. So schnell habe ich mich also an die Hitze gewöhnt, dass es mir bei 22 Grad im Wagen kühl vorkommt, dachte er. Die Straßenhändler in Thailand fielen ihm ein, die am Abend Wollhandschuhe trugen, weil es ihnen zu kühl war. Das hatte er damals sehr komisch gefunden.

An einem Garten vorbei, in dem meterhoher Bambus wucherte, kamen sie nach einer knappen Stunde Fahrt in ständigem Wechsel von Licht und Schatten zur Ortseinfahrt von Fontaine de Vaucluse. Eine Brücke führte über einen Fluss mit flaschengrünem Wasser, das lautlos über eine Reihe von flachen Stufen strömte. Gleich daneben standen dicht an der steinernen Ufermauer eine lange Reihe weißer Sonnenschirme über den Tischen eines Straßenrestaurants. Auf den ersten Blick gefiel ihm die Stadt nicht; am Stadtrand standen mehrere mehrgeschossige Häuser, die wie alte Industriebauten zur Zeit der Jahrhundertwende aussahen. Vermutlich hatte niemand mehr Verwendung dafür und das war ihnen anzusehen. Sie stellten den Wagen ab und liefen über die Brücke in Richtung Zentrum.
Hier reihte sich ein Souveniershop an den anderen und Jeanette erklärte ihnen, dass im Frühjahr und im Herbst hier im Ort viel Betrieb sei; um Pfingsten herum würde so viel Wasser aus der Quelle strömen, dass es wild schäumend zu Tal schoss. Zu dieser Jahreszeit musste Bärger sich anstrengen, zwischen dem Geröll von Felsbrocken überhaupt etwas davon zu entdecken.

Sie wanderten den Weg zur Quelle hinauf, bis sie endlich am Fuß der Steilwand standen, von der aus man einen Blick in das finstere Loch des Trichters werfen konnte, aus dem zweimal im Jahr unvorstellbar große Mengen Wasser fließen sollten. Auch jetzt musste die Menge des abfließenden Wassers beträchtlich sein, wenn nur wenige hundert Meter weiter unten der Fluss Sorgue einen stabilen Wasserstand aufweisen konnte. Doch von hier aus war nur wenig davon zu erkennen. Tief in dem schwarzen Loch des Trichters stand unbewegt das Wasser. Nichts deutete darauf hin, dass die Höhle mehr als dreihundert Meter in die Tiefe reichte. Dreihundert Meter – das war etwa soweit, wie von hier zum Zentrum des Städtchens, schätzte Bärger. Aber in der Horizontalen gemessen konnte die Strecke keine Vorstellung von Tiefe vermitteln. Wie hoch war doch gleich der Kölner Dom? Wenn er sich recht erinnerte, waren es mehr als 150 Meter. Zweimal die Höhe des Kölner Domes also. Damit konnte er etwas anfangen. Zahlen sind nichts, das man sich vorstellen kann.

Es gab mehrere Antiquitätengeschäfte in Fontaine de Vaucluse und in einem von ihnen fand Bärger eine alte aus Buchsbaumholz gedrechselte Boulekugel, auf der die Messingstifte, die in das Holz genagelt waren, sternförmige Ornamente bildeten. Sie war nicht billig; vielleicht hatte er seinem Gefallen an dem Stück zu deutlich Ausdruck gegeben, aber schließlich bezahlte er den nur wenig heruntergehandelten Preis.

Sie fuhren zurück über Cavaillon, wo heute Markttag war. Jeanette füllte ihren Korb mit Obst und Gemüse, sie probierten verschiedene Käsesorten und nachdem sie an einer Kellerei Halt gemacht hatten, die auf einem Schild am Straßenrand zur Degustation, zur Verkostung einlud, nahmen sie von dort auch noch einen Bidon mit drei Litern Rotwein mit, den Bärger aussuchen durfte. Praktischerweise besaß der Kanister sogar einen kleinen Zapfhahn.

Als sie jedoch vor die Tür des modern gestalteten Verkaufsbereiches traten, in dem zu ihrem Bedauern eine Reihe glänzender Edelstahltanks die erwarteten Gewölbe voller alter Holzfässer ersetzte, hatte sich draußen der Himmel verdunkelt. In Richtung Süden zuckten Blitze vor einem nachtschwarzen

Horizont und das Grollen des fernen Donners war bis zu ihnen zu hören. Böige Windstöße wirbelten auch hier schon losen Staub über die Straße und sie beeilten sich, in den Wagen zu steigen.
Lange bevor sie an ihrem Haus in Menerbes ankamen, begann es heftig zu regnen. Die Luft hatte sich schlagartig abgekühlt und der kurze Weg vom Wagen bis zum Haus genügte, um sie frösteln zu lassen. Sie stellten Korb und Bidon bei Jeanette im alten Haus ab und beeilten sich, in ihrer Schlafkammer einen Pullover überzuziehen. Erst danach bemerkten sie die unangenehme Überraschung: das Dach über Maybritts Bett war nicht dicht. Es hatte durchgeregnet; Bettdecke und Laken waren durchnässt und noch immer tropfte es durch die Spalten der scheinbar nur lose verlegten Ziegelplatten.
Sie berichteten Jeanette davon, die wenig Überraschung zeigte. Sie schloss das Zimmer rechts neben dem ihren auf, das ähnlich eingerichtet war. Es wäre nicht nötig, deswegen das Zimmer zu wechseln, meinte sie, alles andere sei ja trocken geblieben und es ginge nur darum, dass sie in dieser Nacht einen trockenen Platz zum Schlafen hatten. Morgen würde die Sonne in kurzer Zeit alles wieder getrocknet haben. Das war auch ihre Meinung.

Noch aber war es kühl draußen. Zwar hatte der Regen nachgelassen, doch noch immer krauste sich die Wasseroberfläche im Pool unter den Stößen des Windes. Als deshalb Jeanette fragte, ob Bärger Lust habe, den Kamin im alten Haus anzuheizen, war er mit Begeisterung bei der Sache. Sie zeigte ihm, wo er das Holz im Schuppen hinter dem Haus finden konnte und er suchte mit Sorgfalt in dem Haufen die armstarken Eichenknüppel aus, die ihm geeignet schienen, nicht nur gut zu brennen, sondern dabei auch einen angenehmen Geruch zu verbreiten. Auch einige Scheite Birkenholz fielen ihm in die Hände, die ihm das Anbrennen der dicken Äste erleichtern sollten.
Er trug den vollen Korb in den halbdunklen Raum und schichtete mit Sorgfalt auf eine Lage trockenen Reisigs zunächst die Birkenscheite und danach zwei kreuzweise Lagen von dem Eichenholz auf den schmiedeeisernen Rost. Schnell brannte ein

anfangs laut knisterndes Feuer; der Kamin hatte einen guten Zug und weil er noch nachlegte, strahlte er auch bald eine wohlige Wärme in den Raum, der seinen Pullover überflüssig machte.
Als Jeanette und Maybritt ins Zimmer kamen, begannen sie zuerst damit, die großen Polsterkissen der Liege in die Nähe des Feuers zu schieben. Auf einem Tablett brachte Jeanette danach geschnittenes Brot, Chevre, ein Schälchen mit grünen und schwarzen Oliven und die Tapenade, die sie auf dem Markt in Gordes gekauft hatten. Den Bidon mit dem Rotwein stellte sie neben Bärger auf einen Hocker, der seinen Spaß daran hatte, die Gläser mit Hilfe des kleinen Zapfhahns zu füllen.
Er fühlte sich wohl, alles passte hier zusammen: das Haus, das Feuer im Kamin, das Brot und der Wein, die hier gewachsen waren – es stimmte alles und der Gedanke daran, dass er Gefallen fand an einer Lebensweise, wie es sie hier in gleicher Weise wohl schon seit hunderten von Jahren gegeben hatte, stimmte ihn grundlos heiter. Oder war der Wein daran schuld? Der Inhalt im Bidon schien kaum abzunehmen, wenn er die Gläser nachfüllte. Es war wohl besser, sich ein wenig zurückzuhalten. Er legte zwei Kloben Eichenholz nach und drehte sich um.

Wie am ersten Tag saßen die beiden jungen Frauen dicht nebeneinander auf den weichen Kissen, die nackten Füße hochgezogen und schwatzten leise miteinander. Bärger hob sein Glas und trank ihnen zu.
»Don´t drink so much, please«, sagte Jeanette, »trink bitte nicht soviel.«
Sie lächelte dabei, aber ihre Stimme klang ernst und es war bisher nicht so oft vorgekommen, dass sie ihm gegenüber ihre Wünsche direkt äußerte. Auch Maybritt lächelte ihm zu.
»Es könnte dir danach vielleicht leid tun«, sagte sie leise auf deutsch. Es war eigentlich nicht ihre Art, ihm Vorschriften zu machen.
Wieder sprachen die beiden miteinander, Jeanettes Stimme klang nun bittend und dann tat Maybritt etwas, was ihn noch immer faszinierte, wenn er es sehen durfte: sie kniete sich auf das Kissen und zog den Kamm aus ihrem schweren Haarknoten.

Dann neigte sie den Kopf nach vorn und schüttelte die langen Strähnen, bis sie wie ein dunkler Vorhang vor ihr Gesicht fielen. Sie schob den Saum des weiten Rockes hoch, den sie heute trug, und ihr Haar fiel bis auf die nackten Schenkel.
»C´est magnifique«, hörte er Jeanette atemlos murmeln.
Oh ja, dachte Bärger, das ist es wirklich. Geht es Jeanette also genau so?
Sie beugte sich vor, nun auch kniend, und strich sacht über die dichten Strähnen; dann aber teilte sie den dunklen Vorhang vor Maybritts Gesicht mit beiden Händen, und als die langsam den Kopf hob, sah Bärger, wie sich ihre Lippen öffneten und dann küssten sich die beiden sehr lange mit einer von ihm noch nie gesehenen sanften Zärtlichkeit. Er sah es ohne Neid, aber er spürte, wie sein Herzschlag sich bei diesem Anblick beschleunigte.
Dann sah er, wie Jeanette beide Hände an Maybritts Taille legte und als die zustimmend nickte, zog sie ihr mit einer raschen Bewegung die weite Bluse über den Kopf. Für einen Moment schimmerten Maybritts vollen Brüste im Schein des Feuers, dann ließ sie schnell wieder den Vorhang ihres Haares darüber fallen und kreuzte die Arme vor der Brust. Nur einen Moment zögerte Jeanette, dann zog auch sie sich mit einem einzigen Griff das T-Shirt aus und schüttelte danach ihre verwuschelte Mähne.

Vielleicht ist es doch besser für mich, wenn ich mich jetzt betrinke, dachte Bärger, bei diesem Spiel scheine ich nicht gebraucht zu werden. Aber er nahm nur einen kleinen Schluck aus dem Glas, das er noch immer in der Hand hielt und ließ keinen Blick von den beiden.
Diesmal war es Jeanette, die sich nach ihm umdrehte. Sie schüttelte den Kopf, als sei er ein hoffnungsloser Fall, stand auf und nahm ihm das Glas aus der Hand. Das war deutlich, fand Bärger. Aber sie war nicht deshalb aufgestanden; mit schnellen Schritten lief sie zu einem Wandregal, auf dem ein getrockneter Lavendelstrauß stand, und kam gleich darauf mit einem winzigen Parfümflakon in der Hand zurück.

»Du darfst dich zu uns setzen, hat Jeanette gesagt«. Maybritts Stimme klang wie immer, ruhig und ein wenig spöttisch, aber Bärger war sich sicher, dass auch sie die Unwirklichkeit dieser Stunde spürte.
»Wenn es dir warm genug ist, kannst du ja auch dein T-Shirt ausziehen«, meinte sie beiläufig. Bärger beeilte sich damit, es über seinen Kopf zu ziehen und ließ es auf den Boden fallen.
Wieder redeten die beiden Frauen rasch miteinander und wieder übersetzte Maybritt ihre Worte:
»Jeanette sagt, dass sie etwas mit uns probieren möchte. Das hier ist ihr Lieblingsparfüm, es heißt übrigens ›Parfum de Femme‹, wenn ich es richtig verstanden habe. Sie sagt, dass sich der Duft nicht nur nach und nach im Laufe des Abends verändert, sondern sich auch auf jeder Haut ein wenig anders entwickelt. Und sie möchte gerne wissen, wie es bei uns funktioniert. Hast du etwas dagegen?«
Er beeilte sich, zu versichern, dass es ihm großes Vergnügen bereiten würde, ihr Experiment zu unterstützen. Als Übersetzung genügte es Jeanette jedoch, dass Maybritt ihr zunickte. Gleich darauf kniete Jeanette vor ihnen, sprühte ein wenig Flüssigkeit aus dem Flakon auf ein Wattestäbchen und strich damit behutsam zuerst Maybritt unter dem linken und rechten Ohr, danach schob sie leicht das Haar von ihrer Brust zurück und rieb auch hier mit einer kreisenden Bewegung des Stäbchens die Haut rings um Maybritts Brustwarzen, die sich dabei merklich versteiften. Dann zögerte sie einen Moment, aber Maybritt schien erraten zu haben, was sie von ihr erwartete. Sie streifte den Rock, den nur ein breiter Gummibund hielt, über die Hüften und ließ ihn hinter sich fallen. Darunter trug sie einen winzigen schwarzen Stringtanga, der nur an der Seite mit einer dünnen Schleife gehalten wurde. Noch nie hatte Bärger bei Maybritt etwas Ähnliches gesehen. Jeanette beugte sich über sie und strich die letzte Probe behutsam auf die Innenseite von Maybritts Schenkel. Bärger sah, wie sie dabei für einen Moment erschauerte.
Dann kniete Jeanette auch vor ihm. Wieder sprühte sie ein wenig von dem Parfum, dessen Duft sich schon im Raum zu verbreiten begann, auf das Wattestäbchen, um dann damit genau wie zuvor

bei Maybritt zunächst die Haut hinter seinen Ohrläppchen und dann auf der Brust zu bestreichen. Als sie ihn danach erwartungsvoll ansah, besann er sich nicht lange, sondern öffnete den Gürtel und streifte sich die Jeans von den Beinen. Sie lächelte ihn an und gleich danach spürte auch er die kühle Berührung an seinen Schenkeln. Er war froh, einen seiner straffen dunklen Slips angezogen zu haben, die wie eine Badehose aussahen, aber trotzdem war er sich sicher, dass es Jeanette nicht entging, wie sehr ihn ihre Berührung erregte.
Jeanette reichte das Wattestäbchen Maybritt, stand auf und streifte sich mit einer geschmeidigen Bewegung die enge Hose von den Hüften. Es überraschte ihn nicht, dass sie genau so einen winzigen Tanga darunter trug wie Maybritt, nur dass der ihre goldfarben glänzte. Maybritt ließ sich Zeit dabei, Jeanette den gleichen Dienst zu erweisen. Sie befeuchtete das Stäbchen mit dem Spray und wartete, bis Jeanette sich vor niederkniete und das Haar von den Ohren zurückstrich. Mit Sorgfalt bestrich sie die gleichen Stellen, wie es davor Jeanette bei ihr gemacht hatte und brauchte lange dafür, Jeanettes Brüste mit dem Tupfer zu streicheln, die mit geschlossenen Augen die Berührung zu genießen schien. Als sie danach ihre Schenkel mit dem Stäbchen berührte, schien es Bärger, als ob ihre Hand dabei ein wenig zitterte.

Im Kamin fielen die rotglühenden Eichenscheite in sich zusammen, und ein Funkenregen sprühte auf. Bärger schreckte auf wie aus einem Traum, aber die Bilder vor seinen Augen blieben und während er sich umdrehte und mit Sorgfalt neue Scheite auf das Feuer schichtete, spürte er das schnelle Pochen seines Herzschlages in der Kehle.
»Gibst du uns noch was zu trinken?« Maybritt hielt ihm die leeren Gläser hin.
Er beeilte sich, sie zu füllen und dann saßen sie eine Weile schweigend nebeneinander und sahen den Flammen zu, deren flackernder Schein sich langsam erhellte und rötliche Lichter über ihre Haut tanzen ließ.

Auch die Wärme nahm schnell wieder zu. Der frische Blütenduft den er anfangs gespürt hatte, war verflogen. Der Geruch des brennenden Eichenholzes hatte sich vermischt mit fruchtigen Aromen von Orangen, Kokos und Vanille und Bärger spürte ein Gefühl wie Hunger in sich aufsteigen. Es war ein Duft, der das seltsame Verlangen auslöste, das zu schmecken, was er roch. Er beugte sich hinüber zu Maybritt und sog den Geruch ihres Nackens tief in die Nase. Es war fremd und vertraut zugleich und wieder hatte er das Gefühl, in eine magische Welt versetzt zu sein. Auch Jeanette war nun näher an Maybritt herangerückt und begann, ihre Wange sacht an ihrem Hals zu reiben. Maybritt schloss die Augen; langsam ließ sie den Kopf nach hinten sinken, ihre Lippen öffneten sich leicht. Beide begannen tiefer zu atmen; Bärger sah es am Heben und Senken der Brüste zwischen der Flut von Maybritts dunklem Haar, das sie nun beide zu bedecken schien.
Ich weiß nicht, ob ich das noch lange aushalten kann, dachte Bärger. Er drehte sich um zum Feuer und trank sein Glas in einem Zug aus. Aber gleich darauf fühlte er eine Hand an seinem Arm, die ihn auf das Polster zurückzog und es war Jeannette, die sich über ihn beugte. Sie sah ihn aufmerksam an, als versuche sie zu verstehen, dann lächelte sie plötzlich und sagte schnell ein paar Worte zu Maybritt. Die zögerte einen Augenblick, doch dann lächelte auch sie und sagte:
»Jeanette möchte wissen, ob du dir vorstellen kannst, für eine Weile eine Binde vor den Augen zu haben.« Sie machte eine kleine Pause und fuhr dann leiser fort:
»Ich glaube, dass es mir auch ein bisschen helfen würde.« Es klang wie eine Bitte, aber Bärger musste sich eingestehen, dass er den Vorschlag fast mit einem Gefühl von Erleichterung aufnahm. Er hob beide Hände, als wolle er seine Hilflosigkeit demonstrieren und sagte einen der wenigen französischen Sätze, die er konnte:
»Pourquoi pas?« – »Warum nicht«, hieß das, und er hoffte, dass es sich locker genug anhörte, als er es aussprach.
Die beiden Frauen nickten sich zu.
Im Nu hatte Jeanette einen seidenen Schal in der Hand und das

letzte, das er von ihr sah, bevor das glatte Tuch die Welt um ihn verdunkelte, waren die rosigen festen Knospen ihrer Brustwarzen. Der Druck ihrer Hand gegen seine Schulter bedeutete ihm, sich auf den Rücken zu legen. Jetzt fehlt nur noch, dass jetzt jemand sagt: entspanne dich, dachte Bärger. Doch zum Denken blieb ihm nicht viel Zeit.

Abwechselnd, wenn auch mit Pausen, in denen er nur ahnen konnte, was geschah, spürte er fremde Haut auf seinen Lippen, eine Zunge, die seinen Mund erforschte, Hände, die seinen Körper berührten und glatte Haut auch unter seinen Händen, die sich ihm willig darbot. Als ihm die Schleife eines Stringtanga in die Hand geriet, zögerte er einen Augenblick, aber der Körper neben ihm bewegte sich nicht. So zog er die Schleife auf und wartete, was geschehen würde. Er hörte leises Flüstern, dann hob eine Hand sanft seinen Kopf und als sie ihn losließ, fühlte er sich zwischen zwei glatten Schenkeln gefangen. Der Duft, der von ihnen ausging, war schwer und betäubend und er wusste, dass er ihn niemals beschreiben können würde, aber schon berührte eine glatte warme Haut seine Lippen, die die Form einer Frucht zu haben schien und als seine Zunge danach tastete, öffnete sie sich und verwandelte sich in das Fleisch einer Muschel.

Von da an verlor Bärger das Bewusstsein für das weitere Geschehen.

Er glaubte zu spüren, dass er irgendwann selbst ganz nackt war, dass seine schmerzhafte Erektion unter sanften Berührungen nachließ und zuletzt aufgenommen wurde von einem warmen pulsierenden Schoß, den er nie mehr verlassen wollte. Doch er konnte seine Erregung nicht mehr steuern. Wie ein Stromschlag zuckte der Orgasmus durch seinen Körper und stürzte ihn in eine rote Wolke, aus der er nur langsam wieder auftauchte.

»Hallo, bist du noch da?«

Eine leichte Hand schob ihm das Tuch von der Stirn.

Bärger blinzelte in ein rötliches Halbdunkel. Die Glut im Kamin war am verlöschen.

»Ich glaube, da muss ich erst einmal nachsehen«, sagte er und leckte sich die trockenen Lippen. Maybritt lachte leise.

»Soweit ich sehen kann, ist noch alles da«, meinte sie und kniff ihn leicht in den Oberschenkel, »ich habe jetzt Hunger – du auch?«
Er wusste es nicht, aber nachdem er mit ein paar Birkenscheiten das Feuer im Kamin wieder zu hellem Lodern gebracht hatte, nahm er gern von Jeanette eine Baguettescheibe mit Tapenade und trank dazu in winzigen Schlucken den Rotwein, den sie ihm reichte. Es war nicht die einzige Pause in einer Nacht, in der er mehr und mehr jedes Zeitgefühl verlor und in der ihm sinnliche Erfahrungen zuteil wurden, die jenseits all seiner Vorstellung waren.

18

Bärger erwachte am Morgen unter einer flauschigen Decke in einem grauen Licht, dass durch den dichten Vorhang sickerte. Unter der Tür hindurch fiel ein schmaler Streifen Sonnenlicht auf den Steinfußboden und vom Pool her hörte er leises Plätschern. Als er vor die Tür trat, steckte sich Maybritt gerade mit erhobenen Armen die Haare zum Knoten auf und er dachte, dass es für einen Mann am Morgen keinen schöneren Anblick geben könne. Sie stand am Rande des Pools und als Bärger näher herankam, sah er vor ihr im Wasser Jeanette. Die hatte die Arme auf den Beckenrand gelegt und schaute lächelnd zu ihr auf.

Es war eine unbeschwerte Szene im hellen Sonnenlicht und Bärger wusste nicht genau, warum sie ihn an Arbeiten der französischen Impressionisten erinnerte, denn er konnte sie keinem bekannten Bild zuordnen. Aber vielleicht war es nur die Atmosphäre von Heiterkeit und Leichtigkeit, die sie vermittelte. Er legte Maybritt einen Moment lang seinen Arm um die Hüfte und küsste sie auf den Nacken, nickte Jeanette zu und sprang ins Wasser. Der plötzliche kühle Schock verlor sich schnell, als er ein paar Runden geschwommen war und machte einem Gefühl angenehmer Frische Platz. Er hätte gern gewusst, ob von Jeanettes Parfum noch etwas an seiner Haut haften würde, wenn er aus dem Wasser stieg.

Bis zu ihrer Abreise waren es noch vier Tage.
Sie gingen essen in Menerbes, wo der Wirt des Restaurants ›Le Galoubet‹ das Gericht des Tages mit Schulkreide auf eine Tafel geschrieben hatte, die auf einem Stuhl neben der offenen Tür stand, sie fuhren noch einmal zur Abbey de Senanque und Maybritt kaufte einen großen Strauß getrockneten Lavendels, der noch wochenlang mit seinem Duft die Bibliothek in

Falkerslev erfüllen sollte und natürlich verbrachten sie einen Tag in Roussillon, wo sie zu den bunten Sandsteinfelsen wanderten, aus denen seit Jahrtausenden die rötlichen, braunen und ockerfarbenen Pigmente gewonnen wurden, deren Farben die Ursache der harmonischen Stimmigkeiten der provenzalischen Häuser waren.
Bärger zeichnete nur noch wenige Skizzen. Den Versuch, das Panorama von Roussillon in einer Zeichnung zu erfassen, gab er schnell auf. Doch die Bilder dieser spröden Landschaft, ihre Gerüche und Farben, prägten sich ihm tief ein und er wusste, dass ihn die Sehnsucht, sie wiederzusehen, zeitlebens nicht mehr verlassen würde.
Der Nacht vor dem Kaminfeuer im alten Haus folgte keine zweite mehr, doch er hatte das Gefühl, dass sie zwischen ihnen ständig gegenwärtig war und ein seltsames Gefühl von geheimer Verbundenheit bewirkt hatte.

Ein letztes Mal saßen sie auf der Terrasse zum Frühstück beisammen. Der Duft wilden Thymians lag in der Luft, auf der Wiese waren große Flächen von leuchtend rotem Mohn aufgeblüht und von den Eichen am Bach schrillte das Konzert der Zikaden herüber. Sie waren eine schweigsame Runde und Bärger empfand Bedauern darüber, dass er Jeanette gegenüber nicht in Worte fassen konnte, was ihm die Zeit bedeutete, die sie mit ihr gemeinsam verbracht hatten.
Es war Jeanette, die die Abschiedsstimmung beendete, indem sie jedem von ihnen ein kleines Geschenk überreichte. Für Bärger war es die handgroße bemalte Keramik eines Hahnes, pechschwarz mit einem großen roten Kamm, der mit aufgerissenem Schnabel zu krähen schien. Er war ein wenig verwundert, aber nachdem Maybritt ihm lächelnd übersetzt hatte, was sie dabei sagte, lachte auch er: Jeanette hatte ihn ehrenhalber zu einem gallischen Hahn erklärt. Er verneigte sich und ließ ihr antworten, dass er es als große Auszeichnung betrachte.
Für Maybritt hatte sie ein kleines Tütchen, aus dem sie zögernd ein seidenes Tuch zog, das Bärger bekannt vorkam. Maybritt nahm es in beide Hände und hielt es einen Augenblick lang vor

Nase und Augen. Auf Maybritts fragenden Blick nickte Jeanette kurz und dann umarmten sich die beiden Frauen ein letztes Mal.
»Au revoir«, sagte Bärger zu Jeanette und setzte dann englisch hinzu: »I really hope to see you again.«
»Perhaps next year in Denmark?«
Bärger verstand es nicht als Frage. Sie legte beide Arme um seine Schultern und küsste ihn sanft auf den Mund. Zum letzten Mal spürte er den seltsamen Duft, der Teil ihrer selbst zu sein schien, dann drehte er sich um und setzte sich in den Wagen, wo Maybritt schon auf ihn wartete. Er ließ den Wagen an und fuhr langsam in den tiefen Spurrinnen des Feldweges zur Straße. Das Bild Jeanettes vor dem alten Haus wurde in seinem Rückspiegel kleiner und kleiner, doch als sie an der Straße nach Menerbes noch einmal hielten und zurückschauten, konnten sie sehen, dass sie ihnen zuwinkte. Sie winkten zurück und dann fuhren sie in zunehmender Geschwindigkeit zurück in Richtung Marseille.

Er nahm die gleiche Strecke wie auf der Hinfahrt, fuhr bei Cadenet auf die Schnellstraße und bog bei Pertuis ab auf die Autobahn nach Marseille. In weniger als anderthalb Stunden erreichten sie den Aeroport Marseille-Marignan und hatten Zeit genug, in Ruhe den Wagen zurückzugeben. Bis zum Abflug blieb ihnen wenig mehr als eine Stunde. Sie setzten sich in die Lounge, tranken statt Cafe au lait an der Espressobar einen Cappuccino und erinnerten sich angesichts der sie umgebenden Hektik schon jetzt mit Wehmut an die unbeschwerten Stunden am Pool des alten Hauses in Menerbes.

Es war die gleiche belgische Fluglinie wie auf dem Hinflug; wieder gab es einen kurzen Zwischenstopp in Brüssel, aber als die Maschine in Kopenhagen landete, war es erst Nachmittag und Maybritt drängte darauf, dass sie gleich danach die Weiterfahrt nach Falkerslev antraten.
»Wie es wohl unseren Katzen geht?«, sagte sie nachdenklich.
Bärger musste sich eingestehen, dass er nur selten an sie gedacht hatte, aber er sagte nur: »Ich bin sicher dass es ihnen gut geht. Meine einzige Sorge ist, dass sie zu fett geworden sind, weil

Karen sie sicher sehr verwöhnt hat«. Maybritt lachte.
»Da könntest du allerdings Recht haben«, stimmte sie ihm zu.

Sie luden ihre Koffer in seinen Wagen und Maybritt legte den Lavendelstrauß auf den Rücksitz, wo er bald mit seinem frischen Duft das Wageninnere füllte. Auf der Küstenstraße entlang fuhren sie in Richtung Koge und als Maybritt mit dem Handy in Falkerslev anrief, konnte sie nach einem kurzen Gespräch mit Karen betätigen, dass es allen gut ging.
Die Sonne stand schon tief an dem blassblauen Sommerhimmel, als sie dort ankamen und nur Maybritts Kater saß neben Karen in der offenen Haustür, als Bärger den Wagen neben dem Schuppen ausrollen ließ. Mit Gleichmut ertrug Tiger die stürmische Begrüßung durch Maybritt und ließ sich auf dem Arm in die Küche tragen, wo Karen das Abendessen vorbereitet hatte. Aber gleich darauf kamen auch die beiden anderen Katzen zur offenen Tür herein und strichen schnurrend um seine Beine. So schien denn gleich darauf wieder alles beim Alten und Bärger trank mit Genuss seinen gewohnten friesischen Tee, obwohl er sich eingestehen musste, dass er ihn in Menerbes nicht vermisst hatte.
Es wurde spät an diesem Abend; Karen war noch nie in Frankreich gewesen und hatte endlose Fragen. Bärger schaltete den Computer ein und schob den Chip aus Maybritts Digitalkamera in den Rechner. Bis kurz vor Mitternacht zeigten sie die Bilder vom Luberon, den alten Dörfern und kleinen Städtchen, den Lavendelfeldern um die Abbey von Senanque und vom Papstpalast in Avignon. Aus dem Kofferraum hatte er die letzte Flasche Rotwein geholt, die sie in Gordes gekauft hatten und als Karen schließlich fand, dass sie einen ganz und gar ungewöhnlichen Urlaub hatten, fiel es ihm leicht, ihr Recht zu geben.

Erst am nächsten Morgen fuhr Karen nach dem Frühstück wieder zurück nach Nykobing. Es blieben ihnen zwei Tage, sich wieder an den Alltag zu gewöhnen; nachdem sie in den beiden letzten Wochen fast den ganzen Tag lang miteinander verbracht hatten, stand nun wieder die Trennung bevor, wenn Maybritt zur

Arbeit nach Kopenhagen fuhr. Haus und Garten hatte Karen in Ordnung gehalten; es gab wenig zu tun und so wanderten sie zum Wald, um Pfifferlinge zu suchen, die Bärger mit Speck in der Pfanne schmorte und kauften in Nykobing Doraden, Creme fraiche und grünen Pfeffer, um Jeanettes Lieblingsgericht nachzukochen, das sie gemeinsam in Avignon gegessen hatten.
Es war auch hier heiß geworden in den letzten Tagen und als Bärger sagte, dass er den Pool in Menerbes vermisse, gab Maybritt ihm Recht. Aber sie waren sich beide einig, dass für Falkerslev keine vergleichbare Lösung möglich war und begnügten sich weiterhin mit der Dusche unter dem Apfelbaum.

»Wenn Jeanette wirklich im nächsten Jahr zu uns kommen will, dann mieten wir uns ein Ferienhaus am Strand«, meinte Maybritt, »sie möchte nämlich gern die Ostsee kennen lernen.«

Sie hatten es vermieden, über die Nacht im alten Haus in Menerbes zu reden. Bärger war unsicher, wie Maybritt reagieren würde, wenn er sie danach fragte. So unterließ er es lieber. Er fand sie begehrenswerter als je zuvor mit ihrer bronzebraunen Haut, die das Grün ihrer Augen steigerte und als sie sich am Nachmittag in ihrer Schlafkammer umarmten, da hatten beide das Gefühl, dass ihr Verlangen nacheinander zugenommen hatte. Das seidene Tuch, das ihr Jeanette geschenkt hatte, bewahrte Maybritt in einer Dose aus Sandelholz auf. Den schwarzen Hahn aber stellten sie in der Bibliothek neben den Strauß mit getrocknetem Lavendel. Einem spontanen Einfall folgend, verband Maybritt dem Hahn die Augen mit einem schmalen Bändchen, wie man es zur Verpackung von Geschenken benutzt. Sie verrieten niemandem die Bedeutung. Als Karen sie später einmal danach fragte, sagte Bärger, dass es sich dabei um einen alten provenzalischen Brauch aus der Umgebung von Menerbes handelte.

19

Auch Bärger fiel es schwer, sich wieder an den Alltag in Sundkobing zu gewöhnen. Im Mittelalterzentrum war jetzt Hochsaison; wegen des schönen Wetters kamen viele deutsche Touristen zum Wochenende und neben den Aktionen an den großen Wurfmaschinen, die gewaltige Steinbrocken in den Sund schleuderten, waren seine Vorführungen der Leistungsfähigkeit von Langbogen eine beliebte Attraktion unter den Besuchern geworden. Der Verbrauch an Pfeilen stieg enorm; nicht so sehr, weil sie zerbrachen, sondern vielmehr, weil sie bei den Schießübungen seiner Zuschauer verloren gingen. Oft half ihm Pelle beim Suchen im hohen Gras.

Dessen Leistungen hatten sich sehr verbessert. Gemeinsam mit den beiden Jungen des Schmiedes, die schon länger einen Bogen besaßen, sah Bärger ihn oft durch das Gelände streifen. Besonders liebten sie ein Spiel, bei dem sie aus unterschiedlichen Entfernungen mit stumpfen Pfeilen eine kleine Holzkugel über das Gras trieben.

Er selbst hatte erst nach Maybritts Abreise nach Kopenhagen den Bogenkoffer aus der Dachkammer geholt. Als er zum ersten Mal die neuen Wurfarme am Griff befestigt hatte und die neue leichtere Sehne einhängte, kamen ihm Zweifel, als er den Bogen spannte. Allzu leicht erschien ihm das Zuggewicht; mühelos zog er die Sehne bis zu seinem Ankerpunkt und hatte kein Problem damit, sie dort mehrere Sekunden zu halten. Alles würde davon abhängen, ob die neuen Pfeile halten würden, was er sich von ihnen versprach. Er steckte die drei Probepfeile, die er sich hatte schicken lassen, zu den alten in seinem Köcher und ging in den Garten, um sie miteinander zu vergleichen. Sie sahen nicht nur merklich dünner aus, sondern waren auch spürbar leichter.

Als Pfeilfang benutzte er zwei Teile einer alten Seegrasmatratze, die sie im vergangenen Jahr beim Aufräumen auf dem

Dachboden gefunden hatten. Nur mit Mühe hatte er Maybritt daran hindern können, sie fortzuwerfen, denn er hielt es für besser, ihr nicht zu erklären, wofür er sie verwenden wollte. Er schob eine Kiste an die Schuppenwand und stellte die beiden Matratzenteile voreinander darauf. Das derbe Gewebe schien durch das Alter kaum gelitten zu haben. Mit einem Stück Kreide zeichnete er ein Kreuz in die Mitte der Fläche, dann ging er etwa zehn Schritte zurück und schoss seinen ersten Pfeil.
Zuerst nahm er die alten; sie kamen mit den neuen schwächeren Wurfarmen erwartungsgemäß tiefer an und landeten etwa eine Handbreit unter dem Kreidekreuz. Schnell stellte sich die unbewusste Korrektur ein und schon nach zwei weiteren Schüssen landete der nächste nahe dem Kreuzungspunkt der beiden Kreidelinien.
Jetzt nahm er einen der neuen Pfeile. Bärger hatte noch keine Federn an den Schäften; der Schuss ohne Befiederung konnte Aufschluss darüber geben, wie gut der Pfeil zum Bogen passte. Der Energieimpuls, dem jeder Pfeil im Augenblick des Abschusses ausgesetzt war, verformte ihn umso mehr, je mehr die Bewegungsrichtung der Sehne beim Lösen von der Achse des Pfeils entfernt war. Das Ergebnis war eine seitliche Schlangenlinie des fliegenden Pfeils, die man deutlich sehen konnte. Genau so verriet seine Auf- und Abbewegung, dass der Nockpunkt an der Sehne zu hoch oder zu tief angebracht war. Der Pfeil »reitet«, so wurde dieser Fehler von erfahrenen Bogenschützen genannt. Der wichtigste Zweck einer Befiederung bestand im Grunde darin, die unvermeidlichen Verformungen beim Abschuss möglichst schnell zu stabilisieren und dem Pfeil zum geraden Flug zu verhelfen.
Da auch das Gewicht der Pfeilspitzen von Bedeutung sein konnte – es galt als wichtiger Richtwert, dass der Schwerpunkt des Pfeils im vorderen Drittelpunkt liegen sollte – hatte Bärger die mittlere der drei unterschiedlich schweren Spitzen ausgewählt; es war mit 85 Grain angegeben und es sollte sich zeigen, dass es die richtige Wahl war.
Zwei Beobachtungen beim ersten Schuss mit dem neuen Pfeil stimmten ihn zuversichtlich: erstens flog der Schaft

scheinbar ohne jede sichtbare Verformung in Richtung Scheibe und zweitens traf er dort mindestens zwanzig Zentimeter oberhalb des Zieles. Das bedeutete wiederum, dass einerseits Schaft und Pfeilspitze optimal zum Bogen passten und andererseits tatsächlich das geringere Pfeilgewicht eine höhere Leistung zur Folge hatte. Nach nur wenigen weiteren Schüssen mit den neuen Pfeilen hatte sich das Gefühl dafür eingestellt und die letzte Gruppe seiner drei Pfeile konnte er mit Daumen und Zeigefinger umschließen.

Es war ihm klar, dass er diese Schäfte theoretisch völlig ohne Befiederung schießen könnte, aber er hatte noch nie gesehen, dass ein Bogenschütze Pfeile ohne Federn in seinem Köcher hatte. So beschloss er, die kleinstmögliche angebotene Federgröße von drei Zoll zu verwenden. Schließlich bedeutete jede auch noch so kleine Befiederung einen Verlust an Geschwindigkeit, da sie den Luftwiderstand des Pfeils erhöhte.

Erst als er am Abend vor dem Computer saß und per Internet seine Bestellung für ein Dutzend Pfeilschäfte, fünfzehn Spitzen und fünfzig Federn einer Länge von drei Zoll auslöste, fiel ihm ein, dass auch seine Hand wieder mitgespielt hatte. Der rechte Mittelfinger hatte sich problemlos gestreckt; beim Lösen hatte er die Sehne nicht gespürt. Hoffentlich bleibt es so, dachte Bärger.

Er würde mit einer Woche Wartezeit bis zur Lieferung rechnen müssen. Noch immer lag auf dem Couchtisch Maybritts Buch über den goldenen Schnitt, in dem er vor ihrem Urlaub fast an jedem Abend gelesen hatte. Als er es ins Regal zurückstellte, fiel die Postkarte mit der Tuschzeichnung des japanischen Mönches heraus; die Darstellung der drei Elemente Erde, Feuer und Wasser als Quadrat, Dreieck und Kreis. Und da war sie wieder: die Idee, die Zeichnung ins Räumliche umzusetzen; aus dem Quadrat einen Würfel, aus dem Dreieck einen Tetraeder und aus dem Kreis eine Kugel zu bauen, aus Holz, eine Skulptur der Elemente.

Bärger hatte noch nie gedrechselt, die Notwendigkeit, es zu lernen hatte sich nicht ergeben. Er stellte es sich schwer vor, eine Kugel zu drechseln, aber es würde nicht nötig sein, die Kugel aus Wildkirschenholz war ja schon da, groß wie ein Golfball und damit Ausgangsmaß für die beiden anderen Körper. Als er auf einem Blatt Papier den Durchmesser der Kugel aufgetragen hatte, versuchte er, die dazu passenden Abmessungen von Tetraeder und Würfel zu finden. Schließlich entschied er sich, in Relation zur Kugel die Seitenlänge des Würfels mit fünf und die des Tetraeders mit sieben Zentimetern anzunehmen.

Es war noch hell im Garten, als er im Schuppen nach einem Stück Holz zu suchen begann. Er wählte einen Kloben aus rötlichem Apfelholz, aus dem er mit dem Beil einen Scheit passender Größe spaltete. In Maybritts Töpferwerkstatt stand eine kleine Bandsäge, kombiniert mit einem Stirnschleifer, die sie gelegentlich benutzte, wenn sie Schablonen für Arbeiten auf der Töpferscheibe brauchte. Mit Hilfe des im rechten Winkel montierten Anlagetisches der Schleifscheibe war es eine leichte Übung, zunächst den Würfel und danach den Tetraeder mit ausreichender Genauigkeit daraus herzustellen.

Bärger legte die drei Formen nebeneinander, so wie sie der Mönch Sengai auf seiner Pinselzeichnung angeordnet hatte: links den Würfel, in der Mitte den Tetraeder und rechts daneben die Kugel. Er verschob sie mehrfach gegeneinander und fand schließlich, dass der Abstand zwischen Kugel und Tetraeder geringer sein müsse als der zwischen Würfel und Tetraeder, um im visuellen Gleichgewicht zu sein, vermerkte die Maße auf einem Zettel und schnitt sich eine Grundplatte aus dem gleichen Apfelholz, das er für die beiden anderen Körper verwendet hatte. Es war eine Arbeit von wenigen Minuten, Platte und Körper anzubohren und mit kurzen Stiften zu verbinden. Ein geringer Abstand zur Platte war ausreichend, um die drei Formen schwebend erscheinen zu lassen. Es machte ihm Vergnügen, seine Arbeit zu betrachten; nicht allein, weil sie ihm gelungen schien, sondern weil sie auch in dieser ebenso konkreten wie präzisen Form noch die gleiche Rätselhaftigkeit ausstrahlte wie das Original der Pinselzeichnung. Er trug sie in die Bibliothek und ließ sie dort auf dem Couchtisch stehen. Es würde interessant sein, was Maybritt dazu sagte, wenn sie am Wochenende aus Kopenhagen zurückkam.

Als er sie am Freitagabend vom Bahnhof in Nykobing abholte, machten sie zunächst noch ein paar Einkäufe. Maybritt hatte Appetit auf Ratatouille und so suchten sie nach roten, gelben und grünen Paprika, Auberginen und Zucchini, Tomaten und Knoblauch. Alles andere, vor allem die Gewürze, hatten sie aus dem Urlaub mitgebracht. Es war Bärgers Idee, noch ein Fläschchen saurer Sahne mitzunehmen; er fand, dass sie das Ganze noch verfeinern könnte.
Am Abend saßen sie wieder im Hof unter dem Nussbaum, hörten der Amsel zu, die auf dem Giebel über ihnen ihr Abendlied sang und tranken von dem eiskalten und trockenen Rosé aus dem Luberon, von dem sie zu Bärgers Bedauern viel zu wenig hatten mitbringen können.
Erst am Nachmittag des nächsten Tages fand Maybritt seine Skulptur der drei Elemente. Ihre Verwunderung galt weniger der Arbeit selbst als vielmehr dem Anlass, der ihn getrieben hatte, einer uralten Idee auf diese Weise eine moderne Gestalt zu geben.

»Ich dachte immer, außer für Architektur und Bogenschießen ist in deinem Kopf nicht mehr viel Platz für andere Dinge; von Rotwein mal abgesehen«, meinte sie lächelnd.
»Bei allem Respekt, Sir«, sagte Bärger im Tonfall eines Marines im amerikanischen Kriegsfilm, »da fällt mir noch eine ganze

Menge anderes Zeug ein. Zum Beispiel langhaarige Frauen, kurzhaarige Katzen, Kaminfeuer und Swimmingpools im Mondschein…«

Sie unterbrach ihn.

»Na gut, bevor wir anfangen, uns darüber zu streiten, was dir von alledem am wichtigsten ist, sollten wir vielleicht erst einmal schlafen gehen.«

Dagegen hatte er nichts einzuwenden.

Erst nachdem Maybritt am Montag früh abgefahren war, erinnerte er sich wieder an ihre Worte. Sie hatte keinen Zusammenhang zwischen den drei geometrischen Körpern und der Architektur erkennen können, was er nun selbst als merkwürdig empfand. Die größte Übereinstimmung zeigte natürlich der Würfel: noch heute war für moderne Wohnformen das ›Würfelhaus‹ ein Begriff, die Additionsfähigkeit der Elemente in allen drei Achsrichtungen eine Grundvoraussetzung für Variabilität der Grundrisse. Darüber hinaus hatte es sogar bis in die jüngste Zeit Versuche gegeben, den Würfel als Haus auf einer Ecke stehen zu lassen; der Inbegriff der Instabilität schlechthin, der mit merkwürdigen Hilfskonstruktionen abgeholfen werden musste, von der eingeschränkten Nutzbarkeit der Innenräume einmal ganz abgesehen. Nein, Würfel und Haus gehörten begrifflich zusammen, allein schon auf Grund des rechten Winkels, der normalen Lastabtragung auf die Fundamente und der verlustfreien Nutzbarkeit der Grundrissflächen.

Anders sah es mit der Kugel aus.

Wenn er von Halbkugeln und Kalotten als Dachformen nicht nur über runden, sondern auch über orthogonalen Grundrissen einmal absah, war die Vollkugel als nutzbare Form ähnlich unbrauchbar wie ein auf einer Ecke stehender Würfel. Aus den Vorlesungen über Baugeschichte entsann er sich einiger Entwürfe der sogenannten Revolutionsarchitektur von Boullée, die allesamt utopische Entwürfe geblieben waren. Es war eine Umkehrung der von Bärger nach wie vor als Gestaltungsprinzip akzeptierten Formel ›Form Follows Function‹ des Louis Sullivan. Hier sollte die Funktion einer Form folgen, die ihr in allen Punkten widersprach. Ging man davon aus, dass menschliche Tätigkeit eine freie Beweglichkeit auf horizontalen Geschossebenen voraussetzte, dann war der Verlust nutzbaren Raumes bei einer in Scheiben geschnittenen Kugel beträchtlich.

Auch die Konstruktion schien ihm problematisch. Schon visuell würde ein ausreichend breiter Ring erforderlich sein, um das Gefühl von Stabilität im Sinne der Standsicherheit im Erdgeschoss zu vermitteln und die sich anbietende Auflösung der Kugelschale durch zusätzliche Vertikalschnitte in Art der Längengrade eines Globus bedeutete, dass für jede Geschossebene unterschiedliche Elemente produziert werden mussten. Nein, Kugelhäuser schienen ihm weder sinnvoll noch wirtschaftlich vertretbar und er konnte sich auch nicht vorstellen, in einem wohnen zu wollen.

Was war aber vom Tetraeder im Zusammenhang mit gebauten Formen zu halten? Verglichen mit dem Würfel zeigte sich eine überraschende Übereinstimmung: war dessen Oberfläche durch ein Netz gleicher Quadrate zu gliedern, so konnte man in gleicher Weise die Flächen eines Tetraeders in gleichseitige Dreiecke aufteilen.

Aber nicht nur das: die sich dabei parallel zur Grundfläche abzeichnende Gliederung wies darauf hin, dass er analog zum Würfel horizontale Schichtungen bildete, die bei Bärger sofort die Assoziation von Geschossebenen assoziierten. Ging man also davon aus, dass beide Strukturen horizontale Schichten bildeten, so bestand der Unterschied darin, dass sich beim Würfel zwei verbindende Ebenen vertikal unter neunzig Grad schnitten, während es beim Tetraeder drei Ebenen waren, die gegeneinander und gegen die Horizontale um sechzig Grad versetzt waren. Als Skelett eine absolut stabile Konstruktion, im Gegensatz zum Würfel, der gegen Horizontalkräfte durch zusätzliche Dreieckskonstruktionen stabilisiert werden müsste. Eine faszinierende Geschichte, dachte Bärger, warum das wohl noch niemand probiert hat?

20

Als Bärger am Abend aus Sundkobing nach Haus kam, sah er schon beim Aussteigen den langen schmalen Karton an der Haustür angelehnt, in dem in Deutschland Pfeile versendet wurden. Der Postbote hatte ihn wie üblich dort abgestellt, seitdem Maybritt nur noch die Wochenenden in Falkerslev verbrachte. Er trug ihn in die Küche und brühte sich zuerst eine Kanne Tee auf, erwartungsvoll beobachtet von den drei Katzen, die jede vor ihrer Untertasse sitzend auf ihren Anteil an der Kondensmilch warteten. Sie sprangen vom Tisch und liefen über den Hof in den Garten, als es nichts mehr für sie gab und nur seine Katze Candy blieb neben dem Karton liegen und starrte ihn erwartungsvoll an.

Er schnitt den nur mit Klebstreifen verschlossenen Deckel auf und fand seine Pfeile in Styroporstreifen verpackt, dazu in transparenten Plastiktütchen die blank polierten Stahlspitzen und zugehörigen Inserts und schließlich auch die kurzen Federn und die Nocken, die wie auch die Inserts in die Schäfte eingeklebt wurden. Er musste ein wenig grinsen, als er daran dachte, wie er im Blockhaus am Sund die Holzpfeile für das Mittelalterzentrum zusammenbaute; es war besser, wenn Herr Pedersen nicht erfuhr, dass er dabei war, seine Pfeile aus den neuesten Produkten der Kohlefaserindustrie zusammenzustellen. Seine Katze schnüffelte nur kurz am Inhalt des Kartons, dann lief auch sie den anderen beiden nach in den Garten.

Er würde gutes Licht brauchen, um mit der nötigen Sorgfalt arbeiten zu können. So verzichtete er darauf, den Abend unter dem Nussbaum auf dem Hof zu verbringen, holte stattdessen die Leselampe aus der Bibliothek und begann damit, die Teile auf dem Küchentisch zu sortieren. Es schien ihm wichtig, die Schäfte vor dem Aufbringen des Klebers mit Aceton zu reinigen, so legte er Wattestäbchen dazu und das Fläschchen mit dem

Sekundenkleber, den er schon in Berlin für seine ersten Carbonpfeile verwendet hatte. Die waren noch holzfarben lackiert gewesen, seine Freunde hatten sie deswegen gern »Beschisspfeile« genannt. Diese hier waren grau, ein stumpfes schieferfarbenes Grau.

Die Maße der Schäfte und die Gewichte der Spitzen stimmten, ebenso die bestellte Anzahl der Federn und Nocken. Es konnte losgehen. Er begann damit, die Inserts in die Schäfte einzukleben, nachdem er vorher mit dem Wattestäbchen das Innere des Schaftes gereinigt hatte. Bärger arbeitet schnell und sorgfältig; war der Kleber erst aufgetragen, so musste er im gleichen Moment die Aluhülse in voller Länge in den Schaft schieben; zögerte er nur einen Moment, so war der Kleber ausgehärtet und die Arbeit umsonst. Es geschah nur einmal und beim vergeblichen Versuch, das Insert wieder aus dem Pfeilschaft zu lösen, konnte er sich von der Klebkraft überzeugen.
Dann schraubte er die Pfeilspitzen auf; die konische Form war aus rostfreiem Stahl gedreht und mit Feingewinde versehen. Es war neu, dass die Spitzen ein wenig über den Schaftrand reichten und damit verhinderten, dass bei einem Treffer auf eine harte Fläche die Spitze in den Schaft getrieben werden konnte, wie er es früher mehrfach bei Alupfeilen und auch bei Carbonschäften beobachtet hatte. Ein Vorteil, der sich bezahlt machen würde, wenn es stimmte.
Dann waren die Federn an der Reihe. Bärgers Pfeile hatten seit Jahren die Federfarben rot und weiß. Sie waren auf den meist dunklen Körpern der 3-D-Tiere gut zu erkennen und auch im Rasen nach einem Fehlschuss leichter wiederzufinden. Nachdem er wusste, dass er sie weniger zur Stabilisierung brauchen würde – selbst auf kurze Distanzen waren die Versuchspfeile nahezu gerade geflogen – hatte er sich entschieden, die Federn gerade aufzukleben. Eine verdrillte Anordnung führte über die Rotation um die Pfeilachse zwar zur schnellen Stabilisierung, hatte aber andererseits zur Folge, dass durch den erhöhten Luftwiderstand die Geschwindigkeit abnahm. Der schnellere Flug war ihm wichtiger.

Trotz des Sekundenklebers hielt ihn die Befiederung am längsten auf. Nachdem er sechs Pfeile fertig hatte, beschloss er, die restlichen am nächsten Tag fertig zu machen. Er setzte sich noch eine Weile in den dunklen Hof, schaute hinauf in einen klaren Sternenhimmel und streichelte gedankenlos das warme Fell seiner Katze, die lautlos zu ihm auf die Bank gesprungen war. Dann ging er schlafen.

Obwohl es ihn reizte, sofort das neue Material auszuprobieren, setzte er sich am nächsten Abend doch erst wieder an den Küchentisch, um seine Arbeit zu beenden. Endlich lag auch der letzte fertig vor ihm und wenn auch die Form und alle einzelnen Teile dem eines hölzernen Pfeiles entsprachen, so waren doch Farbe und Material so sehr unterschiedlich, dass sie in ihm die Assoziation einer maschinell hergestellten Präzisionsmunition auslösten. Mit einem zwiespältigen Gefühl schob er ein halbes Dutzend der schlanken Schäfte in seinen Köcher, griff nach dem Bogen und ging in den Garten.

Noch immer standen die dunkelgrauen Polster der Seegrasmatratze unter dem Schuppendach, die er als Pfeilfang benutzt hatte. Auch das weiße Kreidekreuz seines Zielpunktes war in der zunehmenden Dämmerung noch deutlich erkennbar. Bärger ging zurück bis zu seiner Zehnmetermarke und nachdem er sich vergewissert hatte, dass keine der Katzen in der Nähe war, nockte er einen Pfeil, hob den Bogen und schoss. Nach dem leisen Einschlag sah er die weiße Nocke nahe dem Kreuz, schoss den zweiten Pfeil und setzte auch den dritten dicht daneben. Es schien ihm nicht ratsam, bei der Trefferdichte noch mehr Pfeile auf den gleichen Punkt zu schießen und so ging er vor zur Scheibe, um sie zurückzuholen.

Als er das nächste Mal schoss, konnte er die Nocke des Pfeils auf der Scheibe nicht erkennen, Er schob es auf die zunehmende Dunkelheit und schoss den zweiten. Der Treffer erzeugte einen scharfen Schlag und als Bärger danach den Bogen aus der Hand legte und zur Scheibe ging, hatte er ein merkwürdiges Gefühl in der Magengrube. Seine Vermutung stimmte: der zweite Pfeil steckte im ersten, es war ein »Robin-Hood-Schuss«, auch wenn

der Schaft nicht wie im Film auf die volle Länge gespalten war, sondern nur das untere Drittel aufgesplittert war. Aber auch so war der Pfeil unbrauchbar geworden.
Erst zweimal in all den Jahren war ihm das passiert und jedes Mal war es der Pfeil eines anderen Schützen gewesen, den er getroffen hatte. Man entschuldigte sich dafür und erhielt in der Regel die beiden ineinander steckenden Schäfte als Trophäe. Aber das waren Zufälle gewesen; er hatte nie auf den Pfeil gezielt, den er getroffen hatte und es hatte auch keiner der getroffenen Pfeile im Zentrum der Scheibe gesteckt. Das hier war anders: er hatte die Nocke des ersten Pfeils nicht sehen können, weil er genau im Kreuzungspunkt der Kreidestriche steckte. Es war ein Robin-Hood-Schuss geworden, weil er mit beiden Pfeilen präzise das Zentrum getroffen hatte. Mit Zufall hatte das nichts zu tun. Der alte Slogan fiel ihm ein: alle Bogen sind gut – die Pfeile sind wichtig. Hier hielt er den Beweis in der Hand.

Inzwischen war es zu dunkel geworden, um noch weiter zu schießen. Bärger löste die Pfeile voneinander und schob beide in den Köcher. Im Hof erwarteten ihn drei mauzende Katzen, die auf ihr Futter warteten. Sie liefen ihm nach in die Küche und bevor er sich seinen Tee aufbrühte, füllte er ihre Näpfe und sah ihnen beim Fressen zu. Eine nach der anderen liefen sie danach hinaus auf den Hof.

Am nächsten Tag kam am Nachmittag eine Schulklasse aus Malmö zu ihm auf den Schießplatz im Mittelalterzentrum. Es war eine der wenigen Ausnahmen, bei denen er keine Freude an seiner Arbeit hatte; die Gruppe war unkonzentriert und zu Albernheiten aufgelegt, was auch der begleitende Lehrer nur schlecht steuern konnte. Trotz seiner Erklärungen gipfelte der Übermut einiger darin, bei den Schießübungen vorsätzlich neben den Pfeilfang zu schießen. Nachdem sie endlich abgezogen waren, hatte Bärger eine ganze Weile damit zu tun, im hohen Gras nach den Pfeilen zu suchen. Zum Schluss halfen ihm Pelle und die beiden Söhne des Schmiedes dabei, die wieder einmal mit ihren Bogen im Gelände unterwegs waren.

Bis auf einen hatte er schließlich mit ihrer Hilfe alle Pfeile wiedergefunden. Bärger brachte das Material in die Bohlenhütte am Hafen und ging dann zurück zum Schießplatz, um den Jungen noch eine Weile beim Schießen zuzusehen. Doch je länger er zusah, umso weniger gefiel ihm ihre Art, zu üben.
Vor allem schien es so, als ob Pelle alles vergessen hatte, was sie gemeinsam trainiert hatten. Er hatte es scheinbar völlig aufgegeben, vor dem Lösen des Pfeils einen Moment zu ankern, sondern schoss stattdessen aus der Bewegung heraus; einen Stil, den man auch als »fliegenden Anker« bezeichnete. Bärger kannte das von Schützen, die sehr starke Langbogen schossen und hielt es eher für das Unvermögen, den Bogen auf die volle Länge bis zu einem stabilen Ankerpunkt auszuziehen. Besonders gegen das Ende eines Turniers ließen die Leistungen dieser Schützen oft stark nach; für ihn der Beweis dafür, dass ihre Kraft nicht mehr ausreichte und im Ergebnis dessen der Pfeil bei immer geringer werdender Auszugslänge gelöst wurde. Was nutzte es wohl, einen Bogen zu besitzen, auf dem die Angabe geschrieben stand, dass er bei 30 Zoll Auszug eine Zugkraft von 65 Pfund besaß, wenn man ihn nur auf 26 Zoll ausziehen konnte? Die Messkurve wies aus, dass die effektive Zugkraft dann auch nicht mehr als 45 Pfund erbrachte. Da hielt er es für sinnvoller, von vornherein einen Bogen von 45 Pfund zu schießen, den man bis zum letzten Pfeil sicher beherrschte. Aber ein zu starker Bogen konnte bei den Jungen nicht die Ursache sein.

Er sah ihnen noch eine Weile zu, wie sie auf den Strohballen mit den geflochtenen Ringen schossen und hatte mehr und mehr den Eindruck, dass sie auf Treffer keinen besonderen Wert legten. Es schien diese Art des Schießens selbst zu sein, an der sie Vergnügen hatten. Je länger er sie beobachtete, umso mehr gewann er den Eindruck, dass sie einem gemeinsamen Vorbild nachahmten, aber erst als er in ihrer Unterhaltung die Worte Legolas und Ork verstand, wusste er, worum es ging: sie spielten die Rolle von Elfenkriegern aus dem Film ›Der Herr der Ringe‹. Hier ging es nicht um richtig oder falsch bei einer sportlichen Übung, sondern um Fantasie und Vergnügen bei einem Spiel.

Bogenschießen hat viele Seiten, dachte Bärger; manche lieben es, den Flug ihres Pfeils bei Weitschüssen zu beobachten, manche finden es toll, wenn sie möglichst viele Pfeile in kürzester Zeit schießen können und andere wieder versuchen, genau den imaginären Punkt zu treffen, den sie auf ihrem Ziel erkannt haben. Je einfacher das Werkzeug, umso vielfältiger die Anwendungsmöglichkeiten. Er überließ sie ihrem Spiel und schlenderte zurück zur Hütte am Hafen. Es war Zeit, ein paar neue Holzpfeile zu bauen.

Als er an diesem Abend wieder im Garten mit den eigenen Schießübungen begann, hatte er sich ein Konzept überlegt, das im Wesentlichen darin bestand, so wenig wie nötig, dafür aber so präzise wie möglich zu schießen.
Er beschränkte sein Limit auf täglich dreißig Pfeile in zehn Passen zu je drei Pfeilen. Seine Überlegung war dabei, dass auf einem Meisterschaftsturnier in der Regel 28 Scheiben aufgestellt wurden; wenn es ihm gelang, jede mit dem ersten Pfeil zu treffen, brauchte er nicht mehr als die gleiche Anzahl von Schüssen pro Tag. Nicht nur deshalb, weil er gestern seinen eigenen Pfeil zerschossen hatte, sondern auch, um die eigene Aufmerksamkeit zu erhöhen, befestigte er von nun an drei Scheiben auf seinem Pfeilfang.
Zu Anfang waren es Bierdeckel, die er zunächst aus zehn Metern Entfernung beschoss. Die Ergebnisse überraschten ihn selbst. Nach der langen Pause, in der er nicht mehr mit seinem eigenen Bogen trainiert hatte, fand er unerwartet schnell wieder zu seiner gewohnten Leistung zurück. Und nicht nur das: nachdem er eine Variante des Ankerns versuchte, bei der er erst unmittelbar vor dem Lösen des Pfeils die Schulter der Pfeilhand im vollen Auszug zurücknahm, schien sich seine Trefferleistung noch einmal zu verbessern. Es war diese Erfahrung, die ihm schrittweise die Gewissheit vermittelte, mit jedem seiner Pfeile treffen zu können.
Nachdem sich auf die erste Distanz von zehn Metern scine Ergebnisse stabilisiert hatten, begann er, die Entfernung schrittweise

um je fünf Meter zu vergrößern. Nach weiteren zwei Wochen begann er damit, jeden Schuss aus einer anderen Entfernung abzugeben. Die größte Entfernung lag bei 40 Metern und er musste sich schließlich eingestehen, dass es eine Distanz war, die er nie sicher beherrschte. Bärger wusste, dass es darauf ankam, bei seinem leichten Bogen mit einer immer gleichen Auszugslänge zu schießen, um sicher sein zu können, dass immer der gleiche Energieimpuls seinen Pfeil beschleunigte. Das war mit seinem Zwei-Stufen-Anker, wie er es bei sich nannte, durchaus möglich. Er war sich jedoch klar darüber, dass sein Training auf der ebenen Fläche des Gartenweges nicht den Bedingungen eines Wettkampfes in bergigem Gelände entsprach, wie es bei deutschen Meisterschaften üblicherweise der Fall war. Bei Bergauf- oder Bergabschüssen wäre es sicher schwierig, die gleiche Körperkontrolle zu erreichen.
Mit Bedauern erinnerte er sich an die alte Kiesgrube auf der Insel Hiddensee, wo er vor langen Jahren gemeinsam mit seinem Freund Erhard mit dem Bogenschießen begonnen hatte. Es wäre die ideale Gelegenheit, Schüsse von oben nach unten und umgekehrt, sowie auch vom geneigten Hang aus zu üben. Er beschloss, seinen Kollegen Ole aus dem Mittelalterzentrum zu fragen, ob ihm in der Nähe von Nykobing eine Sandgrube bekannt war. Das Wort ›Sandgrube‹ würde er im dänischen Wörterbuch nachschlagen müssen; auch das englische Synonym kannte er nicht.

21

Gegen Ende Juli gab es ein paar kühle Tage mit viel Regen. Die Zahl der Besucher des Mittelalterzentrums ging entsprechend zurück und Bärger fand Gelegenheit, in der Bibliothek nach Literatur über die Geschichte des Bogenschießens zu suchen. Dabei fiel ihm ein Stapel alter amerikanischer Zeitschriften mit dem Titel ›BOW AND ARROW‹ in die Hände. Es waren zwei komplette Jahrgänge der Jahre 1980 bis 1981 und er fand unter einer Unmenge von Werbeanzeigen für seltsam anmutende erste Compoundbogen mit Holzgriffen und runden Rollen auch solche für Jagdbogen, wie sie heute noch geschossen wurden.
Unter den meist schlichten schwarz-weißen Werbeanzeigen fiel ihm eine besonders ins Auge. Sie zeigte das Foto eines der berühmtesten amerikanischen Bogenschützen, nämlich den freundlich grinsenden Howard Hill mit seinem typischen Langbogen vor einem erlegten Elefanten, darüber die Abbildung einer prähistorischen Pfeilspitze, auf der ein Geldstück mit einer deutlich erkennbaren tiefen Delle befestigt war.
Bärger überflog den Text und las zu seinem Erstaunen, dass hier Bogenschützen aufgefordert wurden, sich an einem Wettbewerb zu beteiligen, einen Quarter – also ein Vierteldollarstück – aus der Luft zu schießen. Bedingung war, dass ein Howard Hill Longbow dazu benutzt wurde und die Entfernung mindestens fünf Yards, also etwa 4,5 Meter betrug. Der Treffer musste durch zwei Zeugen bestätigt werden, die nicht der eigenen Familie angehören durften. So streng waren damals die Bräuche, dachte Bärger erheitert. Gegen Einsendung des getroffenen Quarters und eines Betrages in Höhe von 7,50 Dollar versprach die Firma Howard Hill Archery die Montage der Münze auf einer wunderschönen handgeschnitzten Pfeilspitze aus Bubingaholz.
Er besah sich das Bild genau. In der Münze schien nicht nur eine Delle, sondern genau in der Mitte sogar ein mehrere

Millimeter breites Loch zu sein; darüber hinaus war das Metall eingerissen. Das fand er merkwürdig. An der Möglichkeit, eine hochgeworfene Münze mit einem Pfeil zu treffen, zweifelte er keinen Augenblick. Es gab genügend sogenannte Trickschützen, die noch kleinere Ziele, wie zum Beispiel Aspirintabletten, auf diese Entfernung mit einem Langbogen treffen konnten. Was ihm jedoch unglaubhaft erschien, war die Spur, die der Pfeil nach einem Treffer auf dieser Münze angeblich hinterlassen hatte. Denkbar wäre es seiner Meinung nach nur, wenn die Münze zwar in der Luft getroffen, danach aber vom Pfeil auf eine stabile Unterlage, zum Beispiel auf ein Scheunentor, getrieben wurde. Er hielt es für ausgeschlossen, dass ein Pfeil – gleich, welcher Masse und Geschwindigkeit auch immer – auf einer so leichten Metallplatte wie es ein Quarter war, viel mehr als einen leichten Kratzer erzeugen konnte. Die Masse der Münze war nach seiner Überzeugung viel zu gering, um auf Grund ihrer Trägheit entsprechenden Widerstand zu leisten. Er war sicher, dass sie dem Schlag ausweichen würde. Man sollte das untersuchen, fand Bärger.

Schon am gleichen Abend startete er das Experiment. In der Schachtel mit Münzen, die er nach seinen Auslandsreisen nicht umtauschen konnte, fanden sich auch zwei Vierteldollarstücke. Er hatte nicht die Absicht, auf einen fliegenden Quarter zu schießen; ganz abgesehen davon, dass niemand da war, der ihn hätte werfen können. Es wäre ihm auch viel zu gefährlich erschienen. Die Versuchsanordnung, die er sich ausgedacht hatte, beruhte darauf, dass er die Münze an einem Faden schweben ließ. Zwischen zwei Apfelbäumen hatte Maybritt eine selten benutzte Wäscheleine gespannt. Er hatte weiter nichts zu tun, als einen Zwirnsfaden so daran zu knüpfen, dass der in der Mitte mit einem Stückchen Tesafilm angeklebte Quarter durch den v-förmig gestrafften Faden stabil in dieser Position gehalten wurde. Vor dem etwa zwei Meter dahinter befindlichen Pfeilfang war der silbern leuchtende Punkt deutlich zu sehen.

Bärger ging fünf Meter zurück und begann mit dem Schießen. Nach zwei Fehlschüssen schien er getroffen zu haben, denn der helle Punkt wurde zur Seite geschleudert und rotierte glitzernd,

wobei der Faden die Bewegung bremste und sich zweimal um die Leine wickelte. Er löste die Wicklung und fand erwartungsgemäß keinen auch noch so geringen Kratzer auf der polierten Fläche der Münze. Das konnte aber auch daran gelegen haben, dass er den Quarter nur am Rande gestreift hatte.
Er ging erneut zurück zu seinem Fünf-Meter-Punkt und schoss eine zweite Serie. Der erste Pfeil ging auch diesmal daneben, aber beim zweiten gab es einen unerwartet lauten metallischen Schlag, die Münze wurde blitzschnell an ihrem Faden um die Leine gewirbelt und was noch erstaunlicher war: der Pfeil fiel, statt weiterzufliegen und dahinter im Pfeilfang stecken zu bleiben, an der Stelle zu Boden, wo er die Münze getroffen hatte. Die verschwindend geringe Masse des Quarter hatte genügt, den Pfeil zu stoppen. Es war das Gegenteil dessen, was er erwartet hatte. Langsam ging er vor zur Leine.
Schon als er die Münze vom Klebstreifen löste, sah er, dass die Pfeilspitze ein etwa zwei Millimeter tiefes Loch in das Metall gestanzt hatte. Es war nicht genau in der Mitte; als er es in der Küche nachmaß, war der Treffer sechs Millimeter vom Rand des im Durchmesser 24 Millimeter messenden Quarters entfernt. Außerdem war die kleine Metallplatte aus einer Nickellegierung deutlich verbogen. Es war eine interessante Erfahrung, fand Bärger, die ein Physiker sicher im Voraus hätte berechnen können, aber auf diese Weise war es viel interessanter gewesen. Er steckte die Münze als Glücksbringer in seine Geldbörse.

Als er am nächsten Tag darüber nachdachte, fiel ihm eine weitere Besonderheit auf. Bärger hielt sich für keinen besonders guten Schützen; selbst im Mittelalterzentrum gab es mindestens zwei, die besser und vor allem gleichmäßiger schossen. Bei ihm gab es gute und schlechte Tage, die er bisher eben als solche hingenommen hatte. Als er begann, auf den Quarter zu schießen, hatte er bis zum ersten Treffer eine viel größere Zahl von Fehlschüssen erwartet; statt dessen traf er bereits beim fünften Schuss ein Ziel von 24 Millimeter Durchmesser auf eine Entfernung von fünf Metern. Dabei mochte von Vorteil gewesen sein, dass der silberne Fleck vor dem dunkelgrauen Pfeilfang

eine im wahrsten Sinne des Wortes punktgenaue Fixierung erlaubte. Oder war es eher so, dass er sie erzwang?
Er erinnerte sich an die Geschichten, die Saxton Pope in seinem Buch ›Hunting with the Bow and Arrow‹ über den Indianer Ishi geschrieben hatte, den letzten lebenden Bogenjäger von Stamm der Yana, der durch Zufall 1911 entdeckt wurde. Ishi war der Grund dafür, dass Pope mit dem Bogenschießen begann; er lernte es zunächst auf die indianische Art und begann erst später damit, den überlieferten englischen Stil wie auch den englischen Langbogen zu übernehmen, den er für leistungsfähiger hielt. Eher beiläufig hatte Pope dazu vermerkt, dass er beim Scheibenschießen bald genau so gut war wie Ishi, dass dieser ihn aber bei der Jagd bei weitem übertraf. So traf Ishi mit seinem Bogen ein Ziel von der Größe einer Wachtel regelmäßig auf zwanzig Yard, also etwa 18 Meter, und auf die doppelte Distanz ein Eichhörnchen, während er auf die gleiche Entfernung an einer Zielscheibe von 1,20 Meter Durchmesser vorbeischießen konnte. Seine Erklärung für den Fehlschuss war dabei, dass das Ziel zu groß war und die hellen farbigen Ringe seine Aufmerksamkeit ablenkten.

Ein Ziel, das zu groß war, um es treffen zu können.
Das hörte sich irgendwie paradox an, aber je länger er darüber nachdachte, desto plausibler erschien ihm die Begründung. Bärger hatte auch eine Abneigung gegenüber den bunten Ringscheiben, die er aber nicht logisch erklären konnte und wollte – er mochte sie eben nicht und schoss, wenn er die Wahl hatte, lieber auf schwarze Scheiben mit einem kleinen weißen oder gelben Zentrum. Wenn man es so betrachtete, dann war also die Wahrnehmung eines kleinen Fixpunktes auf einem großen Ziel eine wichtige Voraussetzung für den perfekten Treffer. Oder anders herum: je kleiner das Ziel war, desto höher stellte sich die Konzentration darauf ein. Das ergab einen völlig neuen Aspekt für das Training.
In dieses Muster fügte sich nun auch die Geschichte ein, die er mit Pelles selbstgebautem Bogen an der Papierscheibe erlebt hatte. Sein erster Pfeil hatte in dem gelben Rund der

Scheibenmitte ein Loch hinterlassen, das als ein dunkler Fleck nun selbst zum neuen Zielpunkt wurde. Mit dem zweiten und dritten Pfeil hatte er genau auf diesen Punkt gehalten und auch getroffen. So what. Es war der gleiche Effekt, wie wenn er auf einem 3-D-Turnier in seiner Gruppe einen guten Schützen vor sich hatte, dessen Pfeil er genau dort im Tier stecken sah, wo er auch seinen eigenen gern sehen würde. Es war immer ein Grund, sich für eine unbeabsichtigte Schützenhilfe zu bedanken.

Zurück in Falkerslev fand er am Abend schnell das Buch von Saxton Pope auf dem Regal in seinem Schlafzimmer. Er setzt sich damit in den Hof auf die Bank unter dem Nussbaum und hatte keine Mühe, in der übersichtlich gegliederten Ausgabe die gesuchten Kapitel über Ishi, den indianischen Bogenschützen, wiederzufinden. Er hatte sich richtig erinnert, was die Entfernungen betraf und auch das Zitat von Ishi über das ›zu große Ziel‹ fand er schnell wieder.
Es war warm innerhalb des kleinen Raumes, der rings von niedrigen Gebäuden umschlossen war, ein Ort der Stille und Geborgenheit, über den der alte Nussbaum ein schützendes grünes Dach ausbreitete. Wie an jedem Abend sang die Schwarzdrossel unermüdlich ihre ständig wechselnden Tonfolgen und Bärger verlor nie die Freude daran, ihr zuzuhören. Er hatte sich eine Flasche Rosé aus dem Kühlschrank geholt, die nun in einem Eimer kalten Wassers neben ihm stand.

Eine hübsche Metapher, dachte Bärger, die von dem Ziel, das man nicht traf, oder vielmehr nicht treffen konnte, weil es zu groß war. Ließ sich dieser Gedanke auch auf andere Bereiche, vielleicht auf die Definition eines Lebenszieles übertragen? Er füllte sein Glas neu, trank einen Schluck und spürte dem leicht bitteren Geschmack des Shiraz auf seiner Zunge nach.
Ein zu großes Ziel, das man aufgab zugunsten kleinerer, die zu treffen man sicher sein konnte? Aber Ishi hatte ja nie ein zu großes eigenes Ziel aufgegeben, er zielte ohnehin nur auf das, was ihm zum Leben wichtig war und diese Ziele waren klein, waren Waldhühner oder Kaninchen. Einem Bogen mit einer

Zugkraft von nur 45 Pfund, wie Ishi ihn schoss, waren sicher Grenzen gesetzt. Für erfolgreiche Großwildjagd war er kaum geeignet. Er wird nie so recht verstanden haben, wieso Pope und Young mit ihm um die Wette schießen wollten, auf ein totes Ziel, das mehr als 1,20 Meter im Durchmesser groß und mit bunten Ringen bemalt war, und noch mehr musste ihm unverständlich geblieben sein, wieso auch die Pfeile, die die Scheibenmitte verfehlten, von seinen Freunden nach Punkten bewertet und am Ende zusammengezählt wurden. Nein, für Ishi traf das wohl nicht zu.

Sicher wäre es auch falsch gewesen, Ishis Leben als einfach zu bezeichnen. Es war bestimmt durch seine Fähigkeit, in Einklang mit der ihn umgebenden Natur zu leben; vielleicht noch mehr als das: er war zu einem Teil von ihr geworden. Seine Ziele, die über das Bogenschießen hinausgingen, waren vermutlich kurzfristiger angelegt; darauf, den nächsten Winter zu überstehen, genügend Wild zu jagen und Früchte zu sammeln. Auch als Letztem seines Stammes waren ihm noch so viele Erfahrungen übermittelt worden, dass er völlig allein lebend alle Fertigkeiten beherrschte, die ihm sein Überleben ermöglichten. Seine Methoden, einen mit Sehnen verstärkten Bogen und Pfeile mit eingesetztem Vorschaft zu bauen, so wie Pope es in seinem Buch beschrieben hatte, zeugten von einem hervorragenden handwerklichen Können.

Die gut gemeinten Versuche, ihn mit den Errungenschaften der Zivilisation vertraut zu machen, bewirkten letztlich das Gegenteil. Das Foto, auf dem er in Hemd und Hose abgebildet ist, zeigt ihn seltsam linkisch und verlegen mit hilflos herabhängenden Armen. Die anderen daneben, auf denen er gewohnten Tätigkeiten nachgeht, den Bogen spannt oder Pfeile baut, zeigen einen ganz anderen Ishi, hellwach, stark und ganz seiner Tätigkeit hingegeben. Wohl infolge von Immunschwäche gegenüber den Zivilisationskrankheiten der Weißen starb er schließlich nur fünf Jahre später an Tuberkulose. Große Ziele waren ihm wohl Zeit seines Lebens fremd geblieben.

22

Die Schwarzdrossel war endlich verstummt. Bärger trank sein Glas aus und schaute auf den klaren Nachthimmel, über den dünne Wolkenfahnen zogen. Eine nach der anderen sprangen die beiden Katzen vom Schuppendach über die Regentonne auf den Hof und strichen maunzend um seine Beine. Er stellte ihnen in der Küche ihr Futter hin und ging noch einmal hinaus in den Hof. Der Rosé in der Flasche war im Wasser kühl geblieben; noch einmal füllte er sein Glas. Große Ziele, dachte er, was waren eigentlich meine eigenen Ziele?

Wenn er davon ausging, wo er heute gelandet war – ganz wörtlich genommen: auf einem winzigen Bauernhof in Dänemark, der einer Frau gehörte, mit der er nicht verheiratet war, in einem Beruf tätig, der nur am Rande mit dem zu tun hatte, was er sechs Jahre an einer Hochschule studiert hatte, dann deutete das wohl eher darauf hin, dass da einiges schief gelaufen sein musste. Es war nur seltsam, dass er sich wohl dabei fühlte. Zu große Ziele? Wie konnten Ziele aussehen, wenn das Schicksal es einem bestimmt hatte, seine Kindheit und Jugend in der sowjetisch besetzten Zone zu verbringen? In der ersten Zeit waren es überschaubare Etappenziele, die sein Leben bestimmt hatten – das Abitur, die Zulassung zum Studium, das Diplom. Während des Studiums dann das Ziel, ein guter Architekt zu werden. Wobei mit gut eigentlich mehr erfolgreich gemeint war. Heute konnte er die eigene Naivität belächeln, mit der er damals angenommen hatte, dass ein guter Architekt notwendigerweise auch ein erfolgreicher Architekt werden müsse. Die wesentlichen Voraussetzungen dafür waren anderer Art gewesen.

Die Universität, an der er studierte, war eine der wenigen, deren Abschlüsse auch in der Bundesrepublik anerkannt wurden. Deshalb verschob er zu lange, was er eigentlich längst entschieden hatte – die DDR zu verlassen. Als er über der

Diplomarbeit saß, hatte er bereits zwei Stellenangebote von Architekturbüros in Hannover und Baden-Baden bekommen. Dann kam der 13. August mit dem Mauerbau und als er endlich das Diplom in der Tasche hatte, war es dafür zu spät.
Die Möglichkeiten für seine persönliche Entwicklung in der DDR erwiesen sich als zunehmend eng und kontrolliert. Er arbeitete als angestellter Architekt in verschiedenen Firmen und wenn er seine Arbeitsstelle wechselte, geschah es in der Regel nicht deswegen, weil er sich bei der neuen verbessern konnte, sondern weil er es irgendwann in der alten nicht mehr aushalten konnte. Möglicherweise hätte er über die Mitgliedschaft in der Staatspartei eine Chance gehabt, auch an leitender Stelle als Architekt tätig zu werden. Er hatte nie auch nur einen Moment lang ernsthaft darüber nachgedacht.
Nein, soweit er sich besinnen konnte, hatte er in dieser Zeit keine großen Ziele gehabt, an denen er sich orientierte. Der Rahmen des zu Erreichenden war von außen gesetzt und er konnte sich kein Ziel vorstellen, dass den Einsatz des eigenen Lebens wert war. Wahrscheinlich gab es ja nicht nur zu große, sondern auch falsche Ziele. Solche, an denen man zerbrach, wenn man sie um jeden Preis verfolgte. Bärger wurde bewusst, wie schwer es im Rückblick war, die Ursachen seiner Entscheidungen zu bestimmen. War es nun Resignation, sich nicht aufzulehnen oder Einsicht in das Unabänderliche, Klugheit oder Feigheit? Aber widersprach es nicht auch aller Vernunft, einem Ziel mit Verbissenheit nachzujagen, das objektiv nicht zu erreichen war? Soviel war jedenfalls sicher: er war nicht der Typ des ehrenvoll gescheiterten Helden. Er hatte sich bei Gelegenheit nach anderen Möglichkeiten umgesehen.

Das entsprach auch seiner Lesart dieses Spruchs aus dem Zen-Buddhismus; zu oft wiederholt bei passenden und unpassenden Gelegenheiten, als dass er ihn noch ohne Verdruss hören mochte:

›Der Weg ist das Ziel‹.

Bisher hatte er ihn immer so interpretiert, dass die Bedeutung der eigenen Entwicklung auf dem Weg hin zu einem Ziel wichtiger war als das Ziel selbst. Es konnte aber auch die Erkenntnis bedeuten, dass sich das Ziel selbst auf dem Weg dahin veränderte, so wie sich beim Wandern die fernen blauen Bergkuppen beim Näherkommen veränderten, scharfe Konturen gewannen oder sich auch als unerreichbar erwiesen. Zuletzt war ihm das Weitergehen selbst wichtiger als der Weg erschienen; zu oft hatten sich sowohl das Ziel als auch der scheinbar einzige Weg dorthin als falsch erwiesen.

Lautlos strich eine Fledermaus über das Schuppendach, kreiste um den Nussbaum und verschwand ebenso schnell wieder in der Dunkelheit. Aus dem Garten hörte Bärger den Ruf eines Käuzchens. Es war Nacht geworden in Falkerslev, eine milde sternenklare Sommernacht. Er trank sein Glas aus und dachte daran, dass es gut wäre, jetzt Maybritt bei sich zu haben.

Bärger blieb bei dem Vorsatz, täglich nicht mehr als dreißig Pfeile und nie mehr als jeweils nur einen auf ein Ziel zu schießen. Zunächst hatte er auf die Bierdeckel in der Mitte noch schwarze Punkte gemalt, so groß wie ein Fünfkronenstück, fand aber bald heraus, dass sich seine Präzision erhöhte, wenn er statt dessen kleine helle Punkte auf seinen Pfeilfang setzte. Am liebsten schoss er auf dünne Holzscheiben, die er mit Maybritts Bandsäge aus unterschiedlich starken Birkenästen schnitt. Sie machten ihm zusätzliches Vergnügen, weil sie bei einem Treffer lautstark zerplatzten und auseinander fielen.
Irgendwann wurde ihm allerdings klar, dass seine Übungen auf diese Weise möglicherweise in eine Sackgasse führten. Das Dilemma lag darin, dass die 3-D-Tiere, auf die bei einem Turnier geschossen wurde, keineswegs einen gut sichtbaren hellen Fleck als Zielpunkt anboten. Die stereotype Frage aller Compoundschützen beim Anblick eines neuen Ziels lautete deshalb nicht umsonst: »Wo ist denn das Kill?« gemeint war die Zone, in der bei einem lebenden Tier der Pfeil eine tödliche Verwundung verursachte. Die genaue Kenntnis dieses Punktes war Voraussetzung für einen präzisen Treffer. Auf größere Entfernungen geschossen wurde dieser Punkt jedoch unsichtbar; er existierte dann nur in der Vorstellung des Schützen.

Wie war es möglich, sich auf einen visuell nicht wahrnehmbaren Punkt zu konzentrieren? Eine interessante Frage. Natürlich wusste er, wo dieser Punkt lag. Er wusste es aus Erfahrung, weil die so genannte Killzone als eingeprägte Zeichnung auf jedem 3-D-Tier vorhanden war; wie sollte auch sonst eine Trefferbewertung stattfinden. Er wurde eben nur in einer bestimmten Entfernung unsichtbar.
Das Zielen funktionierte mehr oder weniger so, dass man sich an die Lage eines Punktes erinnerte, von dem man wusste, wo er auf der Oberfläche einer bekannten Struktur lag. Wobei auch das aus Sicht eines wirklichen Jägers relativ war: Stand das Tier schräg zum Schützen, so wäre ein Treffer auf der eingezeichneten Wertungszone mit hoher Wahrscheinlichkeit nicht tödlich, sondern würde nur eine üble Verletzung verursachen. Aber das stand bei einem Turnier nicht zur Debatte; hier galt das Regelwerk des Bogenschützenverbandes und nicht die Kenntnis der Anatomie des Wildkörpers.

Bärgers Pfeilfang aus den alten grauen Seegrasmatratzenteilen hatte die Form eines aufrecht stehenden Rechtecks. Er überlegte, ob es Sinn hätte, die Teile quer zu legen und mit weißer Kreide die Kontur eines einfachen Tieres darauf zu zeichnen. Von der Größe her schien ihm ein Coyote geeignet. Er müsste dann den Killpunkt mit einem schwarzen Stift so kennzeichnen, dass er auf größere Entfernung nicht mehr erkennbar war. Oder ging es doch einfacher? Ein völlig abstrakter Punkt auf der rechteckigen Fläche wäre zum Beispiel der Flächenschwerpunkt; einfach und genau zu ermitteln als Schnittpunkt der Diagonalen. Er machte einen Versuch, ging zwanzig Schritte zurück und versuchte, die Lage des nur vorgestellten Mittelpunktes auf der gleichmäßig grauen Fläche zu fixieren. Es fiel ihm unerwartet schwer; auch so etwas wie eine Peilung über die Ecken des Rechtecks half ihm nicht weiter. Es schien so, als ob das Auge zumindest eine Zuordnung zu einer bekannten Umrisslinie brauche, um sich einstellen zu können. Vielleicht gab es so etwas wie eine Zwischenlösung auf dem Weg dahin – wie mochte es mit einer Kreislinie funktionieren?

Im Schuppen fand sich ein Stück Schnur. Er band das Kreidestück an das eine Ende und knotete an das andere einen Nagel, den er in die Mitte der Matratze steckte. Der Kreis, den er mit dem improvisierten Werkzeug zog, reichte vom oberen bis zum unteren Rand des Pfeilfangs. Anstelle des Nagels steckte er ein dünnes Aststückchen in den Mittelpunkt.

Als er diesmal zwanzig Schritte zurückging, fühlte er sich beim Blick auf die Scheibe wesentlich sicherer. Das war verblüffend und in gewisser Weise irreal, aber er hatte das Gefühl, dass die Kontur des Kreises den Mittelpunkt der Scheibe anzeigte.
Es war das Gefühl, das er brauchte. Er schoss nur einen Pfeil und als er vorging zur Scheibe, fand er den Pfeil wirklich nur eine Daumenbreite neben der Mitte. Das war nun einerseits nicht schlecht, hatte aber wieder den Nachteil, dass er fürchten musste, die eigenen Pfeile zu zerschießen, wenn er mehrmals darauf zielte. So ließ er es dabei; sein tägliches Pensum der dreißig Pfeile hatte er ohnehin erfüllt. Die Alternative würde sein, drei Kreise, vielleicht sogar unterschiedlicher Größe, auf seinen Pfeilfang zu zeichnen.
Doch das hatte Zeit bis zum nächsten Tag.

23

Seit ihrer Reise in die Provence waren erst zwei Wochen vergangen, doch als er Maybritt am Freitagabend auf dem Bahnhof in Nykobing abholte, fand er sie müde und erschöpft. Der leuchtende Bronzeton ihrer Haut war am Verblassen.
»Es kommt mir so vor, als ob du jetzt erst einmal einen großen Cappuccino gebrauchen könntest«, meinte Bärger beiläufig, als er ihre Reisetasche in den Kofferraum legte.
»Sehe ich wirklich so schlimm aus?« Maybritt gähnte und rieb sich die Augen, »aber warum eigentlich nicht.«

Sie fuhren zum Marktplatz, wo an diesem Freitag eine Dixielandband aus Kopenhagen spielte und setzten sich an einen der wenigen freien Tische in der Nähe des Brunnens. Statt des Cappuccinos wollte Maybritt dann allerdings doch lieber ein Bier; die Fragen nach dem Befinden der Katzen konnte er beruhigend beantworten und so entspannte sie sich zusehends. Die Menschen an den Nachbartischen sprachen meist deutsch. Ihre bunten Badetaschen wiesen sie als Touristen aus, die wohl an den Badestränden von Marielyst den Tag verbracht hatten.
»Ich hätte eigentlich Lust, mal wieder zu schwimmen«, sagte Bärger, »die Wassertemperatur müsste jetzt doch ganz angenehm sein.« Maybritt lachte.
»Du würdest dich wundern«, meinte sie spöttisch, »mit dem Pool in Menerbes ist sie jedenfalls nicht vergleichbar. Aber du hast Recht, ich war auch schon lange nicht mehr am Strand. Wenn du allerdings nach Marielyst willst, dann musst du allein fahren. Den Rummel dort halte ich nicht aus.«

Auf der Heimfahrt beschlossen sie, am nächsten Tag nach Naes zu fahren und am Strand entlang eine Wanderung zum Leuchtfeuer von Hestehoved zu unternehmen.

Sie ließen sich Zeit am nächsten Morgen. Erst nach einem späten Frühstück packte Maybritt einen Picknickkorb mit Brot, Käse, ein wenig Obst und zwei Flaschen Mineralwasser und legte zwei große Badetücher auf den Rücksitz. Dann fuhren sie los. So war es schon gegen Mittag, als sie Naes erreichten und den Wagen auf dem Hof der Landwirtschaftsschule im Schatten einer Linde abstellten. Der Weg führte ein Stück die Straße zurück, auf der sie gekommen waren, vorbei an Roggenfeldern und Wiesen, auf denen Kühe grasten und nach langer Zeit hörte Bärger wieder einmal eine Feldlerche singen, die hoch oben über den weiten Feldern flog. Dann wurden die Felder abgelöst durch dichte Laubwälder und sie bogen von der Straße ab in einen Weg, der sie am Waldrand entlang nach kurzer Zeit zum Strand führte. Schon lange vorher rochen sie das Wasser, hörten die Schreie der Lachmöven und das ruhige Rauschen der Wellen, die gleichmäßig auf den Strand liefen.
Maybritt streifte die Sandalen von den Füßen und auch Bärger zog die Sneaker aus und schob sie in den Rucksack. Hand in Hand liefen sie barfuß am Spülsaum entlang, dem frischen Ostwind entgegen, der einzelne Strähnen aus Maybritts Haarknoten zerrte. Der Sandstreifen des Strandes war schmal und von Steinen durchsetzt; nur wenig stieg der Boden zum Wald hin an, spärlich war auch nur der Bewuchs mit Strandhafer und Sanddorn. Mit Wehmut dachte Bärger an die sanften grünen Hügel von Hiddensee. Als habe sie seine Gedanken erraten, erzählte Maybritt, dass ganz Falster eigentlich nicht viel mehr als eine flache Sandbank war. Die höchste Erhebung der Insel sei ein Hügel von dreißig Metern und ohne die Bewaldung der Küsten würden die Stürme erhebliche Schäden anrichten können.
Auch das Leuchtfeuer von Hestehoved war eine unspektakuläre Anlage. Neben einem weiß gestrichenen eingeschossigen Haus stand das pavillonähnliche alte Lichthaus und daneben ein nicht sehr hoher Stahlmast, auf dem das Leuchtfeuer installiert war. Maybritt erklärte ihm, dass die Aufgabe des Winkelfeuers lediglich darin bestand, die Durchfahrt zum Storstrommen zukennzeichnen und deshalb keine große Reichweite erforderlich war.

Nicht weit davon lag ein umgestürzter Baum quer über den Strand, hinter dem sich im Windschatten eine flache Grube gebildet hatte.
»Hier gefällt es mir«, sagte Bärger, »wollen wir hier bleiben?«
Maybritt war einverstanden und so breiteten sie die Badetücher aus, zogen sich aus und liefen über den steinigen Strand zum Wasser.
Maybritt hatte Recht: nach dem Baden im warmen Pool in der Provence war die Wassertemperatur der Ostsee ein Schock, den er zwar erwartet hatte, aber trotzdem so heftig empfand wie beim ersten Mal. Es hatte den Anschein, als würde sie besser damit zurechtkommen; sie ging zügig durch das flache Wasser und schwamm gleich darauf mit kräftigen Zügen in Richtung auf ein paar große Findlinge in der Nähe einer Sandbank. Bärger folgte ihr und nach den ersten Minuten Schwimmens verlor sich das Gefühl der Kälte. Er sah, wie sie sich gleich darauf mühelos auf den größten der Steine setzte, wo sie sich umdrehte und ihm entgegensah. Er folgte ihr und sie zeigte ihm die Stelle, wo er unter Wasser die Stelle fand, auf die er seinen Fuß setzen konnte, um sich hochzustemmen. Sie legten sich nebeneinander auf den sonnenwarmen Stein und schauten in das klare Wasser, in dem die langen Fäden des Seegrases mit der Dünung hin und her schwangen. Zwischen den bräunlichen Strängen des Blasentangs schwammen kleine Sandaale und direkt unter ihnen lag bewegungslos ein kleiner Seestern.
Sie lagen auf dem flachen Stein, bis die Sonne sie wieder durchwärmt hatte, dann schwammen sie zurück, aßen Brot und Käse aus dem Picknickkorb und zum Schluss schälte Maybritt eine große Mango und sie teilten die saftigen gelben Streifen untereinander und Bärger leckte sich den triefenden süßen Saft von den Fingern.
»Ich war schon lange nicht mehr hier«, sagte Maybritt nach einer Weile, »aber ich habe das Gefühl, dass sich seitdem nichts verändert hat. Für mich hat das etwas Beruhigendes.«
Sie lag auf dem Rücken, hatte die Augen geschlossen und Bärger sah mit Erleichterung, dass sie nun wieder völlig entspannt schien. Der Job in Kopenhagen musste anstrengender

sein, als sie erwartet hatte, aber er hielt es für besser, sie jetzt nicht danach zu fragen.

»Mir geht es ähnlich in Falkerslev. Das alte Haus hat eine Ausstrahlung, die mir merkwürdig vertraut vorkommt. Vielleicht liegt es daran, dass meine Vorfahren alle Bauern waren«, sagte er nachdenklich.

»Erzähl mir was von deiner Familie«, Maybritt hielt ihm die Wasserflasche hin und er nahm einen großen Schluck.

»Was willst du denn wissen?«, fragte Bärger, »der letzte Bauer unter meinen Ahnen in Thüringen war schon mein Urgroßvater. Es wird in der Familie erzählt, dass er viele Töchter hatte, und dadurch arm wurde, da er ihnen allen eine große Aussteuer schenkte. Eine andere Version sagt allerdings, dass er sich gern von den Gutsbesitzern aus der Umgebung zu Glücksspielen einladen ließ und sich dabei ruinierte. Das ist heute wohl kaum noch zu überprüfen, aber ich halte es gut für möglich.«

Maybritt lachte herzlich, aber dann fragte sie nach:

»Und was ist eine große Aussteuer?«

Bärger zuckte mit den Achseln.

»Das weiß ich auch nicht. Mein Vater wusste noch die Zahlen, es waren jedenfalls ein paar tausend Taler, die eine Braut in die Ehe mitbrachte. Soviel ich weiß, war das aber nicht nur in Deutschland üblich. Ein anderer Name dafür war Mitgift. Hast du noch nie davon gehört?«

Sie schüttelte den Kopf.

»Es kommt mir bekannt vor, aber ich kann mir nichts darunter vorstellen. Eigentlich dachte ich auch mehr daran, dass du mir etwas von dir selbst erzählen würdest«.

»Da gibt es nicht viel zu erzählen«, sagte Bärger, »jedenfalls nichts, das für dich interessant sein könnte. Wenn man die wichtigsten Jahre seines Lebens in der DDR verbracht hatte, dann passierte in dieser Zeit nicht viel Bemerkenswertes. Es war ein Land mit zwei Klassen – den Genossen der Staatspartei und dem Rest des Landes. Wenn man nicht dazu gehörte, dann lag die Schwelle des beruflichen Fortkommens sehr hoch. Es gab zwar noch ein paar andere kleine Parteien, aber die begnügten sich damit, alles zu bejubeln, was die Staatspartei beschloss.

Das Konzept war: es soll alles demokratisch aussehen, aber wir müssen alles fest in der Hand haben. Und genau so funktionierte das auch. Meine Erinnerungen an diese Zeit sind von dem Gefühl bestimmt, ständig und überall kontrolliert zu werden. Dieses Misstrauen hat viele Beziehungen vergiftet. Das Schlimmste war aber wohl, dass die meisten nicht mehr daran glaubten, dass sich dieser Zustand jemals ändern könnte. Und ich bin mir sicher, dass diese Resignation viele seelisch zerbrochen hat. Oder kannst du dir vorstellen, dass es die größte Sorge eines jungen Hochschulabsolventen war, bis zum Erreichen des Rentenalters gesund zu bleiben, um dann endlich in den Westen ziehen zu können?«

»Jetzt spinnst du aber«, sagte Maybritt, »das glaube ich einfach nicht«.

Bärger zerbrach den trockenen Ast, mit dem er im Sand gescharrt hatte und warf die Stücke ins Wasser.

»Es war dein Wunsch, dass ich von dieser Zeit erzählen sollte«, murrte er, »ich bin froh, dass ich sie hinter mir habe.«

»Gibt es denn gar nichts Vergnügliches aus dieser Zeit, an das du dich erinnern kannst? Das eine oder andere Mädchen wird dir doch sicher auch damals über den Weg gelaufen sein.«

»Du hast Recht«, sagte Bärger, »es gab auch schöne Zeiten. Und das war immer, wenn man von all dem weit weg war. Beim Zelten, am Lagerfeuer, beim Angeln und Segeln und auch, wenn ich am Wochenende nachts vor meiner Staffelei in Berlin stand und düstere Ölbilder malte, nach Skizzen, die ich im Laufe der Woche auf die Ränder meiner Bauzeichnungen gekritzelt hatte.«

»Hast du nie mit dem Gedanken gespielt, in die Partei einzutreten?« wollte Maybritt wissen. Bärger sah sie erstaunt an.

»Na ja«, sagte er dann, »bei jemanden, der in Dänemark aufgewachsen ist, kann ich die Frage vielleicht verstehen. Nein, es wäre mir nie in den Sinn gekommen. Abgesehen davon, dass diese Partei eine sehr gemischte Gesellschaft war. Es gab da einen wunderschönen Witz, für den man ins Gefängnis kommen konnte, wenn man ihn den falschen Leuten erzählte. Es hieß, die Genossen verfügten über drei Tugenden: ehrlich, überzeugt und intelligent. Das Problem bestand jedoch darin, dass jeder

nur immer zwei davon gleichzeitig besaß: wenn er ehrlich und überzeugt war, dann konnte er nicht intelligent sein; war er ehrlich und intelligent, dann war er nicht überzeugt. War er aber überzeugt und intelligent, dann sicher nicht ehrlich.«
Maybritt lachte herzlich.
»So komisch war das eigentlich gar nicht«, sagte Bärger ernst, »diese drei Sorten von Genossen gab es nämlich wirklich und es ist durchaus möglich, dass die Opportunisten unter ihnen die gefährlichsten waren. Lass uns von etwas anderem reden. Ich wünschte, wir hätten eine Flasche von dem Rosé aus Menerbes mitgenommen. Wir hätten sie zum Kühlen in die Ostsee legen können«.
»Oh ja«, sagte Maybritt, »und dazu eine große Schüssel Taboulet, das würde mir auch gefallen. Aber bei mir bist du zu Wasser und Brot verurteilt, du Armer«.
Sie hielt ihm die Flasche hin. Er nahm sie und trank ein wenig, schüttelte aber den Kopf, als sie ihm den Korb mit den Brotscheiben zuschob.

Sie gingen noch einmal ins Wasser, schwammen zum Findling und zurück und dann suchte Bärger in einer Kiesbank am Wasser nach Fossilien, während Maybritt auf einem Stein saß und sich das lange Haar zu einem Zopf flocht.
»Schade, dass ich den Fotoapparat nicht mitgenommen habe«, sagte Bärger, »du siehst aus wie die kleine Meerjungfrau in Kopenhagen«.
Sie überhörte seine Bemerkung.
»Mir ist kühl«, sagte sie stattdessen, »kommst du mich wärmen?«
Und dann wärmten sie sich gegenseitig, bis sie nach einer Weile das Rauschen der Wellen nicht mehr hörten und auch nicht bemerkten, wie ein Graureiher dicht über ihnen am Strand entlang flog.
Die Sonne stand schon tief, als sie nach Falkerslev zurückfuhren.

24

Dann war es wieder Montag in Sundkobing und Bärger beriet sich mit den Zimmerleuten über den Bau einer neuen Blide, die noch größer werden sollte als die beiden alten und weil ihnen die großen Steine als Wurfgeschosse ausgingen, überlegten sie, wann es an der Zeit war, wenigstens einen Teil der verschossenen Findlinge wieder aus dem Guldborgsund zu fischen. Am Nachmittag waren es die Schüler einer Klasse aus Flensburg, die seinen Erklärungen über Pfeil und Bogen im Mittelalter zuhörten und anschließend mit Begeisterung auf die Strohscheiben schossen.

Als er endlich am späten Nachmittag wieder in Falkerslev auf dem Hof unter dem Nussbaum saß und seinen Tee trank, überlegte er, welche Möglichkeiten er hatte, sein eigenes Training zu variieren.

Bisher hatte er im Garten meist aus Entfernungen zwischen fünf und maximal dreißig Metern geschossen; die größte Entfernung bei 3-D-Turnieren lag jedoch bei 45 Metern. Die Bedingungen dafür waren hier nicht gegeben und es schien ihm auch zu riskant, aus dieser Distanz auf den kleinen Pfeilfang vor der Schuppenwand zu schießen. Als weiterer Nachteil wurde ihm die Tatsache bewusst, dass er hier auf einem flachen Gelände übte, mit ebenem Boden unter den Füßen und einem Ziel, das sich in seiner Augenhöhe befand. Im Gegensatz dazu fanden die Wettkämpfe jedoch in der Regel in einem Gelände statt, wo die Ziele unter wesentlich schwierigeren Bedingungen zu beschießen waren: entweder steil nach oben oder aber bergab und oft aus Positionen, bei denen er Schwierigkeiten hatte, einen sicheren Stand zu finden.

Das war der Augenblick, in dem ihm bewusst wurde, dass er es noch einmal versuchen wollte. Er hatte noch immer nicht vergessen können, wie ihm zumute war, als er im letzten Jahr

aufgeben musste, weil mit einem Mal auf rätselhafte Weise seine Pfeile nicht mehr trafen. Dass er den Grund nicht erkennen konnte, hatte es zu Anfang nur noch schlimmer gemacht, doch auch die spätere logische Erklärung seines Versagens wollte ihm nicht genügen. Es war so etwas wie eine offene Rechnung, als habe er etwas Wichtiges nicht zu Ende gebracht.
In seiner Wohnung in Berlin hatte eine chinesische Kalligraphie an der Wand über seinem Zeichentisch gehangen. Der Meister, bei dem er eine Woche lang in der Stadt Guilin Malunterricht genommen hatte, schenkte sie ihm zum Abschied und er durfte sie unter vier verschiedenen Schriftzeichen aussuchen. Er hatte seine Auswahl intuitiv getroffen und erst dann nach der Bedeutung des Zeichens gefragt, das ihm besonders kraftvoll erschienen war, aber ihre auf Englisch geführte Unterhaltung konnte ihm keine eindeutige Erklärung liefern. Erst später hatte eine chinesische Studentin ihm gesagt, dass es das Zeichen für Beharrlichkeit war und Bärger war es wie die Bestätigung seiner Wahl erschienen. Erfahrung hatte ihn inzwischen gelehrt, dass Beharrlichkeit, wenn sie auf ein falsches Ziel gerichtet war, auch Schaden bringen konnte. Darüber würde noch nachzudenken sein.

Er ging in den Garten, wo er auf die Rückseite seiner Seegrasmatratze mit Kreide drei unterschiedlich große Kreise zeichnete, deren unsichtbare Mittelpunkte er aus verschiedenen Entfernungen zu treffen versuchte. Es funktionierte leidlich und er kombinierte es mit der Methode, nach jeweils drei Schüssen fünf Schritte zurück und danach wieder vorzugehen.
Bärger musste sich jedoch eingestehen, dass ihn diese Art des Trainings bald langweilte. Es hatte ihm mehr Vergnügen gemacht, auf der Wiese am Sundborg mit dem Langbogen auf den alten Korkfender zu schießen, den er eines Tages am Ufer des Sund gefunden hatte. An einem Seil vom Ast der großen Pappel hängend war er ein gutes Ziel gewesen, besonders wenn der Wind ihn pendeln ließ. Am reizvollsten war es, als er schließlich einen faustgroßen schwarzen Fleck als Zielpunkt darauf gemalt hatte. Die gleichzeitige Bewegung von Pendeln

und Drehen erlaubte nur einen winzigen Augenblick für das Lösen des Pfeils. Doch mit seinem eigenen modernen Jagdbogen durfte er sich im Mittelalterzentrum nicht sehen lassen; von den Carbonpfeilen ganz abgesehen.
Erst als ihm in Maybritts Werkstatt eines Tages eine Schachtel mit chromglänzenden Schlüsselringen in die Hände fiel, kam er auf die Idee, sie als Zielpunkte zu benutzen. Sie ließen sich einfach mit Stecknadeln auf dem groben Leinen seines Pfeilfangs befestigen. Doch nur für kurze Zeit fand er Gefallen daran, die Pfeile in die blinkenden Kreise zu setzen; nach zwei Tagen hatte er die Lust auch daran verloren. Was er hier machte, wurde mehr und mehr zu »Trickshooting«auf kurze Entfernungen, wie es in unzähligen Videoclips bei Youtube zu sehen war. Er fand die Leistungen dieser Schützen absolut erstaunlich, aber es war nicht seine Absicht, es ihnen gleich zu tun. Im Garten üben zu können, war zwar schon um vieles besser als in der Halle, aber ihn zog es in den Wald.

Wenn es schon keinen 3-D-Parcours in der Nähe gab, so wäre es doch sinnvoll, stattdessen mit Bluntpfeilen eine Stunde durch den Wald zu streifen und einfach Stumpshooting zu üben – auf Baumstümpfe, Pilze oder Moospolster zu schießen. Es wäre mit Sicherheit nicht das Optimum; wusste er doch inzwischen, dass die ganze Insel Falster nicht viel mehr als eine flache Sandbank war. Nirgendwo würde er eine Möglichkeit finden, Bergauf- und Bergabschüsse zu üben. Die einzige Alternative dafür wäre eine aufgelassene Kiesgrube gewesen. Er hatte auch schon Maybritt danach gefragt, ob sie in der näheren Umgebung eine kenne – es hatte eine Weile gebraucht, bis er ihr verständlich machen konnte, was er meinte – aber auch ihr war nach längerem Überlegen nichts eingefallen.

Seit ihrem Badetag am letzten Wochenende bei Hestehoved dachte er daher immer wieder an die alten Buchenwälder am Strand; der dichte Baumbestand zwischen Haes und Hesnaes war nicht mehr als fünf Kilometer von Falkerslev entfernt. Wenn da nur nicht die Unsicherheit wäre, von einem misstrauischen

Förster mit Pfeil und Bogen in der Hand erwischt zu werden. Er konnte zwar mit den auf die normalen Pfeile aufgesteckten Gummiblunts beweisen, dass er nicht die Absicht hatte, zu wildern, aber wenn es im Wald zu einer solchen Begegnung kam, wären seine mangelhaften Dänischkenntnisse ein zusätzliches Problem, seine Absichten zu erklären. Er konnte nur hoffen, dass in einem solchen Fall eine Verständigung auf Englisch oder Deutsch möglich war.
Ganz gleich, wie er es auch betrachtete: da er weder eine zuständige Person kannte, die er um Erlaubnis bitten konnte, noch gegebenenfalls in der Lage war, sich mit ihr unmissverständlich über seine Gründe zu unterhalten, blieb ihm nur die Möglichkeit, es entweder zu riskieren oder aber ganz zu lassen. Bärger entschloss sich, es zu versuchen. Er würde immer in Strandnähe bleiben, wobei der Name Strand für den schmalen steinigen Uferstreifen in dieser Gegend wohl nicht recht zutreffen mochte. Badegästen würde er in dieser Gegend mit Sicherheit nicht begegnen. Es sollte ihm recht sein.

Inzwischen war es Hochsommer geworden.
Als Bärger am Tag darauf in Richtung Hesnaes unterwegs war, flimmerte noch am frühen Abend die Hitze über den Feldern, auf denen der Sommerroggen bereits zu reifen begann. Auf dem Rücksitz des Wagens lagen nur sein Bogen und der Köcher mit drei Bluntpfeilen. Bevor er das Dorf erreichte, bog er nach rechts in den Weg zum kleinen Yachthafen ab, wo er den Wagen abstellte. Am Steg lag auch ein deutsches Boot, wie er an der Beflaggung erkannte. Zwei Angler saßen unbewegt am Ende der Mole und hielten ihre Ruten ins Wasser. Es war still in der kleinen Bucht, kaum hörbar lief die schwache Dünung auf den bunten Kies am Ufer.
Er griff nach Bogen und Köcher und empfand das Zuschlagen der Wagentür selbst als unangebracht laut. Dann ging er hinunter zu dem schmalen Strand, der mit großen Findlingen übersät war und folgte dem Spülsaum in Richtung zum nahen Wald. Das Wasser war weit hinaus flach und auch hier voller großer Steine. Als natürliche Wellenbrecher mochten sie das flache Land vor

Erosion schützen. Das Land, auf dem die Bäume bis nahe ans Ufer wuchsen, lag nur um etwa zwei bis drei Meter über der Wasserlinie, dennoch schien es hier schon seit längerer Zeit keine Abbrüche mehr gegeben zu haben. Er fand eine flache Stelle, an der er bequem auf die Rasenkante steigen konnte und stand gleich darauf im Schatten der alten Rotbuchen. Auch hier lagen reichlich Findlinge aller Größen; zumeist mit Moos bewachsen waren sie zwar ein romantischer Anblick, aber mit Sicherheit eine Gefahr für seine Pfeile.

So lief er weiter landeinwärts, wo er hinter den Stämmen der Buchen die dunklen bis zum Boden reichenden Zweige eines Fichtenwaldes erkennen konnte. Hier roch es intensiv nach Harz und als er einem Wildwechsel folgend unter die dicht stehenden Bäume trat, wurde es merklich dunkler. Doch schon bald fand sich ein erstes Ziel: die leuchtend rote Kappe eines Fliegenpilzes. Er suchte sich eine Schussposition zwischen zwei nah beieinander stehenden Bäumen und ließ den Pilz unter dem Treffer seiner Bluntspitze zerplatzen. Ein Fichtenzapfen im Moos bot sich als nächstes an; er sprang nach dem Schuss unbeschädigt drei Meter weiter und ließ einen weiteren Pfeil zu, nach dem er jedoch im dichten Unterholz eine ganze Weile suchen musste. So kam er auf die Idee, ein paar der vorjährigen Zapfen aufzusammeln, um am noch hellen Strand auf sie zu schießen. Von den Schösslingen einer Wildkirsche schnitt er drei fingerstarke Zweige ab, spaltete sie und klemmte je einen Zapfen hinein, bevor er sie nebeneinander in den Sand vor der Abbruchkante steckte. Er schoss aus wechselnden Entfernungen und hatte nun den Vorteil, nicht mehr nach den Pfeilen suchen zu müssen.

Schnell hatte Bärger sein selbst gesetztes Limit von dreißig Pfeilen pro Tag erreicht. Er legte den Bogen zur Seite, setzte sich auf einen der noch sonnenwarmen Findlinge am Ufer und schaute hinaus auf das Wasser. Hatte sich der Aufwand gelohnt? Nun ja, es war schön, wieder Waldluft gerochen zu haben, aber richtiges Stumpshooting war es nicht geworden. Im Grunde hätte er die gleichen Schüsse auch im Garten machen können. Das war eine ernüchternde Erkenntnis. Er sah einem Boot nach, dessen Großsegel im Schein der tiefstehenden Sonne rot zu leuchten begann, bis es hinter der Landzunge verschwunden war. Dann lief er langsam am Strand entlang zum Hafen und fuhr zurück nach Falkerslev.

25

Am nächsten Wochenende wehte ein frischer Ostwind über die Felder um Falkerslev und ließ die Zweige des Nussbaums schwanken. Im kleinen Geviert des Hofes saßen sie aber geschützt; sie hatten den Tisch in die Sonne geschoben und blinzelten träge in einen hellen Sommerhimmel, über den eilig zerfasernde Wolkenfahnen zogen.
Maybritt hatte aus Kopenhagen frische Sahne zum Tee mitgebracht, den sie heute aus dünnen Schälchen Delfter Porzellans tranken, ein Geschenk von Maybritts Mutter. Bärger fand, dass sie großartig aussah. Sie trug die weite Leinenhose, die sie in Avignon gekauft hatte und dazu ein blau-weiß gestreiftes Herrenhemd ohne Kragen, das sie nur sehr nachlässig etwa zur Hälfte zugeknöpft hatte. Die Haut darunter hatte noch immer den schimmernden Bronzeton, den sie aus der Provence mitgebracht hatte.
»Du bist heute wieder richtig gut anzusehen«, sagte Bärger. Sie hörte auf, den neben ihr auf der Bank liegenden Kater zu streicheln und lächelte ihm zu.
»So so«, meinte sie amüsiert, »ich will hier mal nicht nach Details fragen. Aber es liegt wohl daran, dass ich so aussehe, wie ich mich fühle. Und das stimmt schon: ich fühle mich wirklich gut«.
»Ich habe ja Zeit genug, abends über alles Mögliche nachzudenken, weil die Unterhaltungen mit den Katzen mit der Zeit doch ein wenig einseitig geworden sind. Und da fiel mir neulich ein, dass jeder von uns beiden seit einiger Zeit das Gegenteil dessen tut, was er vorher gemacht hat. Und zwar erst, seitdem ich hier bei dir bin.
Während du hier noch im letzten Jahr in Falkerslev an deiner Töpferscheibe Gefäße gedreht hast, saß ich zuletzt in Berlin in einem Büro mit einer Sekretärin, die meine Schreiben schneller

in den Computer hämmerte, als der sie aufzeichnen konnte und andauernd rasselte einer der großen Plotter und spuckte meterlange Zeichnungen aus. Die Firma hatte zwar den Titel Chefarchitekt auf meine Visitenkarte drucken lassen, aber beschäftigt habe ich mich statt mit dem Entwerfen von Hochbauten mit dem Kalkulieren von Straßen- und Tunnelbauten und der Sanierung von Mülldeponien; alles Dinge, mit denen ich mich noch nie vorher befasst hatte. Das Geld stimmte, aber eigentlich hatte ich mir vom Leben als Architekt etwas anderes erwartet.«

Bärger machte eine Pause und trank seinen kalt gewordenen Tee aus. Dann fuhr er fort:

»Und jetzt verbringe ich mein Leben damit, in einem Mittelalterzentrum in Dänemark zu arbeiten, in dem streng darauf geachtet wird, dass sich seine Mitarbeiter ausschließlich mit Materialien und Verfahren beschäftigen, die um 1492 in dieser Gegend üblich waren. Ich trage den lieben langen Tag eine schmuddelige Lederhose mit einem großen Messer am Gürtel und dazu ein grünes Leinenhemd der Größe XXL, das viel zu selten gewaschen wird. Und weißt du was? Ich finde das großartig.«

Maybritt lachte herzlich. »Ich hoffe, dass das großartige Gefühl nicht in erster Linie aus dem ungewaschenen Hemd resultiert. Und über die hygienischen Zustände in mittelalterlichen Badestuben hat man ja auch so allerlei gehört. Würde mich übrigens mal interessieren, was dein Chef, der Herr Pedersen, dazu meint. Aber wenn du darauf anspielst, dass ich von einem mittelalterlichen Handwerk in die HiTec der EDV gewechselt bin, dann muss ich dich daran erinnern, dass das genau der Beruf ist, den ich einmal gelernt habe. Unser beider Wechsel ist also nur bedingt vergleichbar«.

»Das stimmt natürlich«, sagte Bärger nachdenklich, »vielleicht sind es auch nicht so sehr die Unterschiede der Tätigkeiten, mit denen wir unser Geld verdienen, sondern vielmehr die Umstände, unter denen wir es tun. Ich meine den permanenten Zeitdruck, unter dem ich damals in Berlin gestanden habe und dem du jetzt wohl mindestens genauso ausgesetzt bist.

Habe ich jetzt eben ›damals‹ gesagt? Dabei ist es noch nicht einmal zwei Jahre her. Ich habe das Gefühl, dass es schon weit hinter mir liegt.«

Maybritt hob die Teekanne vom gläsernen Wärmer, in dem in der im hellen Licht der Sonne fast unsichtbar eine stille Kerzenflamme brannte.

»Es ist noch Tee da«, stellte sie fest, »möchtest du noch?«

Bärger reichte ihr seine Tasse und sie goss ein und er ließ einen braunen Kandis hineinfallen, lauschte dem leisen Knistern, mit dem der Kristall sich aufzulösen begann und ließ einen Löffel voll der Sahne in die Tasse fließen. Die Sonne schien durch das dünne Porzellan der flachen Schale und ließ den Tee tiefrot leuchten, bis die Sahne ihn wolkig zu trüben begann und in ein helles Braun verwandelte. Er hatte es hunderte Male gesehen, es war immer das Gleiche und doch immer anders und immer wieder neu.

»Wenn ich dir so beim Teetrinken zusehe, dann habe ich nicht den Eindruck, dass du deine bolle voller Café au lait zum Frühstück sehr vermisst«, sagte Maybritt, »ein Wunder, dass du es im Urlaub solange ohne Tee aushalten konntest«.

Bärger sah überrascht auf.

»Na ja, schließlich gab es doch ab und zu auch noch etwas anderes zu trinken und unser Tee hätte zum französischen Frühstück sicher nicht so gut gepasst. Andere Länder, andere Sitten, wie das deutsche Sprichwort sagt«.

»Da wir gerade über fremde Sitten reden«, meinte Maybritt und kraulte dabei ihrem schlafenden Kater die Ohren, »ich bin sicher, dass dir zu dem Thema noch einiges andere einfällt – oder?«

»Du meinst die Gewitternacht im alten Haus in Menerbes. Ich weiß wirklich nicht, ob es gut ist, darüber zu reden«, sagte Bärger zögernd. »ich möchte es so in Erinnerung behalten, wie es geschehen ist. Als einen seltsam intensiven Traum, in dem alle meine Sinne unglaublich wach waren. Ich habe noch nie in meinem Leben Drogen genommen, aber nach dem, was andere mir darüber erzählt haben, muss wohl etwas Ähnliches mit mir passiert sein. So etwas wie extrem übersteigerte Wahrnehmung.«

»Es hatte wirklich schon etwas von Hexerei«, stimmte Maybritt ihm zu, »aber so ganz ohne Drogen waren wir alle drei nicht; schließlich gab es zumindest reichlich Rotwein. Ich wollte dir eigentlich auch nur sagen, dass es mir ganz ähnlich ergangen ist. Und bevor du mich danach fragst: nein, ich habe vorher so etwas noch nie im Leben gemacht. Und noch etwas: es war gut für mich, dass du dabei warst.«

Sie musste ihm die Erleichterung angesehen haben, denn nach einer Weile fuhr sie fort:

»Kennst du die Geschichte von Rashomon? Es ist der Titel der berühmten Titelnovelle des japanischen Schriftstellers Akutagawa, die später auch von dem mindestens ebenso berühmten Regisseur Kurosawa verfilmt wurde. Um es kurz zu machen: in der Geschichte geht es darum, dass ein mit seiner jungen und schönen Frau reisender Samurai von einem Banditen überfallen und getötet wird, der danach seine Frau vergewaltigt, die das alles mit ansehen musste. Die Frau entkommt dem Räuber, der aber kurze Zeit darauf gefasst und vor Gericht gestellt wird. Das mit der Untersuchung der Umstände des Verbrechens befasste Gericht und das ist der Grundgedanke der Erzählung – muss nun erfahren, dass jeder der am Verbrechen Beteiligten eine völlig andere Darstellung des Tathergangs erzählt. Die Geschichte hat mich damals sehr beeindruckt, denn selbst, wenn man von den absolut japanischen Motiven der Beteiligten absieht – nämlich der Interpretation der eigenen Rolle unter dem Aspekt der Ehrenrettung – wurde mir zum ersten Male bewusst, dass mehrere Personen ein gemeinsames Erlebnis tatsächlich ganz unterschiedlich wahrnehmen können. Bei Rashomon kommt übrigens noch eine Variante dazu: es gibt einen Augenzeugen, der die Geschichte wieder völlig anders darstellt.«

»Das ist eine sehr interessante Geschichte«, sagte Bärger, »aber ich weiß jetzt nicht so recht, warum du sie mir erzählst. Willst du mir damit sagen, dass Jeanette sie möglicherweise ganz anders erlebt hat?«

»Nun, ich glaube jedenfalls nicht, dass die ganze Situation in dieser Nacht völlig spontan entstanden ist, aber andererseits bin ich auch überzeugt, dass Jeanette das nicht alles geplant und vorausgesehen hatte. Natürlich spürte sie, dass sie dir gefiel und ich war auch selbst überrascht zu fühlen, wie sehr sie mich begehrte. Es war ganz einfach so, dass wir alle drei Gefallen aneinander hatten und nicht wussten, wie wir damit umgehen sollten. Was ich damit sagen will: ich bin ihr dankbar, dass sie diese Lösung für uns gefunden hat«.

»Wahrscheinlich hast du Recht«, sagte Bärger nach einer Weile, »zum Schluss war da eine Spannung zwischen uns, die ich nur schwer ertragen konnte. Ich wusste nur nicht, dass es dir ähnlich ergangen ist. Eigentlich spürte ich zuletzt nur noch die Angst, einen Fehler zu machen, durch den ich dich verloren hätte. Kannst du das verstehen?«

»Ich denke schon«, sagte Maybritt, während sie scheinbar unbewusst eine lose Strähne ihres Haares um den Zeigefinger wickelte, »vielleicht tröstet es dich, zu hören, dass es mir ähnlich ging bei dem Gedanken, mich nach Jeanettes Berührungen zu sehnen. Wir sollten eine Flasche Rosé kalt stellen für den Abend; ich glaube es ist an der Zeit, auf ihr Wohl anzustoßen«.

»Nichts was ich lieber täte«, sagte Bärger, »übrigens es war wohl doch gut, darüber zu reden, irgendwie fühle ich mich jetzt erleichtert. Weißt du vielleicht, warum?«

»Natürlich weiß ich das, aber darauf musst du schon selbst kommen. Wie hieß übrigens das Parfüm?«

»Parfum de Femme«; er brauchte nicht nachzudenken bei seiner Antwort.

»Du darfst es mir zum Geburtstag schenken«, sagte Maybritt.

26

Obwohl es ihm nicht sehr sinnvoll vorkam, fuhr Bärger in der nächsten Woche noch einmal nach Hesnaes zum Stumpshooting. Zu sehr hatte ihn die Landschaft an längst vergangene Urlaube an der Ostsee erinnert, an den steinigen Strand der Steilküste von Hiddensee, an dem er viele Jahre lang den Sommer verbracht hatte.

Wieder stellte er den Wagen am Hafen ab, hing den Köcher mit den drei Bluntpfeilen über die Schulter und schlenderte, den Bogen in der Hand, den menschenleeren Strand entlang in Richtung Norden. Noch immer wehte der Wind von Osten, wenn auch nicht mehr mit der Stärke wie am letzten Wochenende. Gelblicher Schaum sammelte sich vor dem Spülsaum, wehte in losen Flocken über den Strand und zerstob. Die nassen Kiesel glänzten bunt in der Sonne und an einer Senke, in der sich große Mengen schwarzer Miesmuschelschalen gesammelt hatten, legte er den Bogen aus der Hand und suchte eine Weile lang vergeblich nach Bernstein. Dafür spülte ihm jedoch beim Weitergehen eine freundliche Welle einen winzigen versteinerten Seeigel vor die Füße, wie er ihn schon lange vergeblich gesucht hatte. Es schien ein erfolgreicher Tag zu werden.

Er stieg an der gleichen Stelle des Abbruchs auf die Rasenkante des Buchenwaldes und wanderte eine ganze Weile hart an der Bruchkante entlang weiter nach Norden. Die dichten Kronen der Bäume über ihm schwankten im frischen Seewind. Vor ihm auf dem Sund kreuzten zwei Segelboote; ihre häufigen Wendemanöver sahen aus, als spielten sie miteinander. Dann endete der Buchenwald und ging über in eine dichte Kiefernschonung, hinter der ungleich hohe Wipfel eines Mischwaldes zu sehen waren. Vergeblich spähte Bärger nach einem Wildwechsel, der ihm den Zugang erleichtert hätte. So zwängte er sich zwischen den dichten Zweigen hindurch und musste mehrfach den Bogen

wieder lösen, der mit der Sehne an trockenen Ästen hängen geblieben war.
Endlich wurde es lichter vor ihm; ein nicht viel mehr als zimmergroßer Rasenfleck zwischen Birken, Ahorn und Eichen war hell von der Sonne beschienen. Dichtes Gebüsch aus Schlehen, Brom-beeren und Wildkirsche umgab die kleine Fläche; dazwischen wuchsen mannshohe Brennnesselstauden. Das Gras stand hoch in der freien Fläche; über ein paar Stauden blühender Weidenröschen flatterte ein Fuchsschwanz. Und dann sah er die Hütte.
Im Schatten einer alten Eiche und halb verborgen durch das dichte Gestrüpp war ihm zuerst nur eine regelmäßige Struktur ins Auge gefallen, die sich bei genauerer Betrachtung als silbergraue Schindelverkleidung einer kleinen Hütte herausstellte. Spuren einer Benutzung waren nicht zu erkennen; das Gras vor der einen Spalt breit offenen Tür war nicht niedergetreten. Als er näher heranging, sah er das Spinnennetz, das sich zwischen Tür und Rahmen spannte. Lautlos schlängelte sich eine große Ringelnatter von einem sandigen Sonnenflecken und verschwand in einen Spalt unter den Boden der Hütte. Hier schien schon lange niemand mehr gewesen zu sein.
Bärger ging näher heran und lehnte den Bogen an einen Baum. Die Hütte war klein, nicht größer als eine Gartenlaube, hatte aber seltsamerweise drei Fenster, die alle unterschiedlich groß waren. Das Größte war an der Vorderseite, links neben der Tür, die anderen beiden an der Wetterseite, die statt der Schindeln mit Teerpappe benagelt war. Im unteren Bereich neigte sich die Wand schief nach außen. Das flach geneigte Giebeldach war ebenfalls mit Teerpappe belegt; das überstehende Hirnholz der Dachschalung sah so morsch aus, als könnte es unter dem Gewicht des Daches jederzeit einstürzen. Jetzt sah er auch das rostige Rauchrohr über dem Giebel.
Die Angeln der Tür waren festgerostet; als er daran zog, gab sie kreischend nach und das Spinnennetz zerriss. Er schob sich durch den Spalt und sah sich um. Von innen konnte die Tür mit einem einfachen hölzernen Schubriegel verschlossen werden. Links neben ihm stand ein alter gusseiserner Herdofen,

der ihm auf den ersten Blick gefiel. Er hatte eine geradezu barocke bauchige Form und stand auf geschweiften klauenähnlichen Füßen. Wenn man die obere Klappe aufhob, kam darunter eine Kochöffnung mit herausnehmbaren Ringen zum Vorschein. Abgesehen von den groben Rostnarben würde das Ding ein Schmuckstück in jeder modernen Loftwohnung sein. Das unverhältnismäßig dicke Rauchrohr führte in der Mitte zwischen zwei Sparren durch die Dachschalung. Zwischen Tür und Giebelfenster stand auf einer aus zwei breiten Brettstücken zusammengenagelten Konsole eine Emailleschüssel, in der trockene Eichenblätter und tote Fliegen lagen. An der Wand darüber ein blinder, aber sonst heiler Spiegel. Bärger versuchte hineinzuschauen und stellte fest, dass er extrem hoch angebracht worden war. Wer hier zum Rasieren hineinsehen wollte, musste wohl größer als 1,80 Meter gewesen sein. Allerdings kam es ihm unwahrscheinlich vor, dass der Bewohner dieser Hütte viel Wert auf Körperpflege gelegt hatte. Ob es hier in der Nähe überhaupt Wasser gab?

Auf einem Wandbrett eine Reihe kleinerer Töpfe, darunter an einem Nagel hängend eine eiserne Pfanne, die schwarz verrußte Unterseite nach außen. Ein paar schmutzige Lappen hingen an Nägeln an der Wand und über einem Draht, der schräg in der Ecke über dem Ofen von Wand zu Wand gespannt war. In der entgegengesetzten Ecke stand ein schmales Bett; vielmehr ein eisernes Bettgestell, auf dem eine dünne Matratze lag. Das Fenster darüber war so niedrig eingebaut, dass man im Liegen hinausschauen konnte. Ein wackliger Tisch mit einer staubgrauen Wachstuchdecke, deren Muster man nur noch an den überhängenden Rändern erkennen konnte, war an die Wand geschoben. Eine Sitzgelegenheit fehlte.

Das Wandregal neben dem Tisch war ebenfalls seit Langem leer und unbenutzt, wie ihn ein Blick auf die unberührten Staubschichten darin überzeugte. Er fand es seltsam, dass es nicht den mindesten Hinweis auf einen Bewohner gab: kein Stück bedrucktes Papier, keine Zeitung, kein Buch. Auch die Kiste mit den Holzscheiten neben dem Ofen gab keinen Hinweis. Große Stücke von Birkenrinde zeigten ihm stattdessen, auf welche

Weise der verschwundene Bewohner hier einst sein Feuer angezündet hatte.
Bärger sah sich noch einmal in dem nach Staub und Moder riechenden Raum um, bevor er sich zum Hinausgehen zur Tür umdrehte. Auf dem Querbalken darüber schien unter staubigen Spinnennetzen etwas zu liegen; etwas, das wie ein dünner heller Stab aussah. Er griff danach, und bevor er es richtig sehen konnte, wusste er, dass es ein Pfeil war. Es war das Letzte, was er hier erwartet hätte.
Er ging hinaus in den hellen Sonnenschein, setzte sich auf einen morschen Hauklotz und betrachtete seinen Fund. Es war ein etwa dreißig Zoll langer und ziemlich schwerer Aluminiumschaft mit einer völlig verrosteten Feldspitze. Die Nocke fehlte und auch die Marke des Herstellers war durch die starke Korrosion nicht mehr feststellbar. Solche Schäfte wurden schon seit mehr als dreißig Jahren hergestellt. Von der Befiederung war auch nichts mehr außer den aufgeklebten Kielen zu erkennen. Vermutlich hatten Insekten sie gefressen. Sie waren mit Sicherheit fünf Zoll lang und ziemlich stark spiralig verklebt worden; vielleicht ein Hinweis darauf, dass vorzugsweise auf kurze Entfernungen geschossen wurde.
Noch einmal trat er in die Hütte und legte seinen seltsamen Fund an die Stelle zurück, wo er ihn gefunden hatte. Schon einmal hatte er in einem verlassenen Haus einen Pfeil auf einem Türrahmen liegend gefunden, aber das war lange her und eine ganz andere Geschichte.
Erst da fiel ihm ein, dass er heute noch nicht einen einzigen Pfeil geschossen hatte. Er griff nach seinem Bogen und schaute sich noch einmal auf der nun schon stärker verschatteten Lichtung um. Das Gras stand hoch, wo die Sonne tagsüber hinkam, hier schien sich nichts als Ziel anzubieten. Zwischen den dicht und hoch aufgeschossenen Wildkirschenbüschen lag so etwas wie ein gelblich schimmernder Stein – oder war es ein großer Bovist? Bärger ging näher heran und als er erkannte, was es war, blieb er erneut stehen. Dieser Tag hatte noch eine Überraschung für ihn bereit. Vor ihm lag ein menschlicher Schädel.

Alles um ihn herum war still und friedlich; über ihm sang ein Buchfink sein Lied, nicht weit entfernt hämmerte ein Buntspecht an einem trockenen Baum und sogar das Rauschen der Wellen, die in der Ferne auf den steinigen Strand liefen, wurde manchmal hörbar. Nein, das Bild hatte nichts Gespenstisches an sich, aber beunruhigend fand er es doch. Er lehnte den Bogen an einen Baum, ging näher heran und hockte sich dicht vor die halb im Moos eingesunkene knöcherne Schale. Deutliche Spuren von Verwitterung waren darauf erkennbar, schuppig graue Flechte wuchs an einer Stelle der Stirn, Ameisen liefen darüber und verschwanden in der rostrot gefärbten Augenhöhle. Als er genauer hinsah, bemerkte er ein Stückchen rostigen Eisens, das darin zu liegen schien. Er legte die Hand auf die raue knöcherne Fläche und versuchte, vorsichtig zunächst, dann aber mit stärkerem Zug, den Schädel aus dem Moos zu heben. Der Unterkiefer fehlte, aber etwas schien daran zu hängen, als sei er in der Erde verankert. Der dünne Knochen in der Augenhöhle splitterte und als er den Widerstand überwunden hatte und den Schädel in der Hand hielt, hing aus dem Hinterhauptloch ein Pfeil. Oder das, was davon übrig geblieben war.

Bärger spürte so etwas wie eine leichte Übelkeit in seinem Magen aufsteigen. Der zufällige Fund, der ihn neugierig gemacht hatte, stellte sich nun als handfestes Problem heraus, für das er eine Lösung finden musste. Vorsichtig legte er den zur Hälfte mit moosbewachsenen Schädel vor sich ins Gras, setzte sich in den Schatten einer Schlehenhecke und begann zu überlegen.
Zweifellos hatte dieser Schädel schon seit vielen Jahren hier gelegen. Das bedeutete, dass eine Suche nach der Person, zu der er einmal gehört hatte, entweder längst eingestellt war oder vielleicht auch niemals eingeleitet wurde. Was vermutlich in seinem Fall die günstigste Variante wäre. Selbst wenn die Chancen dafür nur fünfzig zu fünfzig standen, sprach alles dafür, ihn auf gar keinen Fall irgendeiner Behörde zu melden. Für eine solche Entscheidung sprach auch, dass er vermutlich aus kriminaltechnischer Sicht wichtige Spuren vernichtet hatte, als er den Schädel aus dem Moos gehoben hatte. In jedem Falle

aber wären mit Sicherheit endlose Verhöre mit sehr humorlosen Polizeibeamten zu erwarten. Auch die Tatsache, dass er erst seit zwei Jahren auf Falster lebte, würde ihn nicht davor bewahren. Es war das Letzte, was er sich antun wollte.
Es blieb natürlich der ungewöhnliche Tatbestand, dass die Todesursache dieser unbekannten Person ein Pfeil war, der noch immer an derselben Stelle steckte, wo er eingedrungen war. Bärger bückte sich und griff nach dem extrem stark korrodierten Aluminiumschaft, von dem sich schorfige Schichten grauweißer Kruste lösten. Nocke und Befiederung mussten schon seit langer Zeit verwittert sein. Er war sich dennoch sicher, dass es sich um die gleiche Marke handelte, die er zuvor in der Hütte gefunden hatte. Auch die Länge stimmte überein. Insofern würde er sich wahrscheinlich der Verhinderung der Aufklärung eines Verbrechens schuldig machen, wenn er seinen Fund verschwieg. Alles hing davon ab, dass dieser Schädel endgültig verschwand und nie wieder auftauchte.
Er zog sein Messer, lockerte damit den sandigen Boden an der Stelle, wo er ihn gefunden hatte und begrub den Schädel schließlich knapp einen halben Meter tief im feuchten Grund. Darüber streute er trockenes vorjähriges Laub und verteilte den losen Sand mit einem abgeschnittenen Fichtenzweig im Gras. Den mürben Pfeilschaft zerbrach er mühelos in vier Teile, die er auf seinem Rückweg am Strand einzeln an verschiedenen Stellen ins Wasser warf.
Die Lust zum Stumpshooting war ihm vergangen. Er setzte sich noch eine Weile an den Strand und schaute den Lachmöven zu, die den Spülsaum nach Futter absuchten, dann griff er nach seinem Bogen und wanderte zurück zum Hafen. Auf der Rückfahrt nach Falkerslev erst fiel ihm ein, dass der Winkel des Pfeilschaftes zwischen Hinterhauptloch und Augenhöhle auf nur zwei mögliche Schusspositionen hinwies: entweder hatte das Opfer gestanden und der Schütze gekniet oder es war getroffen worden, als es auf dem Bauch lag. Beides waren Umstände, die wie eine Hinrichtung aussahen. An diesem Abend trank Bärger eine ganze Flasche Rotwein.

27

Der Briefkasten am Pfeiler der Gartentür in Falkerslev war meist leer, wenn Bärger am Nachmittag nach Hause kam. Er hatte es sich abgewöhnt, jeden Tag die Klappe zu heben, um nachzuschauen. Diesmal jedoch schimmerte etwas Helles durch den Schlitz und als er den Deckel anhob, lagen gleich zwei Briefe darin. Mit einem Anflug von schlechtem Gewissen griff er danach – gut denkbar, dass sie schon länger unbemerkt darin gelegen hatten. Der eine kam aus Lyon; eine deutlich weibliche Handschrift und der Name J.Tournet verrieten ihm den Absender; er musste von Jeanette sein. Adressiert war er an Maybritt.

Der andere zeigte seinen Namen, geschrieben mit schwarzer Tinte, und er brauchte ihn nicht umzudrehen, um zu erfahren, von wem er stammte. Nach langer Zeit hatte Erhard scheinbar wieder einmal einen Anlass zu schreiben gefunden. Der Poststempel auf der kanadischen Briefmarke ließ sich mit einiger Mühe als Williams Lake entziffern. Er trug die Briefe ins Haus, begrüßt von den drei Katzen, die ihm mit hoch erhobenen Schwänzen entgegenliefen, und legte sie erst einmal auf das Nussbaumtischchen in der Diele.

In der Küche füllte er die Fressnäpfe und sah ihnen zu, wie sie sich eilig über ihr Futter hermachten. Bis sein Tee die üblichen fünf Minuten gezogen hatte, waren sie längst damit fertig und wieder in Richtung Garten verschwunden. Er stellte die gefüllte Teekanne, eine Tasse und das Kännchen mit der Kondensmilch auf ein Tablett, griff im Vorbeigehen im Flur nach Erhards Brief und setzte sich im Hof auf die Bank unter dem Nussbaum. Er hatte lange nicht mehr an Kanada gedacht, wo sein alter Freund den Winter in einem Haus verbracht hatte, das er für ihn entworfen hatte und das sie danach gemeinsam gebaut hatten. Nicht allein natürlich; ein Finne namens Kalle und ein Indianer mit Namen Joe hatten die Hauptarbeit geleistet, aber es war noch genug zu tun für sie übrig geblieben. Ob das Haus auch im Winter Erhards Erwartungen erfüllt hatte? Bärger schnitt den Brief auf und zog drei eng beschriebene Bogen aus dem Umschlag, zwischen denen ein Foto lag. Es zeigte anscheinend so etwas wie einen indianischen Kultgegenstand; einen Holzstab, der mit Muscheln, geflochtenen Lederschnüren und am einen Ende mit einer Schnitzerei, am anderen mit ringförmig angeordneten Tierklauen verziert war, die eine Kristallkugel zu halten schienen. Er fand es sehr rätselhaft.

Erhard schrieb in seinem Brief, dass er den letzten Winter dank des Hauses, das sie der eigenwilligen Form wegen Saltbox genannt hatten, sehr angenehm verbracht hatte. Wegen der vielen Sonnentage hätten die vertikalen Solarelemente an der Südfassade immer genügend Energie für seine Batterien geliefert, sodass er bei hellem Licht lesen und Musik hören konnte. Nur das Wasserholen am See und das Holzhacken für den Kamin hätten ihn noch an die alte Blockhaustradition erinnert, aber dank des Eisbohrers wäre auch das Wasserholen zeit- und kräftesparend geworden.

Es ist interessant, wie unterschiedlich Komfort wahrgenommen werden kann, dachte Bärger. Es sieht so aus, als ob erst ein einfaches Leben uns dazu bringt, solche einfachen Dinge wie gutes Licht, frisches Wasser und ein warmes Haus wieder schätzen zu lernen. Er las weiter:

> *Bevor der See zugefroren war, kam Joe noch einmal zu Besuch und brachte mir vier Karibufelle, von denen ich drei vor den Kamin und eins in der Schlafkammer im Obergeschoss vor meinem Bett auf den Boden gelegt habe. Sie sind wunderbar weich und besser als jeder Teppich. Außerdem brachte er mir den wunderbaren Talking Stick, dessen Foto ich dir beigelegt habe. Und dazu gehört die folgende Geschichte: erinnerst du dich noch an den angeschossenen Bären, der uns auf dem Trail über den Weg lief?*

Bärger legte den Brief beiseite und schaute eine Weile in die regungslosen Zweige des Nussbaums über ihm. Es war der aufregendste Augenblick seines Urlaubs gewesen, als sich der mächtige Schwarzbär plötzlich vor ihnen durch die Sträucher schob und auf dem Trail stehen blieb. Das Tier war kurz zuvor von Unbekannten angeschossen worden; der hellrote blasige Schweiß vor seinem Maul ließ auf einen Lungenschuss schließen. Mit einem Holzpfeil mit einer alten indianischen Steinspitze, den er zufällig bei sich trug, hatte Erhard den Bären getötet, indem er ihn in den offenen Rachen geschossen hatte. Alles hatte nicht viel länger als eine Minute gedauert. Oh ja, er erinnerte sich genau.

Einer der beiden Constables, die damals den Bären mit dem Hubschrauber zur Untersuchung abtransportierten, war ein Indianer und zufällig aus dem gleichen Stamm wie Joe, der uns beim Hausbau geholfen hatte; ein Carrier-Indianer. Sie heißen übrigens so, weil es früher bei ihnen üblich war, dass die Witwen die Asche ihrer verstorbenen Männer drei Jahre lang in einem Lederbeutel mit sich herumtrugen. Scheint mir übrigens auch nicht weit entfernt von dem seltsamen Brauch, sich die Urne des Verstorbenen auf den Kaminsims zu stellen. Kurz und gut: dem hatte die Geschichte mit dem Fangschuss auf Indianerart so sehr gefallen, dass er mir zum Andenken daran den Talking Stick aus Hickoryholz geschnitzt hat, an einem Ende mit einem Bärenkopf und am anderen aus vier Klauen dieses Bären die Halterung für die Kugel aus geschliffenem Quarz. Was das eigentlich zu bedeuten hat, konnte oder wollte er mir leider nicht erklären, ebenso wenig wie die Bedeutung der acht Muschelschalen, die an der geflochtenen Lederschnur in der Mitte hängen. Jedenfalls sieht es großartig aus und bedeutet wohl eine große Ehre für mich, denn ein Talking Stick gibt mir Rederecht in seinem Stamm. Jedenfalls soll es früher so gewesen sein, dass bei Beratungen im Stamm ein solches Holz demjenigen überreicht wurde, dem die Erlaubnis zu reden erteilt wurde.

Meine große Katze, der Puma, hat mich mit Beginn des Winters verlassen und ich bin einerseits froh darüber, weil sein Fleischbedarf zuletzt meinen eigenen bei weitem überstiegen hat. In der ersten Zeit kam er noch häufiger vorbei und machte ein Mittagsschläfchen bei mir auf dem Patio.

In das Haus hinein ist er niemals gekommen, was vielleicht auch besser war, denn in den letzten Wochen hatte er einen etwas strengen Mundgeruch entwickelt, wenn ich das mal so ausdrücken darf. Hoffentlich läuft er niemals einem von diesen schießwütigen amerikanischen Jägern über den Weg, die auf alles ballern, was sich bewegt.
Leider sind die Indianer als Jäger auch nicht mehr das, was wir als Jungen bei Ernest Thompson Seton oder Karl May über die „edlen Wilden" gelesen haben. Aber es ist ihnen kaum anzulasten, denn schuld daran sind eben doch die Weißen. Ich musste mich leider selbst davon überzeugen, denn Joe hatte mich zur Karibujagd mit seinem Stamm eingeladen. Du musst wissen, dass die Karibus seit Jahrhunderten auf denselben Trails wandern, die den Indianern natürlich genau bekannt sind. Was ich dort als »Jagd« erlebt habe, funktionierte so: an der Stelle wo die Karibus regelmäßig den Quesnel River überquerten, lagerte die ganze Truppe, acht Mann stark, mit Repetiergewehren und vier großen flachen Aluminiumbooten mit Außenbordmotoren. Man machte gegenüber der Stelle, wo die Herde in den Fluss springen musste, um hinüber zu schwimmen ein Lagerfeuer an, trank reichlich Büchsenbier und erzählte sich komische Geschichten, die ich zum größten Teil nicht verstand. Was vielleicht auch besser so war. Als dann endlich die Herde erschien und die ersten Tiere ins Wasser sprangen, schoben sie ihre Boote in den Fluss, ließen die Motoren an und fuhren mitten zwischen die schwimmenden Tiere. Aus einem halben Meter Entfernung schossen sie ihnen in die Köpfe und zerrten die toten Tiere am Geweih über die niedrige Bordwand in die Boote. Mir wurde übel dabei, das ansehen zu müssen und ich hatte Schwierigkeiten, es mir nicht anmerken zu lassen. Joe sagte mir später, dass es zwar nicht erlaubt, aber durchaus üblich sei, dass man als First Nation People mit dem Pickup langsam den Highway entlang fahre und vom Wagen aus auf Wild schieße, einfach aus Bequemlichkeit, das erlegte Wild nicht weit tragen zu müssen. Ich war froh, als ich danach wieder in meiner Hütte war.

Erhards Brief endete mit der Überlegung, am Seeufer einen kleinen Gemüsegarten anzulegen, was ihm allerdings hinsichtlich der Höhenlage selbst als problematisch erschien. Er bestellte Grüße an Maybritt und schrieb abschließend, dass der zweitbeste Platz auf der Welt, um mit Freunden einen guten Rotwein zu trinken, nach seinem Patio hier in den Wäldern am West Road River der auf Maybritts Hof unter dem alten Nussbaum sei. Ein Satz, den Bärger aus eigener Erfahrung nur bestätigen konnte.

Maybritt hatte es eiliger als er, ihren Brief zu lesen, nachdem er sie am Freitagabend wieder in Nykobing vom Bahnhof abgeholt hatte. Noch im Flur zog sie eine Haarnadel aus ihrem Knoten und schlitzte damit das Kuvert auf.
Während er den Tee aufgoss, vertiefte sie sich in die eng beschriebenen Zeilen. Er störte sie nicht, aber er sah ihr dabei zu und wenn er sie lächeln sah, dachte er: jetzt ist sie wieder in Menerbes. Endlich legte sie die beiden Blätter beiseite.

»Ich werde dir nicht alles vorlesen, was Jeanette geschrieben hat, aber nicht, weil ich dir etwas verschweigen möchte«, sagte sie, während er ihre Tasse füllte.
»Es ist eher so, dass mir dein Selbstbewusstsein schon so groß genug ist; es muss ja nicht in Eitelkeit umkippen. Aber soviel kann ich dir verraten: Jeanette findet auch, dass wir alle drei eine wunderbare Zeit miteinander hatten und dass sie jede einzelne Stunde genossen hat. Sie würde sich freuen, ihren nächsten Urlaub mit uns gemeinsam zu verbringen, auch wenn sie sich ein wenig vor dem kalten Wasser in der Ostsee fürchtet. Das bringt mich jetzt wirklich in Verlegenheit – Falster ist wahrhaftig keine aufregende Landschaft für einen Urlaub; das Mindeste, was wir ihr bieten sollten, wäre ein Ferienhaus mit Pool am Strand. Vielleicht sollten wir stattdessen alle zusammen nach Gotland fahren; Visby und die felsigen Strände dort sind jedenfalls viel interessanter als Nykobing und Falkerslev. Du kannst dich ja schon mal gelegentlich im Internet umsehen.«

Bärger hätte gern gewusst, was Jeanette über ihn geschrieben hatte, aber er respektierte Maybritts Entscheidung, den Inhalt eines wahrscheinlich sehr persönlichen Briefes nicht preiszugeben. Die Idee mit Gotland gefiel ihm dagegen sehr und sie kamen überein, sobald sie Jeanettes Urlaubstermin kannten, dort nach einem geeigneten Quartier zu suchen.

Im Garten pflückten sie die ersten Erdbeeren und Bärger erzählte, wie er mit Erhard zusammen auf Hiddensee im Gras auf den Hügeln die winzigen erbsengroßen Walderdbeeren gesammelt hatte, deren Aroma ihm noch heute unvergleichlich schien.
»Hiddensee muss schön sein«, sagte Maybritt nachdenklich, »Erhard hat manchmal davon erzählt. Früher gab es sogar einmal eine Schiffsverbindung zwischen Moen und Hiddensee, da sind die Deutschen nachmittags zum Kaffeetrinken von dort nach Dänemark gekommen.«
»Genau«, wusste auch Bärger zu berichten, »Hiddensee war in den zwanziger Jahren ein Treffpunkt der künstlerischen Avantgarde in Deutschland. Eine Zeitlang konnte man sogar mit einem Wasserflugzeug von Berlin dorthin fliegen. Ich wüsste auch gern, wie es da heute aussieht. Ob Erhards Haus überhaupt noch steht?«
»Wenn man ein schnelles Boot hätte, könnte man sogar von hier aus einen wunderbaren Tagesausflug machen - morgens hin und abends wieder zurück«, sagte Maybritt, »vom Hafen in Hesnaes aus können es nicht viel mehr als siebzig oder achtzig Kilometer sein«. Aber auf den Gedanken wollte Bärger lieber nicht eingehen; der Name Hesnaes hatte für ihn seit dem letzten Besuch einen unbehaglichen Beiklang bekommen.

Sie hatten die Beete gewässert und ein wenig Unkraut gejätet, die Katze Candy gelobt, die stolz mit einer gefangenen Feldmaus im Maul zu ihnen kam, und waren schon auf dem Weg zurück ins Haus, als Maybritt vor seinem Pfeilfang neben der Schuppentür stehen blieb.
»Was haben denn die drei Schlüsselringe da zu bedeuten«; sie zeigte mit dem Finger darauf, »hast du etwa darauf geschossen?«

»Na ja«, sagte Bärger, » war halt so ein Einfall.« Sie sah ihn mit gerunzelten Brauen an.
»Du willst mir doch nicht erzählen, dass du die getroffen hast«, meinte sie zweifelnd.
»Ist nicht so schwer, wie es aussieht«, sagte Bärger. Er setzte den vollen Korb mit den Erdbeeren ins Gras und ging in den Schuppen, wo er Bogen und Pfeile aufbewahrte, seitdem er im Garten trainierte. Er prüfte die Standhöhe der Sehne, griff sich drei Pfeile und ging zurück zu Maybritt.

»Lass uns ein Stück zurückgehen«, sagte er und sie gingen zurück bis an die Fünfmetermarke, die er mit einem Pflock markiert hatte. Bärger setzte den Bogen auf den rechten Fuß und sah auf die drei hellen Ringe auf dem grauen Pfeilfang.
Es war still im Garten, kein Windzug bewegte die Blätter und er atmete ein paar Mal ruhig ein und aus und dann wusste er, dass es soweit war. Er schob den Pfeil auf die Sehne, hob den Bogen und während er ihn spannte, fixierten seine Augen den linken oberen Ring. Nur kurz hielt er den Bogen im Anker, dann ließ er den Pfeil fliegen, der sich fast geräuschlos in das Rund des Ringes bohrte. Nur einen Moment später wiederholte sich der gleiche Vorgang und wieder steckte der Pfeil mitten im Ring, den er rechts daneben befestigt hatte. Erst der dritte Pfeil verfehlte das Ziel, berührte aber noch immer den Ring von außen.

Maybritt hatte ihm schweigend zugesehen.
»Wenn du mir das erzählt hättest, würde ich es dir nicht geglaubt haben«, sagte sie, »ich hatte keine Ahnung, wie genau man mit einem Bogen schießen kann. Es kommt mir so vor, als ob du in der letzten Zeit wieder ernsthaft trainiert hast. Glaubst du, dass sich das Problem mit deiner rechten Hand erledigt hat?«
»Ich hoffe es«, sagte Bärger, während er die Schäfte aus dem dichten Gewebe zog.
Er trug Bogen und Pfeile zurück in den Schuppen und legte sie sorgsam auf die Werkbank.
»Willst du es dir noch einmal beweisen?«, wollte Maybritt wissen. Er wusste, dass sie die Meisterschaft meinte.

»Ich bin mir nicht sicher«, sagte Bärger, »es ist so etwas wie eine offene Rechnung. Es lässt mir keine Ruhe.«
»Dann solltest du dich besser bald entscheiden«, meinte sie und ging ihm voran in den Hof, »musst du nicht deine Teilnahme vorher anmelden?«
Sie hatte Recht, wie sie meistens Recht hatte. Und das war der Zeitpunkt, an dem er sich entschloss, es noch einmal zu versuchen.

28

Erst gegen Mittag fiel es ihm ein, in Berlin anzurufen.
In seinem kleinen Büro im Mittelalterzentrum musste Bärger eine Weile in seinem alten Telefonverzeichnis suchen, bis er Stephans Nummer wieder gefunden hatte. Er griff nur noch ungern zum Telefon, seitdem er die Möglichkeit hatte, Mails vom Computer aus zu verschicken; ganz im Gegensatz zu Maybritt, die mit ihren Freundinnen endlose Gespräche führen konnte. Aber in diesem Fall schien es ihm sinnvoller, selbst mit ihm zu reden.
Er hatte Glück; schon beim ersten Versuch meldete sich der Leiter seines Berliner Clubs und nachdem er geduldig eine Weile lang berichtet hatte, was er in den letzten beiden Jahren in Dänemark getrieben hatte, kam er mit seinem Anliegen heraus: ob es zeitlich noch möglich sei, sich zur Teilnahme an der diesjährigen Deutschen Meisterschaft anzumelden. Stephan konnte ihm ohne zu zögern den Termin nennen; da die Meisterschaft erst gegen Ende September ausgetragen wurde, war noch genügend Zeit dafür. Das Problem war jedoch ein anderes – um sich zur Teilnahme zu qualifizieren, musste er zuvor erfolgreich an einer Landesmeisterschaft oder einem vergleichbaren Turnier teilgenommen und eine vorgeschriebene Ringzahl erreicht haben. Die meisten dieser Wettkämpfe hatten jedoch bereits in der ersten Jahreshälfte stattgefunden.
»Es gibt allerdings noch eine Chance«, sagte Stephan, »am Wochenende in vierzehn Tagen haben wir hier unsere Vereinsmeisterschaft in Berlin. Die ist zur Qualifizierung zuge lassen – wenn du Lust hast, bist du herzlich eingeladen.«
Bärger bedankte sich für das Angebot und erklärte, dass er es jedenfalls versuchen würde, zu kommen. Das Problem bestand jedoch darin, dass die Wochenenden die Hauptbesuchszeit im Mittelalterzentrum darstellten und er deshalb nicht sicher sein

konnte, zu dieser Zeit und noch dazu so kurzfristig Urlaub zu bekommen. Er versprach, so schnell wie möglich eine Klärung zu erreichen und ihm danach Bescheid zu geben.
Er musste versuchen, erst am Freitag nach Dienstschluss zu fahren und am Montag rechtzeitig wieder in Sundkobing zu sein. Es würde ein Wochenende ohne Maybritt sein, was er schon jetzt bedauerte, und er würde in der Nacht fahren müssen, um am Sonnabend spätestens um zehn Uhr auf dem Platz zu stehen. Der Beginn war für elf Uhr festgesetzt worden, wie Stephan ihm gesagt hatte. Fest stand für ihn nur, dass er auf keinen Fall mit dem Wagen fahren würde. Mit der Bahn konnte er in wenig mehr als fünf Stunden in Berlin sein, wenn er Glück hatte, mit ein paar Stunden Schlaf im Abteil anstelle einer anstrengenden Nachtfahrt auf der Autobahn; von den Unsicherheiten der Staus an den ewigen Autobahnbaustellen zwischen Rostock und Berlin einmal ganz abgesehen.
So ließ er sich auf dem Bildschirm die Fahrplanauskunft der Deutschen Bahn anzeigen und fand schon nach wenigen Minuten eine passende Direktverbindung nach Berlin mit dem ICE. Auch die Rückfahrt ließ sich so einrichten, dass er am Montag früh direkt vom Bahnhof in Nykobing aus rechtzeitig zum Dienstbeginn wieder zurück sein konnte. Das einzige, was ihm noch fehlte, war die Zustimmung seines Chefs.

Er traf ihn am Nachmittag in der Bibliothek und Herr Pedersen lieferte ungewollt selbst das Stichwort für Bärgers Anliegen, indem er sich dafür bedankte, dass sein Sohn Pelle bei ihm das Bogenschießen lernte. Bärger konnte ihm bestätigen, dass Pelle ein aufmerksamer Schüler war und dass es ihm ein Vergnügen sei, dem Jungen etwas beizubringen. Einen besseren Augenblick konnte er sich kaum wünschen; er brachte seinen Wunsch vor und auch, dass er danach gegen Ende September noch einmal ein Wochenende brauche, um an der Meisterschaft teilzunehmen. Aber Pedersen lachte nur und klopfte ihm auf die Schulter; der Termin gegen Ende September war überhaupt kein Problem für ihn, und auch das Wochenende in vierzehn Tagen würden sie ohne ihn schon überstehen können.

Bärger bedankte sich erleichtert. Er druckte sich den Fahrplan aus und rief noch am Abend bei Stephan an, um seine Teilnahme zu bestätigen. Als er danach noch einmal die Fahrpreise für den Intercity Express las, wurde ihm klar, dass er für die Teilnahme an der Meisterschaft im Schwarzwald noch einmal mehr als das Doppelte würde bezahlen müssen. Doch auch das konnte ihn nun nicht mehr von seinem Entschluss abbringen.

Am nächsten Tag hatte es gegen Mittag angefangen zu regnen. Er hatte vorher noch bei der Blidenmannschaft geholfen, die am Vormittag auf der Wiese am Sund eine der großen Steinschleudern vorgeführt hatte. Es dauerte immer eine ganze Weile, bis sie mit Hilfe der Winde den kurzen Arm mit der steingefüllten Kiste, die als Gegengewicht diente, so weit hochgezogen hatten, dass sie gemeinsam das Wurfgeschoss in die Netzschlinge der Schleuder wuchten konnten. Natürlich ging das nicht ohne allerlei Späße für die Besucher und lautes militärisches Kommandieren ab, aber auch ihn überraschte immer wieder die Kraft und die Genauigkeit, mit der das schwere Geschoss schließlich durch die Luft sauste und im Wasser des Sund eine hohe Fontäne aufwarf.

Bald darauf aber hatte sich der Himmel bedeckt und mit dem auf West drehenden Wind fielen die ersten Tropfen. Es kühlte sich merklich ab und als er am Nachmittag nach Hause kam, erwarteten ihn bereits unter dem Vordach drei mürrische Katzen, die noch vor ihm ins Haus sprangen, als er die Haustür öffnete. Auch er hatte keine Lust, bei dem Wetter noch einmal mit Pfeil und Bogen in den Garten zu gehen und so beschloss er, für heute das Training ausfallen zu lassen und stattdessen am Abend ein wenig zu lesen. In Maybritts Bibliothek lag noch immer aufgeschlagen das Buch, in dem er zuletzt über Archimedes und seine Untersuchungen an den Polyedern nachgelesen hatte. Es dauerte nicht lange, bis er wieder in das Spiel mit den abstrakten Formen von Dreieck und Quadrat, von Tetraeder und Würfel versunken war. Doch bevor er das Buch endgültig beiseite legte, sollte er noch eine überraschende Entdeckung machen.

Er hatte aus der Tatsache, dass man auf die Oberfläche eines Würfels in der gleichen Weise ein Netz gleichgroßer Quadrate zeichnen konnte, wie es im Falle des Tetraeders mit gleichseitigen Dreiecken der Fall war, einen verfrühten Schluss gezogen. Er hatte angenommen, dass so, wie man einen großen Würfel aus einer Vielzahl kleiner Würfel zusammensetzen konnte, es genauso gut mit dem Tetraeder funktionieren müsse; das heißt, dass der große Tetraeder aus vielen kleinen Tetraedern bestehen müsste. Weil er aber doch nicht ganz sicher war, baute er sich aus Zeichenkarton ein halbes Dutzend gleich großer Tetraeder mit einer Seitenlänge von zwei Zentimetern. Das Ganze nahm kaum mehr als eine Viertelstunde in Anspruch. Dann setzte er drei davon so nebeneinander, dass sie sich auf einem doppelt so großen Dreieck als Basis nur an den Ecken berührten. Der frei bleibende Raum zwischen ihnen ließ Platz für einen vierten, der allerdings um neunzig Grad gedreht werden musste. Auf den ersten Blick wurde klar, dass es nicht funktionierte. Er konnte zwar auf die Spitze seiner drei Tetraeder problemlos einen vierten setzen, um so die Kontur einer doppelt so großen Pyramide herzustellen, aber der freie Raum dazwischen hatte eine völlig andere Form. Es dauerte eine ganze Weile, bis er die Lösung gefunden hatte: der Körper der genau in den Raum dazwischen passte, war ein aus gleichseitigen Dreiecken gebildeter Oktaeder. Das war dann doch eine erstaunliche Überraschung, die auch durch die Möglichkeit, dass Archimedes sie bereits gekannt hatte, nicht beeinträchtigt werden konnte.

Es war dann doch das Auge des Architekten, das über die formale Spielerei hinaus das räumlich absolut stabile System dieses zusammengesetzten Körpers erkannte. Umgesetzt als ›räumliches Stabwerk‹, wie der statische Begriff lautete, war mit einer einzigen Knotenverbindung und Stäben gleicher Länge, die man nach Belieben zusammenfügen konnte, ein freies Spiel von Formen möglich, wenn auch nur auf einem Raster, das aus einem Netz gleichseitiger Dreiecke gebildet wurde. Dass alle Fassaden notwendig von geneigten Flächen gebildet waren, entsprach dabei eher zufällig einer aktuellen Architekturmode, die in prinzipiell orthogonal konzipierte Gebäude neuerdings geneigte Flächen und schiefe Wände einzubauen bemüht war, um sie scheinbar interessanter zu machen. Im Falle der Tetraederfragmente waren sie dagegen Teil des Systems.

Das nasse und kühle Wetter hielt auch noch am Wochenende an. Maybritt hatte noch Fisch kaufen wollen, als er sie am Bahnhof abholte, aber gleich danach wurde der Regen stärker und so beeilten sie sich, nach Falkerslev zu kommen. Wie jetzt häufig war Maybritt von ihrer Arbeitswoche erschöpft und schweigsam. So nahm er sie nur wortlos in den Arm, als sie sagte, dass sie nun erst einmal schlafen müsse. Gefolgt von ihrem Kater stieg sie die Treppe hinauf und dann wurde es wieder still im Haus. Noch eine Weile sah Bärger den Tropfen zu, die im Lampenschein glitzernd über die Scheibe des Küchenfensters liefen, dann ging auch er schlafen.

Am nächsten Morgen frühstückten sie lange in der Küche und verwöhnten die Katzen, die sich bald darauf in dunkle Ecken verzogen, um den größten Teil des Tages zu verschlafen. In der Bibliothek stand noch immer das kleine Modell seines zusammengesetzten Tetraeders und auf ihre Frage, was es zu bedeuten habe, gestand ihr Bärger ein wenig verlegen seine Freude an dieser Spielerei, wie er es nannte. Wie zur Entschuldigung schaltete er den Computer ein und zeigte ihr ein paar von den Entwürfen, die er nach diesem Prinzip konstruiert hatte. Maybritt fand die Idee ungewöhnlich und erklärte, dass sie sich gut vorstellen könnte, wie solche Gebäude aussehen würden.

»Wer weiß, vielleicht ist das wirklich eine neue Idee. Wenn du so sicher bist, dass man sie technisch umsetzen könnte, solltest du dir überlegen, ein Patent darauf anzumelden«, sagte sie, während sie spielerisch die kleinen weißen Pyramiden hin und her schob.

»Das wäre das Letzte, was ich tun würde«, sagte Bärger, »es ist der sicherste Weg, sein Geld zum Fenster hinaus zu werfen. Ich war dämlich genug, es ein paar Mal zu versuchen und es hat mich eine Menge Geld gekostet. Nein, nie wieder, auf gar keinen Fall«.

Maybritt sah ihn erstaunt an.

»Und ich habe immer angenommen, dass man mit Patenten richtig viel verdienen kann. Das stimmt also gar nicht?«

»Patente anzumelden kostet im Vorfeld schon eine Menge Geld; besonders, wenn man, so wie ich es gemacht habe, ein Patentanwaltsbüro einschaltet, das daran mitverdienen will. Wenn es dann wirklich die Prüfung besteht und die Anmeldung erfolgt ist, geht das Bezahlen munter weiter, denn auch die Gebühren sind hoch und laufend zu entrichten. Und wenn man die nicht mehr bezahlen kann oder will, dann erlischt der Anspruch. Es gibt Firmen, die spekulieren darauf.«

Er griff nach dem Modell und setzte es auf das oberste Fach von Maybritts Bücherregal.

»Man hat mir mal eine Geschichte erzählt, von der ich nicht genau weiß, ob sie stimmt, aber sie deckt sich so sehr mit meinen eigenen Erfahrungen, dass ich sie für wahr halte. Nach der Wende soll ein sächsischer KFZ-Ingenieur eine Erfindung gemacht haben, nach der die Steuerung eines Scheibenwischers für Autos mit Hilfe einer Nockenwelle so eingerichtet werden konnte, dass man statt mit zwei Wischerarmen mit einem einzigen die ganze Windschutzscheibe säubern konnte. Der Mann hat angeblich erfolglos versucht, seine Erfindung bei der Autoindustrie zu verkaufen; solange, bis er kein Geld mehr hatte, die Gebühren zu bezahlen. Nachdem dann sein Anspruch erloschen war, wurde seine Idee schleunigst umgesetzt. So läuft das heute«.

»Ja ja, das gebrannte Kind scheut die Feuerwehr – oder wie das heißt«, sagte Maybritt, »aber wahrscheinlich hast du Recht, denn ich kann mir ganz gut vorstellen, dass das so oder ähnlich funktioniert. Nur denke ich, dass sich für dich auch ohne Patentanmeldungen noch genügend passende Anlässe finden, dein Geld loszuwerden – oder?«

Bärger lachte. »Da wir gerade davon reden: ich habe mich zur diesjährigen Meisterschaft angemeldet. Um dort zugelassen zu werden, muss ich vorher noch in einem offiziellen Wettkampf meine Qualifikation nachweisen. Die letzte Chance dafür habe ich am nächsten Wochenende in Berlin; ich habe mich also entschlossen, am Freitagabend hinzufahren und Sonntagnacht wiederzukommen, sodass ich am Montag früh vom Bahnhof aus wieder zum Dienst kommen kann. Das war in Pedersens Augen schon ein Zugeständnis, denn bei uns ist jetzt am Wochenende natürlich Hochbetrieb. Ich fahre mit dem ICE; Übernachtung und Fahrgeld werden mich einen Haufen Geld kosten. Und das ist erst der Anfang: die Meisterschaft wird Ende September im Schwarzwald ausgetragen. Da fahre ich noch einmal von Nord nach Süd quer durch ganz Deutschland, bloß um mich zwei Tage lang mit Pfeil und Bogen abwechselnd die Berge rauf und wieder runter jagen zu lassen. Ich sollte für solche Verrücktheiten eigentlich zu alt sein.«

»Wenn ich nicht genau wüsste, wie wichtig es für dich ist, würde ich dir jetzt gern zustimmen«, sagte Maybritt nachdenklich, »aber ich glaube wirklich, dass du fahren solltest. Es gibt Dinge, die man zu Ende bringen muss, um wieder Ruhe finden zu können«.

Er nickte zustimmend. »Du hast es ziemlich genau erkannt. Danke für dein Verständnis; jetzt fühle ich mich schon ein bisschen besser«.

Die Vereinsmeisterschaft wurde vor allem zu einem fröhlichen Wiedersehen mit seinen alten Sportfreunden, die aus ihrem räumlich begrenzten Gelände mit viel Mühe und Überlegung einen interessanten Parcours gestaltet hatten. Das größte Areal bildete dabei zwar das Spielfeld eines Fußballplatzes, das auch die einzige Chance für die Ziele mit großen Entfernungen bot, doch selbst die niedrigen Wälle der aufgeschütteten Tribünen, hinter denen mit den Jahren große Bäume gewachsen waren, und die parkähnliche Fläche rings um das Clubhaus des Vereins waren in die Konzeption einbezogen worden und boten interessante Schüsse.

Am Abend des ersten Tages saßen sie nach dem Wettkampf hinter dem Clubhaus an einem Lagerfeuer zusammen, über dem seit dem Nachmittag in einem Riesenkessel eine Suppe nach mittelalterlicher Rezeptur vor sich hin köchelte und in der unter anderem drei ganze Hühner langsam in ihre Bestandteile zerfielen. Bis spät in die Nacht wurde erzählt; zur leckeren Suppe gab es reichlich Bier und für ihn fand sich sogar noch eine Flasche Rotwein.

So wurde in der entspannten Atmosphäre der Wettkampf zu einem Vergnügen und als Bärger am Nachmittag des zweiten Tages seine Ringzahlen addierte, zeigte sich, dass es für die Qualifikation zur Meisterschaft reichte. Er konnte entspannt nach Nykobing zurückfahren.

29

Die rein rechnerische Theorie von nur dreißig Pfeilen, die Bärger für ein Turnier mit achtundzwanzig Zielen benötigen wollte, hatte sich allerdings als zu optimistisch herausgestellt. Er hatte mehrfach einen zweiten und zweimal sogar einen dritten Pfeil gebraucht, ganz abgesehen von einem Ziel, das er auch mit dem dritten Pfeil nicht getroffen hatte. Er führte es in erster Linie darauf zurück, dass beim Wettkampf ein gewisses Spannungsmoment gefehlt hatte, was wohl durch die Lockerheit und das Fehlen eines Konkurrenzdrucks innerhalb seiner Gruppe bedingt war. Andererseits hatte sich aber auch seine Befürchtung als begründet herausgestellt, dass er viel zu wenig die großen Entfernungen trainiert hatte. Seine schwachen Leistungen hatten alle bei den Entfernungen über dreißig Meter gelegen.

Noch während der Heimfahrt hatte er daher beschlossen, sein Tagespensum beim Training schrittweise auf sechzig Pfeile zu erhöhen und anstelle des artistischen Trickschießens auf kurze Distanzen lieber auf der abgegrasten Koppel hinter dem Garten auf den vorjährigen Strohballen zu schießen, der noch immer unter dem offenen Stalldach lag, das den Pferden bei Regen als Unterstand gedient hatte. Die waren seit Wochen auf die benachbarte Koppel verlegt worden und jedes Mal, wenn er am frühen Abend über den Zaun kletterte und zu schießen begann, kamen sie langsam im Schritt bis an den Koppelzaun heran, um ihm eine Weile lang zuzusehen, bis sie sich schnobernd umdrehten, um weiter zu grasen.

Bärger hatte sich auf die weiße Folienverpackung des Strohballens mit schwarzem Paketklebeband ein Kreuz geklebt, das auch aus großer Entfernung ein gutes Ziel bot; viel größer und vor allem deutlicher, als er in der Realität des Wettkampfes erwarten durfte. Doch es schien ihm wichtiger, bei dieser Art des Trainings die seitliche Abweichung zu reduzieren. Es war ihm längst klar, dass er bei den Bergauf- und Bergabschüssen völlig auf sein Glück angewiesen war. Er musste einfach versuchen, die für ihn normalen Entfernungen bis zu 25 Metern fehlerfrei zu schießen und darauf hoffen, dass das Ergebnis zum Schluss reichte. Eine reale Einschätzung seiner Möglichkeiten schien ihm wichtig zur mentalen Vorbereitung auf den Wettkampf. Als er Anfang September endlich die volle Zahl von sechzig Pfeilen pro Tag erreicht hatte und der Mittelfinger der rechten Hand noch immer keine Probleme beim Lösen des Pfeils machte, war er der Meinung, dass er nun so gut vorbereitet war, wie es unter den Bedingungen in Falkerslev möglich war.

Der September brachte nach Regentagen noch einmal sonnige Tage, an denen Bärger mit Maybritt an den Wochenenden in die Wälder fuhr, um Pilze zu suchen. Auch die Obsternte in Falkerslev war reichlicher ausgefallen als im vergangenen Jahr, was aber wohl eher mit dem günstigen Wetter, als mit Bärgers gärtnerischen Fähigkeiten beim Baumschnitt zu tun hatte.
Für das Wochenende der Meisterschaft im Schwarzwald hatte der deutsche Wetterbericht allerdings Abkühlung und Regen vorhergesagt und er hatte seine Ausrüstung noch einmal sorgfältig unter diesem Aspekt durchgesehen. Eine Woche vorher hatte er die Jagdstiefel gefettet und die Regenjacke mit Kapuze und der dazugehörigen Hose eingepackt. Das Zimmer in Kaltenbach hatte er zeitig genug bestellt und sich nach gründlichem Vergleich der möglichen Zugverbindungen entschlossen, mit dem durchgehenden ICE von Hamburg nach Freiburg zu fahren. Selbst wenn der ICE, wie neuerdings scheinbar normal, Verspätung haben würde, konnte ihn das nicht sehr stören, weil nach Kaltenbach eine im Stundentakt verkehrende Regionalbahn fuhr. Die Fahrt nach Freiburg würde wenig mehr als sechs Stunden dauern; allerdings brauchte er noch einmal die gleiche Zeit für die Strecke von Falkerslev nach Hamburg. Er hatte sich entschieden, mit dem Wagen bis Roedbyhaven zu fahren und ihn dort zu parken, Nach der kurzen Überfahrt nach Puttgarden mit der Fähre ging es dann im Regionalzug weiter nach Lübeck, wo

er nach kurzem Aufenthalt weiterfahren konnte nach Hamburg. Seit er begonnen hatte, die große Reisetasche zu packen, in die auch sein teilbarer Bogen problemlos passte, war die kleine Katze Candy ständig in seiner Nähe gewesen. Am Tag vor der Abreise hatte ihn das Wetter verlockt, noch einmal den Liegestuhl aus dem Schuppen zu holen und auf den Hof in die Sonne zu stellen. Kaum hatte er sich darauf ausgestreckt, als Candy auf seine Brust sprang und unter lautem Schnurren begann, seinen Bauch zu »pfoteln«. Er streichelte ihren Rücken und schließlich hörte sie damit auf, streckte sich aus und lag eine ganze Weile still; nur ihre Schwanzspitze fuhr ab und zu über sein Gesicht, als ob sie ihn streicheln wollte. Er sagte ihr, dass sie sich keine Sorgen machen müsse und er bald wieder hier sein würde. Sie sah ihn einen Moment starr an mit ihren gelben Augen, in denen die Pupillen im Sonnenschein zu winzigen Schlitzen verengt waren. Dann sprang sie vom Liegestuhl herunter und lief davon in den Garten.

Für die sechzig Kilometer von Falkerslev nach Roedby brauchte Bärger nicht viel mehr als eine Dreiviertelstunde; Zeit genug, einen Parkplatz zu suchen und in Ruhe die Fähre zu erreichen. Auch die Anschlüsse mit den Regionalzügen stimmten auf die Minute genau und als er kurz vor Mittag in Hamburg in den Zug nach Freiburg stieg, lagen sechs Stunden Fahrzeit vor ihm, die er hauptsächlich mit Lesen verbringen wollte, soweit die Handytelefonate in seinem Abteil es zulassen würden. Er hatte Glück; die meisten Mitfahrer lasen ebenfalls oder waren mit ihren Notebooks beschäftigt und so konnte er ungestört in den Essays von Enzensberger blättern, die er als Reiselektüre eingepackt hatte. Der gelegentliche Blick aus dem Fenster zeigte kaum noch Spuren des beginnenden Herbstes; an den Bäumen nahe der Strecke raste der Zug beängstigend schnell vorbei und erst in größerer Entfernung wurde der Blick auf die Landschaft wieder normal. Dann fielen die ersten Tropfen.
Schon in Hamburg war der Himmel bedeckt gewesen, in der Höhe von Hannover begann es zu regnen und das Wasser lief in horizontalen Streifen über die blind gewordenen Scheiben.

Die Leuchtanzeige am Ende des Waggons gab eine Geschwindigkeit von 207 Stundenkilometern an. Bärger hatte das Gefühl einer zunehmenden Abkühlung im Abteil, drückte sich in die Ecke und versuchte zu schlafen.
Es regnete, als er in Freiburg ankam, gleichmäßig und dicht aus einem bleigrauen Himmel; es regnete, als er in den Regionalzug umstieg und es regnete noch immer, als der Linienbus schließlich nach einem letzten Umsteigen vor dem Hotel in Kaltenbach hielt. Die beiden Gasträume waren voll besetzt, es herrschte ein fröhliches Stimmgewirr und Bärger dachte, dass er allen diesen Gästen morgen auf dem Parcours wieder begegnen würde. Er meldete sich an, ließ sich den Schlüssel geben und brachte sein Gepäck – die Reisetasche und die Rolle mit den Pfeilen – auf das Zimmer, das er in der ›Dependence‹, einem verwinkelten Anbau, fand. Er fühlte sich müde und zerschlagen, obwohl er den ganzen Tag nur auf bequemen Polstersitzen in der Bahn herumgesessen hatte. Vielleicht aber auch gerade deshalb.
Weil er hungrig war, ging er noch einmal hinunter in die Gaststube und ließ sich im leeren Frühstücksraum eine Käseplatte servieren, zu der er sich einen Schoppen Badener Spätburgunder bestellte. Der war von beachtlicher Qualität, was seine Laune deutlich verbesserte. Er ließ es aber bei dem einen Glas und ging bald darauf auf sein Zimmer. Auf dem Nachttisch stand ein Telefon; fast schon ein Relikt in einer Zeit, wo schon Erstklässler mit einem Mobiltelefon in der Tasche herumliefen. Er wählte Maybritts Nummer in Kopenhagen und hörte gleich darauf ihre vertraute Stimme; im Hintergrund erklang leise Musik, ein Violinkonzert. Er berichtete kurz, dass er gut angekommen sei und sie wollte wissen, wie er sich fühle.
Bärger zögerte mit der Antwort.
»Im Augenblick bin ich eigentlich nur müde und werde so schnell wie möglich schlafen gehen. Das Wetter hier ist ziemlich übel, aber ich denke, dass ich auch darauf gut vorbereitet bin. Es wäre schön, dich jetzt hier zu haben.«
Er hörte ihr leises Lachen.
»Alles Gute ist selten beisammen; du hattest ja die Wahl, entweder zwei Tage lang durch den verregneten Schwarzwald zu

laufen oder mir in Falkerslev Gesellschaft zu leisten. Es war deine Entscheidung und jetzt erwarte ich, dass es nicht vergeblich war. Mach´s gut, Junge; wenn du wieder hier bist, lade ich dich in Nykobing zu einem leckeren Essen ein, bis dahin musst du eben durchhalten«.
Das versprach er und dann wünschten sie sich gegenseitig eine gute Nacht. Er legte den Hörer auf, öffnete das Fenster und es regnete noch immer und in der Nähe hörte er das Rauschen schnell fließenden Wassers und er dachte, dass das wohl der Kaltenbach sein müsse. Schnell schlief er ein.

Am nächsten Morgen nieselte es nur noch, aber der Blick auf den Himmel versprach keine Besserung. Niedrige Wolken zogen über den Talkessel, der rings von hohen Tannenwäldern umstanden war. Er beeilte sich mit dem Frühstück und ging in die benachbarte Schießhalle, wo er sich anmeldete und nach einer Materialkontrolle von Bogen und Pfeilen die Marke entgegennahm, die ihm die Teilnahme an der Deutschen Meisterschaft bestätigte. Er klebte sie wie üblich auf die Außenseite des oberen Wurfarms seines Bogens.
Gleich hinter der Halle lag der Einschießplatz, eine leicht geneigte ebene Fläche, die halbkreisförmig von einem steilen Hang umschlossen wurde. Ein paar schon stark zerschossene 3-D-Tiere waren in verschiedenen Entfernungen aufgestellt und die Schützen standen eine knappe Stunde vor Turnierbeginn bereits in dichten Reihen an der Schießlinie, um ihre Probeschüsse abzugeben. Als die ersten Schützen zu den dutzendfach getroffenen Tieren vorliefen, um ihre Pfeile zurückzuholen, sah Bärger, dass unter dem Gras der Senke das Wasser knöcheltief stand. Die ersten, die kein wasserdichtes Schuhwerk trugen, begannen schon jetzt, über nasse Füße zu klagen. Andere suchten lange nach ihren Pfeilen, die im Wasser verschwunden waren. Fast alle aber hatten Plastiktüten über ihre Köcher geschoben, um die Befiederung vor dem Nasswerden zu schützen.
Bärger beschloss, unter diesen Umständen lieber auf das Einschießen zu verzichten und ging zurück in die kleine Schießhalle, wo er sich die dort zum Verkauf angebotenen Bogen und

Pfeile für die Bogenjagd anschaute. Endlich rief das Signal einer Trillerpfeife die letzten Schützen vom Einschießen auf den Platz vor der Halle.
Es war ein seltsamer Anblick, mehr als hundert abenteuerlich gekleidete Bogenschützen unter einem Dach von unzähligen bunten Regenschirmen versammelt zu sehen. Auf Grund des Wetters fielen die Ansprachen des Bürgermeisters und des Veranstalters knapp aus; die Gruppeneinteilungen der jeweils vier Schützen waren durch Aushang vorher bekannt gegeben worden und Bärger ging zu seinem Mannschaftskapitän, nachdem er gesehen hatte, wie die Schießkladde mit der Nummer 24 an einen Compoundschützen übergeben wurde.
Die Gruppe sammelte sich kurz unter einem Lindenbaum, von dem es weniger stark tropfte und alle vier stellten sich mit ihren Vornamen vor: »Ich bin der Rudi,« sagte der Mann mit dem Compoundbogen; ein freundlicher Mann mit einem mächtigen Bauch, der spagettidünne Pfeile in seinem Köcher hatte.
»Moin, moin - Martin aus Hamburg,« sagte der nächste. Er trug einen Langbogen und in seinem Rückenköcher steckten Holzpfeile mit Truthahnfedern, die mindestens sechs Zoll lang waren.
»Die Leute sagen Nick zu mir;« das war der dritte in der Gruppe, ein stiller junger Mann mit einem Olympic Recurve, der ein einfaches Visier an seinem Bogen hatte.
»Rolf, ich komme aus Berlin,« sagte Bärger, was zwar nur bedingt richtig war, dafür aber das Verfahren abkürzte.
»Na, denn wollen wir mal,« sagte Rudi und dann gingen sie los.

Der Parcours war in zwei räumlich getrennten Bereichen rechts und links der Straße aufgebaut, jeweils vierzehn der insgesamt achtundzwanzig Ziele auf einer Seite. Die Gruppennummern stimmten mit denen der Ziele überein; das hieß, dass Bärgers Gruppe bei der Nummer 24 mit dem Schießen beginnen musste. Sie gingen über die Straße, auf der nur wenig Verkehr war und stiegen auf der anderen Seite auf einem schmalen Wanderweg den Hang hinauf, vorbei an Weideflächen, auf denen braungescheckte Kühe grasten, die ihnen gleichmütig nachsahen. Dann erreichten sie den Wald und folgten einem Forstweg, der von tiefen Spuren von Traktorenreifen zerfurcht war. In kleinen Bächen rann darin schmutziges Wasser zu Tal. Die Ziele waren rechts und links des Weges aufgebaut und ausreichend rotweiße Bändsel an den Bäumen wiesen ihnen einen nicht zu verfehlenden Weg.

Sie hatten fast eine halbe Stunde zu laufen, bis sie ihr Ziel erreichten. Bärger war auf dem Weg dorthin mit Martin, dem Langbogenschützen, ins Gespräch gekommen und es stellte sich heraus, dass er erst kurze Zeit zuvor mit seiner Frau von einem Urlaub in British Columbia zurückgekommen war, wo er mit Pfeil und Bogen durch die Wälder gezogen war. Sie hatten ein Wohnmobil gemietet und waren damit bis nahe an die Grenze des Yukon Territory gefahren. Auch Bärger erinnerte sich bei den Schilderungen an seine Tage in Kanada und ihrer beider Begeisterung für die Schönheit dieser Landschaft ließ ihn die Spannung des bevorstehenden Wettkampfes vergessen.

Endlich hörten sie den Böllerschuss, der den Beginn des Schießens verkündete. Ihr erstes Ziel war ein Nahschuss auf einen Fasan, für einen Compoundschützen wie Rudi gar nicht so einfach, denn je kleiner das Ziel, umso präziser musste der Pfeil den inneren Ring treffen, der die höchste Wertung bedeutete. Und damit begann die Prozedur, die Bärger und die beiden anderen an diesem und am nächsten Tag geduldig über sich ergehen lassen mussten: lautes Schätzen der Entfernung als Selbstgespräch, Blick durch ein Fernglas und genaue Beschreibung der Lage des Kills für die anderen, die es vielleicht gar nicht wissen wollten, Trockenwischen der Visierlinse, auf die Regentropfen gefallen waren, ein wenig Geschraube an einem Visiergestänge und schließlich einen Pfeil auf der Sehne, Release in eine Schlinge an der Sehne, Spannen des Bogens und endlich, endlich der Schuss.

Bärger und Martin sahen sich an und grinsten. In weniger als einer Minute traten sie beide nacheinander an den Abschusspflock, fixierten das Ziel, spannten und schossen. Martin löste seinen Pfeil ohne erkennbar zu ankern, Bärger blieb bei seiner Methode, einen Moment lang den gespannten Bogen im Anker zu halten, um kurz vor dem Lösen des Pfeils die Schulter noch

einmal aktiv zurückzunehmen. Nach dem Schuss sah er den Pfeil genau dort, wo er ihn haben wollte und von da an fühlte er sich sicher, dass es so weitergehen würde.
Rudi als Mannschaftskapitän achtete streng darauf, dass sie im Wechsel schossen; das hieß, dass der jeweils letzte Schütze beim nächsten Ziel als erster an den Pflock gehen musste. Er redete überhaupt viel, aber Bärger spürte, dass er damit hauptsächlich die eigene Nervosität überspielen wollte. Er war dankbar dafür, dass er nicht die Scorekarten ausfüllen musste; eine Aufgabe, die Rudi ebenfalls übernommen hatte. Nur als der damit begann, ihre einzelnen addierten Ergebnisse anzusagen, bat ihn Bärger freundlich darum, es zu unterlassen und von da an murmelte der nur noch leise die Zahlen vor sich hin.

Die Ziele standen meist weit voneinander entfernt; auf dem Weg dahin mussten sie abwechselnd hangauf- und hangabwärts oft mehr rutschen als klettern; das Moos war manchmal knietief über unsichtbaren Gruben gewuchert und am gefährlichsten waren nasse Äste und Baumwurzeln, auf denen sie mehrfach ausglitten. So erwies es sich letztlich als Vorteil, dass die beiden Visierschützen der Gruppe das Tempo ein wenig herabsetzten.

Bärger versuchte vor allem, locker zu bleiben und immer nur an das nächste Ziel zu denken. Das wurde ihm sehr erleichtert durch die unbekümmerten Gespräche mit Martin, dem alles, selbst eigene Fehlschüsse, nur Anlass für vergnügte Kommentare war. Er hatte ein gutes Gefühl, was seine eigenen Leistungen betraf. Er hatte alle Ziele bis zu etwa 25 Metern Entfernung mit dem ersten Pfeil getroffen und es waren einige »Kills« darunter gewesen, Treffer im inneren Ring der Wertungsfläche.
Allerdings hatte er doch mehrfach einen zweiten und einmal sogar einen dritten Pfeil gebraucht. Das war der Schuss auf ein Wildschwein, das oben am der Hangkante des Waldes gegen einen hellen Himmel stand und nur unscharf als dunkle Silhouette wahrgenommen werden konnte. Er sollte später von anderen Schützen hören, dass sie bei diesem Ziel die gleichen Schwierigkeiten hatten.

Aber auch ein paar sehr schöne Schüsse bot der Parcours; am besten gefiel ihm der Schuss über einen kleinen Teich, an dessen gegenüberliegendem Ufer ein Schwarzbär mit erhobenen Pranken stand. Obwohl er zu den Weitschüssen zählte, hatte er den Vorteil, in der Höhe eine Trefferfläche von mehr als einem Meter zu bieten. Man musste nur sicher sein, keine seitliche Abweichung zu haben, um mindestens einen Körpertreffer zu erzielen. Mehr war für ihn ohnehin nicht zu erreichen. Ein Karibu und einen Steinbock, die beide völlig frei auf einem steilen Hang standen, verfehlte er zum Schluss beide. Er versuchte, nicht daran zu denken.
Als sie auf dem Rückweg nach der ersten Hälfte des Parcours die Straße überquerten, um auf der anderen Seite des Tals mit dem zweiten Teil zu beginnen, spürte er, dass seine Beine schwer geworden waren. Das war die andere Seite der Parcours in den Bergen, die nicht nur völlig andere Anforderungen an die Schießtechnik stellten, sondern auch eine ungewohnte Anstrengung beim Laufen im schwierigen Gelände bedeuteten. Es regnete noch immer.
In diesem Teil des Parcours war das Gelände ein wenig flacher; Wiesen wechselten sich mit kleineren Mischwaldflächen ab und es hatte den Anschein, als ob die Ziele hier weniger weit voneinander entfernt waren. Es gelang ihm trotz abnehmender Konzentration, die kurzen Schüsse sicher ins Ziel zu bringen, aber wieder verfehlte er zweimal auch mit dem dritten Pfeil einen liegenden Rothirsch und bald darauf einen laufenden Schwarzbären. Es machte ihm nichts mehr aus, er war müde und hatte Hunger und auch Martins gute Laune schien sich gegen Ende des ersten Tages erschöpft zu haben. Er unterschrieb am Ende seine Scorekarte, ohne hinzusehen, bedankte sich bei den Schützen seiner Gruppe für eine angenehme Runde und stapfte gemeinsam mit Martin die schlammigen Wege hinunter in Richtung Hotel. Seine Regenhose war bis zum Knie verschmutzt und auch die Jacke war außen triefend nass, aber er fühlte sich ringsum warm und auch die Füße fühlten sich trocken an, obwohl sie vor Müdigkeit brannten.

Nachdem er im Hotel heiß geduscht hatte ging es ihm jedoch schnell besser. Er hielt auch die dünne Synthetikhose unter die Dusche, die ebenso wie die Jacke bereits getrocknet war, als er vom Abendessen in sein Zimmer zurückkehrte. Vorher aber hatte er fast eine Stunde lang auf dem Bett gelegen, bis sich die bleierne Schwere in seinen Beinen endlich ein wenig gegeben hatte.

Es gab leckere Wildgerichte im Restaurant, wie Bärger beim Blick auf die Teller seiner Tischnachbarn feststellte, aber er zog es vor, sich eine Forelle aus der hauseigenen Zucht zu bestellen, dazu einen Schoppen badischen Grauburgunder, den er ganz ausgezeichnet fand. Er wusste, dass er so spät am Tage keine schweren Gerichte mehr vertrug und die Soßen dufteten zwar verlockend, aber sie würden ihm mit Sicherheit eine unruhige Nacht bescheren.

Beim Hinausgehen rief ihn überraschend jemand beim Namen. Es war Don, ein Sportfreund aus dem Spandauer Verein, auf dessen Gelände sie in seiner Berliner Zeit oft und gern zu internen Turnieren zu Gast waren. Bärger freute sich, ihn zu sehen; sie teilten eine gemeinsame Vorliebe für Oldtimer Jazz und Skiffle, sowie für spanische Rotweine. Darüber hinaus war Don einer der besten Bogenschützen, die er kannte. Die Einladung zu einem Glas Spätburgunder schlug er jedoch aus; er war müde und wollte lieber früh schlafen gehen, um am nächsten Tag ausgeruht die zweite Runde zu bestehen. Weil auch Don erst am Montag nach Berlin zurückfahren wollte, vereinbarten sie, am Abend nach dem Turnier in aller Ruhe den Tag mit Hirschbraten und Rotwein zu beschließen.

Zurück in seinem Zimmer sah Bärger noch einmal aus dem Fenster, vor dem er im Licht der Straßenlaterne nach wie vor dicht und gleichmäßig den Regen fallen sah. Sein Blick fiel auf das Telefon. Er hätte gern vor dem Einschlafen Maybritts Stimme gehört, aber er hätte nicht gewusst, was er ihr sagen sollte, wenn sie ihn nach dem Ergebnis des heutigen Tages gefragt hätte. So blätterte er noch ein wenig in seinem Buch, konnte sich aber nicht auf den Text konzentrieren, weil die wechselnden Bilder des Tages unaufhörlich an seinem Auge vorbeizogen. Bald darauf löschte er das Licht und war gleich darauf eingeschlafen. In der Nacht weckte ihn einmal ein schmerzhafter Muskelkrampf im linken Oberschenkel, der ihn mit Sorge an den nächsten Tag denken ließ. Danach aber schlief er traumlos weiter.

Am Morgen fühlte er sich jedoch frisch und ausgeruht und auch der Blick aus dem Fenster ließ auf besseres Wetter hoffen. Der Regen hatte endlich aufgehört und ein leichter Wind schüttelte die Nässe von den Blättern der Linden an der Straße. Der zweite Tag des Turniers begann bereits früh um neun Uhr und im Gastraum drängten sich die Teilnehmer um das Buffet, um ihre Teller vollzuladen. Bärger brühte sich eine Kanne Tee auf und aß zu seinem gekochten Ei von dem schmackhaften dunklen Schwarzbrot, das in dieser Gegend gebacken wurde.

Draußen drängten sich die Schützen bereits um die an der Wand der Bogenhalle angehefteten Ergebnislisten. Bärger hielt es aber für besser, sich nicht durch die Kenntnis eines Zwischenstandes ablenken zu lassen; dies war ein neuer Tag und abgerechnet wurde zum Schluss. Er begrüßte die Teilnehmer seiner Gruppe und beantwortete die Frage, wie er mit seinem Ergebnis zufrieden sei, mit der knappen Feststellung, dass er nicht mehr erwartet hätte. Dann zogen sie los zur Hunterrunde des zweiten Tages, bei der nur noch ein Pfeil bei jedem Ziel geschossen werden durfte.

Der Veranstalter hatte, wie vor Beginn verkündet, etwa neunzig Prozent der Entfernungen verändert; ›umgepflockt‹, wie es allgemein genannt wurde. Bärger fand die Angabe bestätigt, es waren vor allem die weiten Schüsse, die ihm jetzt ein wenig günstiger gestellt erschienen. Allerdings sollte es ihm nicht viel helfen; diesmal waren es zum Schluss sechs Fehlschüsse, die Rudi auf seiner Scorekarte eintrug, aber auch Martin war der Meinung, dass es insgesamt ein schwerer Parcours war und die anderen schließlich die gleichen Schwierigkeiten hatten.

Die letzten Ziele fielen ihm zunehmend schwer. Er versuchte, sich nicht anmerken zu lassen, dass seine Beine bei jedem

Schritt schmerzten und schoss, wo es möglich war, im Knien, weil er keinen sicheren Stand mehr fand. So gelang es ihm, nach wie vor seine normalen Entfernungen mit präzisen Treffern zu schießen. Sein letzter Pfeil brachte noch einmal ein Kill mit der maximalen Wertung und dann war er froh, dass endlich alles zu Ende war. Er unterschrieb seine Wertungskarte, bedankte sich noch einmal bei den Mitgliedern seiner Gruppe und lief langsam zurück zum Hotel. In den tiefen Rinnen der ausgefahrenen Forstwege stand noch immer das Wasser und ab und zu wehte ein Windstoß einen Schwall schwerer Tropfen aus den Tannen auf ihn herunter. Er spürte es kaum.

Wieder hatte, wie schon gestern, die heiße Dusche in seinem Zimmer die ersehnte Entspannung gebracht; wieder hatte er eine halbe Stunde lang auf seinem Bett gelegen und auf das Nachlassen der Schmerzen in seinen Beinen gewartet, bis er hinunterging auf den Platz vor der Bogenhalle, wo die Siegerehrung stattfinden sollte.
Er kam nicht zu früh; seitdem die Auswertung der Wettkämpfe mit Hilfe eines Computerprogramms möglich war, konnte selbst eine Meisterschaft mit mehr als hundert Teilnehmern in weniger als einer Stunde abgeschlossen werden. Dann war es soweit und es begann eine sich endlos in die Länge ziehende Siegerehrung. Das Regelwerk des Bogensportverbandes schrieb die Reihenfolge genauestens vor: beginnend mit den jüngsten Teilnehmern, zuerst weiblich und dann männlich, und zusätzlich sortiert nach Bogenklassen, in der Reihenfolge Compound, Visierbogen, Blankbogen, Langbogen und zum Schluss endlich auch seine Bogenklasse, der Jagdbogen. Er klatschte automatisch Beifall, wenn die anderen es taten und hatte Schwierigkeiten, in der allgemeinen Unruhe die Namen und Ergebnisse der Sieger zu verstehen.
Als endlich die Klasse Jagdbogen genannt wurde, drängte er sich vor, um die Sieger sehen zu können. Er kannte niemand aus den anderen Altersklassen und auch an keine der Damen, die nacheinander das Siegerpodest bestiegen, konnte er sich erinnern, aber als die Schützenklasse aufgerufen wurde, nannte

der Kampfrichter Dons Namen als Gewinner des ersten Platzes und gleich darauf sah er ihn auf der obersten Stufe des Podestes. Dann aber glaubte er sich verhört zu haben; als nächster wurde sein Name genannt. Er zögerte, aber der plötzlich hinter ihm stehende Rudi schob ihn nach vorn und so trat er vor, reichte Don die Hand zum Glückwunsch und stieg auf die Stufe rechts neben ihm. Der Dritte war Bärger unbekannt, aber gleich danach mussten sie sich nach vorn beugen, um sich die Medaillen am schwarz-rot-goldenen Band umhängen zu lassen. Ein paar Blitzlichter blendeten ihn für einen Moment an dem noch immer trüben Nachmittag und dann war alles vorbei. Er hatte die Silbermedaille gewonnen.
Eine Menge ihm unbekannter Leute schüttelten ihm die Hand, als er in die Runde zurücktrat und er bedankte sich und konnte immer noch nicht so recht glauben, dass er es geschafft hatte. Er hatte das Gefühl, dass ihm die Zunge am Gaumen klebte; so ging er in den Gastraum und ließ sich ein großes Glas Apfelschorle bringen, die er in einem Zuge austrank.
Inzwischen war es fast vier Uhr geworden; die ersten Teilnehmer, die ihr Gepäck schon vor der Siegerehrung eingeladen hatten, starteten ihre Wagen und fuhren davon. Von dem Augenblick an verließ einer nach dem anderen das Gelände und eine weitere Stunde später waren die vorher dicht besetzten Parkplätze leer.

Von seinem Zimmer aus rief er in Falkerslev an und als Maybritt ihn fragte, wie es gelaufen sei, sagte er, dass sie im Augenblick mit einem deutschen Vizemeister spreche. Sie wollte wissen, was das zu bedeuten habe und dann sagte er ihr, dass er mit dem zweiten Platz eine Silbermedaille gewonnen habe und sich deshalb so nennen dürfe. Sie gratulierte ihm und wollte wissen, ob sie ihn nun auch in Falkerslev mit Vizemeister ansprechen müsse, aber er versicherte ihr, dass es nicht nötig sei und sie ihre Bewunderung auch anders zum Ausdruck bringen könne. Ihre Antwort darauf war, dass sie sich etwas Passendes einfallen lassen wolle, falls er keine besonderen Wünsche habe. Er habe da so gewisse Vorstellungen, sagte Bärger, aber er würde es ihr lieber persönlich erklären. Er hörte ihr Lachen am anderen

Ende der Leitung und dann wünschte sie ihm eine gute Nacht und meinte, dass er trotzdem heute Abend nicht soviel Rotwein trinken sollte.

Diesen Wunsch konnte er ihr allerdings nicht erfüllen.

Die Gaststube war am Abend fast leer, als er sich mit Don traf, um mit ihm gemeinsam ihre Ergebnisse zu feiern. Sie bestellten sich ein Wildschweingulasch mit reichlich geschmälztem Apfelrotkohl und tranken dazu den Badener Spätburgunder, den auch Don anstelle seines spanischen Tempranillo gelten lassen konnte. Erst als Don ihn danach fragte, ob die Beschwerden in seiner rechten Hand noch einmal aufgetreten waren, erinnerte er sich daran, wie er im Vorjahr vorzeitig und ratlos über ein unerklärliches Versagen das Turnier verlassen hatte. Überrascht beugte er versuchsweise die Finger der rechten Hand. Alles normal, stellte er fest.

»Dann wollen wir hoffen, dass es auch so bleibt«, sagte Don und hob sein Glas, »auf noch viele gemeinsame Turniere, damit wir immer einen guten Grund haben, zusammen ein Glas Rotwein zu trinken.«

Und dann erzählte jeder noch einmal von seinen Eindrücken der letzten beiden Tage und es gab in der nachträglichen Betrachtung mehr zu lachen, als es während des Turniers zu erwarten war, woran allerdings der Spätburgunder zunehmend beigetragen haben mochte.

»Das Leben ist eine Hunterrunde«, stellte Don irgendwann fest.

Bärger nickte zustimmend; das Bild gefiel ihm.

»Du hast nur einen Pfeil, die Entfernung ist unbekannt und das Ziel liegt im Dunkeln«, sagte er.

»Aber irgendwann musst du dich entscheiden zu schießen und erst wenn du getroffen hast, weißt du, ob du alles richtig gemacht hast«, ergänzte Don.

»Genau so ist es«, sagte Bärger, »und dann gehst du weiter. Zum nächsten Ziel. Und irgendeines davon wird dein Letztes sein.«

***

Wie alles begann...

DAS HORN DES HASEN

Der erste Roman von Günther Bach

„Mach deine rechte Hand locker und stark“, sagte er.
Ich brauchte einen Moment, um zu begreifen,
dass er schon wieder vom Bogenschießen sprach.
„Also schön“, sagte ich lachend,
„und wenn sie dann locker und stark ist?“
„Dann versuche selber so zu werden wie deine rechte Hand.“

Ein verregnetes Wochenende auf einer Insel, ein Mann ist verschwunden, ein Einbruch in ein Haus, viele Rätsel und versteckte Hinweise. In einer ruhigen, detailreichen Sprache erzählt und doch spannend wie ein Krimi. Ein Roman über die Faszination des Bogenschießens, und wie es die Menschen verändern kann.

ISBN : 978-3-9805877-4-7 **12,50 Euro**

Die Geschichte von Erhard und Rolf geht weiter!

PFEILE IM NEBEL

Der zweite Roman von Günther Bach

Kann man auf etwas schießen,
das man nicht sehen kann,
von dem man nur weiß, dass es da ist?
Rolf meinte, Erhards Stimme zu hören:
Du musst das Unsichtbare deutlich sehen lernen!

Die Fortsetzung vom „Horn des Hasen" spielt 15 Jahre später – die Mauer existiert nicht mehr. Menschen, Lebensumstände und auch das Bogenschießen haben sich geändert, aber die Entwicklung geht immer noch weiter.

ISBN 978-3-9808743-4-2 **15,50 Euro**

Die Fortsetzung!

GEGEN DEN STROM

Der dritte Roman von Günther Bach

„ Wer zur Quelle will, muss gegen den Strom schwimmen“
so sagt es das chinesische Sprichwort.
Doch auch die erreichte Quelle
ist noch nicht der Anfang des Weges.
Ihre klaren Wasser kommen aus tiefem Grund,
der für immer im Dunkel bleibt.
Nur wer das Unergründliche ihres Ursprungs bejaht,
kann sich ihrer Reinheit erfreuen.

Die Wege von Rolf und Erhard, die sich zum zweiten Mal getrennt hatten, laufen in der Weite der kanadischen Wälder wieder zusammen. Neue Menschen begegnen ihnen, denen sie neue Einsichten verdanken, und mehr als je zuvor sind Pfeil und Bogen ihre Begleiter. Es sind Wege, die nur scheinbar zurück, in Wahrheit aber an einen neuen Anfang führen, von dem aus das Heute in einer anderen Sicht erscheint.

ISBN: 978-3-938921-08-1 **14,50 Euro**

Bogenschießen ist unsere Leidenschaft!
Mehr Bücher zum Thema Pfeil & Bogen gibt es hier:

www.bogenschiessen.de

Kennen Sie auch schon **das Magazin**
für Bogenschützen?

Probeheft für 6,- € anfordern:
Tel. +49 (0)621 65 82 1970

Sie sind noch kein Bogenschütze, aber neugierig?
Sie wollen das Bogenschießen einmal selbst ausprobieren?
Aber wissen leider nicht wo und wie?

Hier -> www.bogenschiessen.de/vereine

können Sie einen Verein in ihrer Nähe nach PLZ suchen.

VERLAG ANGELIKA HÖRNIG